河出文庫

五代友厚

織田作之助

河出書房新社

五代友厚 ◉ 目次

五代友厚　9

五代友厚

五代友厚

八月二十一日

生麦事件から述べることにする。

文久二年八月二十一日のことである。武州神奈川宿生麦街道の、暦の上では既に秋だが、まだどこか夏の気配のじりじりと残っている、だらけたように物憂い午下りの時間の尾を、突然、金紋先箱の物々しい行列が断ち切った。

薩摩藩主島津忠義の父、三郎久光の行列であった。島津家は当時随一の雄藩、いわゆる城中大広間組の筆頭である。しかもいま勅使大原三位重徳護衛の勅命を奉じ、朝廷尊崇、幕政改革の建言を幕府に突きつけての帰りというからには、単なる一大名の無気力な参勤交代の行列ではない、兵卒七百五十名の同勢、蜿蜒と続く物々しさがあった。

「下に、下に……」

江戸を発った直後ゆえ涸れや疲れがまだ出ていないというせいもあって、杖払いのお手先衆の声もさすがに凛然たる響きがあった。

「下に、下に……」

幅も、量も、抑揚も律動もすべて整然と一糸乱れず、むしろ単調かと思えるくらいの繰りかえしを繰りかえして、杖払いの声は西へ西へと動いて行った。

が、その単調は横浜街道との分岐路近くにさし掛った時、いきなり破れてしまった。駈歩の蹄の音が紊《みだ》れて聴こえて来たのである。見れば、男女四名の異人の一群が、何ごとか鴃舌《げきぜつ》の奇声をわめき立てながら、横浜方面から馬を駆って来る。

「下に、下に……」

お手先衆の声も思わず、高く乱れた。が、その声が彼等異人に通じたかどうか、異人達は下馬はおろか、馬を停めようともせず、瞬く間に接近して、異人たちは今にも行列の先へ馬を乗り入れようとした。

「下におろう。下におろう。下におらんかッ」

お手先衆はもはや自身の声の、律動的な快感に酔うているわけにはいかなかった。異人たちは遂に供先を横切ったのである。しかも、じろじろ観察しながら、わけのわからぬ奇声を嘲弄めいて弄している……。

「下におろう」

全身の憤怒が真赤な声となって、きりを揉むように、お手先衆の咽喉を突き出た。しかし、その声にも効果はなかった。と分ると、彼は殆んど逆上してしまった。

「外奴！　無礼すッか」

それはもはや「下におろう」というような役目的な言葉ではなかった。日頃耳にし、口にもしている「攘夷」の、かつ、この瞬間の憤怒のもっとも単的な表現だった。彼は逆上の余り、それを自身の口から出たものと、瞬間錯覚し、その言葉の響きに、ちょっとした快感すら覚えていた。

が、いきなり振り向いた途端、彼は供頭の奈良原喜左衛門が緊張した表情で駆けつけて来るのを見た。あ、今の声は奈良原どんだったかと、はじめて自身の錯覚に気がついた咄嗟に、お手先衆は奈良原が示現流の使い手で、ついこの四月伏見寺田屋事件鎮撫の応援に赴いた剣客であることなどを、思いだし、固唾をのんだ。

奈良原は異人たちの方へ駆けつけながら、

「エゲレス人だな」

と、何故かいきなり決めた。そのことをあとで想いだして、奈良原には不思議でならなかったという。

「何故エゲレス人だと決めもしたか、全然根拠もなかことでごわしたが、いわば勘ちゅうもんでごわんそかい」

と、興奮して人にも語った。

奈良原の勘は当たっていたのである。これら四人の異人は上海の英国商人リチャードソン、香港から来た英国商人の妻ボロデール、横浜在住の英国商人マーシャル及びクラークで、いずれも英吉利《イギリス》人であった。

彼等は奈良原の物凄い見幕を見て、はじめて事態を悟った。石榴《ざくろ》の実に似た皮膚の色はたちまち蒼ざめた。生毛まで蒼くなった。

「ノー、ノー」

そう絶叫した途端、

「莫迦ッ」

短い叫びだが、奈良原の口から出て、長い白刃がまず先頭のリチャードソンの腰のあたりに閃いた。

リチャードソンは奈良原のその言葉のわからぬもどかしさを、瞬間ちらと感じた。それは何か痛いような、鋭く、重いもどかしさだった。続いて、二三日前神奈川奉行から英吉利領事を通じて、二十一日には島津家の行列があり、供衆の数も多く、街道は混雑する故、当日は神奈川辺の街道を出歩くなという通達があったことを咄嗟に想いだし、あっという後悔がぐるぐる廻転しながら、胸へ、頭へ、背中へ、腰へ冷たく落ちて来た。同時に、しびれるような眩暈が血の走る素早さで、眼の前を真白にした。そして、それを最後にリチャードソンの生命は彼の意識を離れて、地面を這うた。彼の馬はリチャードソンを地上に落すと、白い尻毛を赤く染めたまま逃げ去った。

奈良原は次にクラークに斬りつけた。咄嗟にクラークは馬に拍車を入れ、上半身を曲げて、切さきを避けようとした。が、彼の腕には血しぶきが走った。クラークは腕を落したまま、異様な叫び声をあげて、逃亡した。

マーシャルは、というよりマーシャルの馬は、余程の癖馬だったのか、それとも仰天したのか、むやみに右往左往して醜態見るにたえなかったが、奈良原がリチャードソンとクラークに向っている間に、やっと馬首を整えて駆けだしたので、危うく彼の致命的な切さきを逸れることが出来た。しかし、奈良原に続いて駆けつけて来た海江田信義の大刀は、さすがに遅ればせながら、逃げるマーシャルの後頭部に届いた。

ボロデールは逞しい鉤鼻をもち、まるで男のようないかつい体格をした醜女であったが、四人のうち特にかけはなれて目立つ派手な服装をしていたせいもあって、さすがに薩摩人の眼にも女だと分った。そのため、ボロデールは一番あとまわしになった。おかげで彼女はたいした被害もなく、うまく逃亡することが出来た。もっとも彼女はヘルプ、ヘルプと叫んだ途端に馬上で失神してしまっていたから、逃亡したのは実は彼女の馬である。彼女はただ、馬の背中に載せられた一個の荷物となって、運ばれただけである。

横浜の居留地まで辿り着いて、はじめて彼女は意識を恢復した。そして、香港からわざわざ横浜の居留外人たちに見せびらかせに持って来た乗馬用の帽子と、金髪の一部が斬られていることに、気がついて、派手に泣きだした。海江田の刀が触れたのである。

やがて英吉利領事館に駈けこむと、彼女はぶるぶるふるえる唇にウィスキーを二杯半流し込んで、一部始終を語った。

「馬に乗っていたという事実が、私の生命を救ってくれたのですわ」

「しかし、マダム、貴女方が馬に乗っていなければ、こんな惨事もなかったわけですな。つまり、馬は三人の生命を奪い、一人の生命を救ったということになるわけですな」

領事のヴィノは治に居て乱を忘れざる洒落た返答をした。ボロデールは三人とも殺されたと言ったのである。が、やがて、クラークとマーシャルは神奈川本覚寺の米国領事館に逃げ込んで、傷の治療を受けつつある旨がわかると、ボロデールは喜ぶというより、むしろ自分の陳述の間違いに憂鬱な表情を見せた。

三人が逃亡してしまうと、奈良原、海江田の両名は、断末魔のもがきをかすかにもがいているリチャードソンの長い身体を、行列の邪魔にならぬよう、畑の中へ引きずり込んだ。海江田が止めを刺した。

それを最後に、騒ぎは簡単に静まってしまった。ほんの二三分の、あっけないほどの出来ごとであった。もはや街道には行列を邪魔する何ものも無かった。紊れた蹄の音も、鴃舌の悲鳴も、馬のいななきもなかった。行列は何ごとも無かったように、程ケ谷駅へ向って、西へ西へと動いて行った。

「下に、下に……」

お手先衆の声も、やがて元の凛然かつ単調な律動を取り戻した。もはや憤怒の心は去り、道端の雑草の中にぽつんと黄色い花を見せて咲いている秋草がふと眼にとまって、お手先衆は何かしら満ち足りた気持だった。

しかし、奈良原、海江田の両人はさすがに興奮していた。大いに面目を立て、日頃の溜飲を下げたという気持を包み切れなかったのである。むろん、居留外人を斬り捨てた結果がどんな大事件になるだろうか、などとは、考えてもみなかった。考えるにも当たらなかったのだ。たとえ外人たちが何と思おうと、こちらはただ斬捨御免に従ったまでである。いや、それ以上の正当な理由があったのだ。誰に遠慮をすることがあろうか。

近年、エドウィン・A・フォークという亜墨利加《アメリカ》人が「東郷平八郎と日本海上勢力の興起」という一冊を書き、そのなかで生麦街道の変に触れて、次のように述べている。

「一八六二年の晩夏、その主要な犠牲者たるリチャードソンの名は除外され、事件の行われた場所の名前を冠した『生麦事件』が起った。この事件によって、東郷平八郎はその初陣を経験するのである。

薩摩の藩主島津三郎は、江戸から自国へと下向していた。時に八月二十一日。

その先頭は、接近する貴人に無礼を働く者が出ないように、「下に！　下に！」の警告を民衆に向って発しつつ、進行していた。これに続いて帯刀した警護の武士が歩き、彼等の背後には人夫が貴人の所持品を竹の棒で担いでいた。薩摩武士の主体は、この後におびただしい槍、戟等の戦具を装備して随行していた。人々の召使いにかつがれた華美な薩摩公の轎は、侍医と馬に乗った行列の長とに附き添われて、武士の後からしずしずと進行し、轎の後にも亦多くの武士が警護し、更に召使いが従い、最後にまた警備の兵士が進行していたのである。

この物々しい大行列が横浜への分岐路近くにさしかかったとき、「紅毛の蛮人」から成る乗馬隊が、「下に！　下に！」の警告を無視して馬背にまたがったまま、物珍らしげに大行列を観察していた。

英国ではどんな高貴な行列を馬上から眺めても無礼とならないので、彼等は自分達が何をしているかに、気づかなかったのである。この一行は上海の英国商人C・L・リチャードソンと横浜在住の英人商人二名と、香港から来た英国婦人一名から成っていた。彼等は下馬しなかった。

彼等が妥当なる行動を無視したことは、礼儀正しい日本人にとって、重大事件であった。それに時代が時代であり時期が時期であったので、彼等の行動は熟慮の上の侮辱であると、考えられた。

最初、行列の先頭に立っていた臣下は、英人の大胆な振舞いに驚愕したが、薩摩公の轎が接近するにつれて、事態は極度に鋭角化した。だが、英国人たちはこの緊張に気づかなかったのである。

突如として、英人の近くにいた武士達は刀を抜いて、軽蔑した外人に襲いかかった。彼等は先ずリチャードソンに達した。

彼を攻撃している間に、驚愕した外人達は馬に拍車を入れて逃亡しようとした。しかし、無傷のまま逃れることはできなかった。

一行のうちの婦人は、当時流行であった華美な頭髪を切断されたが、辛うじて首を斬られることは免れた。男のうちの一人は腕を切断された。リチャードソンは落馬し、刀の雨を浴びて、即死した。

攻撃者は行列の中に帰り、薩摩公は予定の前進を続けた……」

恐らくフォークは日本の文献を参照したのであろう、外人の書いたものとしては、かなり正確な記述である。

無論、二三の誤謬はある。たとえば島津三郎久光を藩主としているのは、明らかに思い違いである。久光は藩主忠義の生父で、その後見役である。しかし、そんな考証はこの場合どうでもよい。重要なのは、外人が生麦事件の動因をどう理解しているか、である。

フォークは「礼儀正しい日本人」及び「熟慮の上の侮辱」という言語を使っている。しかし、それだけでは必要にしてかつ充分な説明とは言い難い。奈良原らの動機はもっと深い所に根を張っていたのである。それをフォークは理解していたかどうか。ともあれ、しかし、フォークは漠然とした言い方ではあるが、「……それに時代が時代であり、時期が時期であったので……」と書いている。敢えて求むれば、この言葉の中に事件の真相がかくされていたのである。

どんな時代、どんな時期であったか。

文久二年はペルリの来航した嘉永六年より数えて十年目、横浜開港以来足掛け五年になる。その間徐々に高まって来た排外熱が、絶頂の殆んど一歩手前まで沸騰した年であった。

いうまでもなく、この排外熱は攘夷という語で表現された。そして、この語は当時すでに一部の志士の間に「倒幕」の合言葉として用いられていた。攘夷すなわち攘将軍であった。つまりは攘夷はまず幕府への不信のあらわれであった。幕府の外国応接はことごとに屈辱的、日和見的で、醜態を極めていたのだ。それ故に攘夷の声はあがり、そしてまたその声が幕府の虚をつく最も有効な手段となったのである。

無論、攘夷は単に幕府の勢力を弱めるための政策のみではなかった。むしろそれは結果であって、純粋には復古的、神国的、国学的なものであり、神州の地を夷敵から守れという心のあらわれであった。この心はすなわち勤皇精神を導き出し、そしてそれ故にこそ攘夷は倒幕と思想的に結びついたのである。そしてまた、感情的には居留外人の横暴に対する憤怒のあらわれであった。ペルリの日記に、ことによっては侵略も行うべしと書いてあったことを、誰も読みはしなかったが、当時の日本人たちは勘で知っていたのであろう……。

そんな時代であった。だから奈良原らのしたことは、従来習慣として行われて来た斬捨御免だけのものではなかった。つまりは、攘夷の精神がそこに反映していたのである。のみならず、フォークは書き洩しているが、リチャードソンらが横切った行列は、勅使護衛の任を帯びていた。単に一大名の行列であっても、斬り捨ては御免である。それを勅使に対して、延《ひ》いては朝廷に対し奉って、許すべからざる無礼を働いたのであるから、誰がこれを黙許するだろうか。薩摩は武士道を吟味する藩であるばかりか、当時長州と並ぶ勤皇藩である。してみれば、奈良原、海江田は日本人としての当然の、そして薩摩藩士として、いやでも成さねばならぬ義務を遂行したまでである。誰に遠慮もなかったわけだ。

しかし、英吉利人たちはそのようには思わなかった。「英国ではどんな高貴な行列を馬上から眺めても無礼にならない」習慣を楯に、強硬に抗弁して来たのである。相当えげつなく。

生麦談判

文久二年十二月二十四日(西暦一八六二年十一月二十日)、英本国政府外務大臣ラッセルは、日本駐劄英国代理公使ジョン・ニイルに向って、大要左の様な訓令を発した。

日本駐劄英国代理公使

陸軍中佐　ニイル貴下

リチャードソン氏殺害事件及び氏の同伴者たりし二紳士並びに一婦人襲撃事件は大いに我政府に侮辱を与えた。

英国政府は其の当然に要求すべき所の賠償額を確定するに当たり、日本国政府の異常なる態度に就いて思考を回らした結果、遂に我英国政府に対し責任を有する者に両者あることを、了解した。すなわち、第一は、白昼街道に於いて英国臣民を攻撃殺害した者があって、其の何人なるかが判然しているにも拘わらず、遂に其の罪を問うことを為さない江戸政府である。第二は、此の恐怖すべき罪科を犯すに当たって事実命令を下さなかったとしても、しかし、其の臣下のこれを犯すことを許して、更にこれに関して刑罰を加えない島津三郎の親族である所の大名、薩摩公である。

貴下は、賠償として左の条件を日本政府に要求するという訓令を受ける者である。

一、条約上に於いて通行を許可した所の道路を通過する英国臣民に、攻撃を加えることを許した罪科のため、十分な正式の謝罪文を提出させること。

二、此の罪科の罰金として、日本政府より十万ポンドを領収すること。

次に、貴下は、左の条件を大名島津公に要求すべきである。

一、リチャードソンを殺害しまた其の同伴者であった婦人、紳士を攻撃した犯罪者の首領を、英国海軍将校一二名の目前に於いて、直ちに糾問して、これを死刑に処すること。

二、殺害者の親戚及び当時辛うじて身を以って殺害者の刃鋒を免れた者に、分与すべき金額二万五千ポンドを領収すること。

若し、日本政府が此の賠償を拒絶するときは、同地海鎮の海軍将官の力を借りて、報復手段または封鎖行為、若しくは同時に此の二者を行うこと。

また、薩摩公が若し此の要求に応じないか、若しくはこれを履行しないときは、海軍将官は其の旗艦及び其の他必要の軍艦を率いて、薩摩公の領地に赴くこと。

聞く所によれば、薩摩公の領地は、九州島の極南端に位する一半島で、其の東南には一港がある。此の港の封鎖が果して有利であるか、若しくは同公居所を砲撃する方が効果的であるか、等の問題に関しては、該将官の方が本国政府よりも能く知っているであろう。

また聞く所では、薩摩公は、外国より購入した高価な汽船を所有している由、しからば、我が要求の行われるまでは、是等の汽船を捕獲、若しくは抑留して置くのも、また一策であろう。

外務省にて　ラッセル㊞

この訓令を読んだニイルは、さすがに本国政府の欲の深さに顔負けした。要するに生麦事件の賠償として、幕府から十万ポンド及び謝罪文、薩摩から二万五千ポンド及び下手人の身柄を取れというのであったが、日本の政情を巧妙に利用して、幕府、薩摩の両者からとれという両取りの抜目の無さは、さすがはと思わせた。恐らく賜暇帰国中の駐日公使オールコックの入知慧だろうが、よくも考えたものだと、むしろニイルはあきれてしまったのだ。

けれど、取ることの多い分にはむろん文句はない。ニイルはいそいそとして自国艦隊が香港から到着するのを待った。

英国東洋艦隊司令長官オーガスタ・クーパー中将が旗艦ユーリアラス号に搭乗して、パーサス号、ヒアール号、アーガス号、レースホース号、コックエット号、ハポック号その他合計十一隻を随えて、横浜湾に現われたのは、将軍家茂の上洛も間近かに迫った文久三年二月のはじめであった。

ランチに乗り込んだクーパー提督は出迎えのニイル代理公使に訊ねた。

「交渉は？……」

未だ、と答える代りに、ニイルは、

「もう成功したのも同然ですな」

貴方が来てくれたからにはと言った。あとの方が聴きとれなかったので、クーパーは、

「え？」

と、訊きかえした。ニイルは黙って振り向き、ユニオン・ジャックの軍艦旗を指した。

クーパーはうなずき、

「賠償金の格納場所も出来たわけだね」

と、笑った。ニイルも笑い、葉巻の灰が海面を飛んだ。

領事館へはいると、直ちにニイルはまるでマグネットに釘が吸いついたような、毛だらけの手をいやらしくインクに染めながら、幕府へ提出する一書を認めた。

「近日重大なる申し入れを行うべきに就き、将軍上洛等の辞柄を以ってそれが回答を延期せざるよう希望する。すなわち、交渉が済むまで、将軍の上洛は見合せあるべし」

という意味の文面であった。

しかし、家茂の上洛は三代家光将軍の時まで怠らなかった入朝の儀式を復活して、皇室に対する過去の非礼を陳謝し、大義名分を明らかにすべしという勅諚を拝してのことである。ニイルの要求には応じられなかった。

家茂はニイルの書を受けとった翌二月十三日、彼の入洛を期として大いに成すところあろうとする反幕派公卿諸侯の策動や、志士浪人の不穏な徘徊が待っている京都へ向って、陸路三千の兵にまもられて、周章かつ殆んどしょんぼりと出発した。横浜湾の英艦を怖れて、海路で行くはじめの予定を変更したのである。

家茂がニイルの要求を無視したことは、ニイルを憤慨させ、また口実を与えた。二月十九日、書記官ユースデンはニイルの命をうけて江戸に入り、芝高輪東禅寺に於いて、外国奉行阿部正行に英国政府の要求書を手交し、二十日間の期間を附して、確答を求めた。その内容はむろん外務大臣ラッセルの訓令通りのものだったが、しかし償金の額は一万ポンド増加していた。昨年の東禅寺英吉利公使館襲撃事件の賠償金を附け加えたのである。つまりはニイルはラッセルに顔負けを感じられる義理ではなかったのだ。ラッセルには顔負けしなかったクーパーも、ニイルにはほとほと顔負けしたくらい、ニイルの方が役者が一枚上手だったのである。

「ニイル君は臆病なわりに、取る分には取るんだね」

と、クーパーが皮肉を言ったという。

臆病だといったのは、ニイルが交渉に当たって、東洋艦隊十二隻だけでは安心できず、他の列国にも応援を求むべく、さかんに横浜在住の列国使臣を説いてまわっていたのを、かつは嘲笑し、かつは英国武官として心証を害していたからである。

ところが、ニイルの思惑に反して、列国の歩調はそう簡単には合わなかった。米国公使プリューインは、

「日本の風習によれば、大名行列に対しては、庶民はむろん武士と雖《いえ》ども下馬して敬意を表さなくてはならないのを例とする。だから、遭難した英人の一行にも不行届の点がある。しかるに、計十二万五千ポンドの償金とは些か非常識である」

と、言って、ニイルの要請を突っ放した。米国はこの頃本国の内乱に気をとられているせいか、ペルリ以来の老舗をもちながら、対日貿易では一歩も二歩も英吉利に譲っている。だから、何かにつけて英吉利がねたましかったのだ。ひとつには、ここで英吉利と歩調を合わすよりは、むしろ幕府方について甘い汁を吸う方が利巧だと考えたのである。

仏蘭西は対支戦争で提携した因縁もあって、米国ほど冷淡ではなかったが、しかし、機に乗じて甘い汁を吸いたい肚はやはり同じであった。表面では態の良いことを言っていても、結局は英国よりも幕府につけ入りたい気持なのだ。ツーロンから急行したジョレー少将の率いる軍艦三隻に、サイゴンから招致した陸兵三百の物々しさは、単に居留民保護のためとのみ思えなかった。まして、英国救援のためにしては、余りに有り難す

ぎる大兵力である。

露西亜と来ては、対英決戦のための尽力をひそかに幕府に申し入れる肚をきめこんでいた。

つまるところ、条約既得権及び居留民の生命財産の保護という点では一致しても、列国の肚はさまざまであった。

「だから、言わぬことではない。十二万五千ポンド、いや、十三万五千ポンドは英吉利一国の力で取るべきだ」

と、クーパーは横浜に集結してあった艦隊の一隻を、品川沖へ差し向け、砲口をひらいて、江戸市中を脅やかした。横浜の騒然たる物情はそのまま江戸へも移り、江戸の人心は戦々兢々として、さながら戦争前夜の混乱であった。むろん幕府の有司は周章狼狽した。

家茂は既に老中水野忠精、板倉勝清、若年寄田沼意尊、稲葉公已等を随えて上洛の途にあり、頼りにする後見一橋慶喜、政事総裁松平春嶽は京都に在り、留守役の老中井上河内守、松平豊前守、酒井飛騨守等は慌しく協議したが、結局わるい時に留守を引き受けたという嘆息の外に、出る智慧もなく、何はともあれ大目付兼外国奉行竹本正雅を急使として将軍の台駕を追わしめた。竹本正雅は掛川宿で将軍に追いついて、善後策の指令を請い、

「上洛の上評議を重ねる故、姑《しばら》く回答延期を交渉するがよかろう」

とだけきいて、引きかえした。

その報告を待っている間、井上、松平、酒井の三老中は憂鬱であった。

「身共は敢えて攘夷派とは言わぬが、このたびばかりは、憚りながら、攘夷の気持も分った。何はともあれ、英国の軍艦に退去してもらうことだ。あのようにお城近くで軍艦にうろつかれては人心も収まらぬし、公儀の体裁もなりがたい。ひいてはわれらの失態、いずれは狂歌、落首も覚悟せずばなるまいて……」

井上河内守は狂歌、落首の類を日頃人一倍おそれていた。

「左、左、左様、し、し、しかし、それには、まず、償金を、は、は、はらう必要がござろう。十、十、十一万ポンドといえば、ま、ま、まず……」

酒井飛騨守は最近どういうわけか極度の吃音になっていた。それに業を煮やした松平豊前守は、

「まず、日本の金で三十万両」

と、早口に言った。

「値、値、値切るか」

飛騨守が訊いた。

「値切らぬ」

豊前守は飛騨守の口を押さえるように言った。

「で、で、では英吉利の、い、い、いいなりに、は、は……」

「払わぬ」

豊前守は乱暴に言った。飛騨守の吃音が気になってならなかったのである。

「で、で、では……」

どうするつもりかと、飛騨守はすらすら言葉が出て来ぬのが、もどかしかった。が、それ以上に豊前守は飛騨守の口にいら立っていた。

「払わぬ。絶対に払えませんぞ」

まるで償金を飛騨守から請求されているような按配に、豊前守は言った。

「一、一、一文も……？」

さすがに飛騨守は豊前守も自分に対して不機嫌になっているのに気づいて、一層意固地に問いつづけた。

「左様、一文も払わぬ。……一文も」

「は、は、はらわぬ？」

「払わぬ」

豊前守は綿を千切って捨てるように、言い放った。

河内守はそんな応酬を渋く見ていたが、やがてゆっくり口を開いた。

「払えぬな。英吉利人ごときに払う筋合のものではござらぬな。しかも、もともと生麦の一件は公儀の責任ではない。少なくともわれらの責任ではない。もとをただせば、このたびのことは……」

「さ、さ、さ、薩……」

「薩摩の芋侍に責任がある。島津の家臣が斬ったということ、しかして島津がその下手人をわれわれに差し出さぬということ、この二つがこのたびの生麦談判の原因だ。昨年島津が素直に下手人さえ出せば、英吉利いかに狡猾といえども、賠償金など請求出来なかった筈だ。しかるに、島津はそれをしないばかりか、公儀の迷惑をむしろ笑っている。巷間伝うるところでは、島津が下手人を差し出さぬのは、畢竟《ひつきよう》公儀を窮地に陥れんとする術策だということだ。いったい足軽岡野新助とは何だ？」

豊前守はかんかんになっていた。

岡野新助というのは、薩藩が生麦一件の行方不明の下手人として幕府へ届け出た架空の人物なのである。事件が起った直後、薩藩では神奈川奉行に宛て、行列が生麦村通行の際、三四名の浪人が外人を殺傷し、其の儘混雑にまぎれて行方不明になったと届け出たのだが、それではあんまりだと、その後薩藩の江戸留守居西筑右衛門より幕府へ、

「島津三郎儀、昨日御当地出立仕候段は御届申上候通り、然る処神奈川宿手前ニ而異人馬上ニ而行列内え乗込候ニ付、手《て》様《ざま》を以て丁寧に精々相示し候得共、不㆓聞入㆒無体ニ乗入候ニ付、無㆓是非㆒先共之内、足軽岡野新助と申者、両人え切付候処、直ニ異人共逃去候を、右新助跡より追掛付越、夫形《それな》り何方え罷越候哉、行衛相知れ不㆑申候」

と、届け出たのである。むろん、責任のがれであり、かつ幕府を嘲弄するものであった。

「……それというのも、島津は関ケ原以来公儀に楯つくことを法としているからだ。公武周旋とはいい条、畢竟島津の肚は自らの野心を以って公儀を窮地に陥れんとするところにある。まずは島津をこそこらしめるべきでござろう」

二月二十五日、薩藩の江戸留守居は城中へ召喚されて、老中から次のような達しを受けた。

「此度、横浜へ英夷軍艦渡来、生麦一件に付三箇状申出候。
第一、償金可差出
第二、三郎の首級可差出
第三、薩州へ軍艦可差向
との儀にて何れも難聞届《ききとどけがたき》筋に付、其趣を以て可応接候に付いては如何様の次第に及び、薩州へ軍艦差向候程も難計《はかりがたく》候間、此段為心得相達《あいたっし》置候事」

薩藩の留守居は恐縮かつ変な顔をして帰って行った。三人の老中は大笑した。

「だ、だ、だ、いぶ、あ、あ、あわてたと見える」

吃音の癖に飛騨守は直ぐ口を利きたがる。しかし、この時は豊前守も不愉快ではなかった。

「三郎の首級可差出の一条には、ま、ま、ま、参っただろう」

と、飛騨守の口調を真似るほどの上機嫌だった。飛騨守もそれに気をわるくするというほどでもなかった。

実は、英吉利の要求には島津三郎の首級云々はなかったのである。それをわざと偽《いつわ》ってその一条を留守居に示したのは、むろん薩藩へのいやがらせであった。ひとつには、そのように英吉利の強硬な要求を誇張して置けば、薩摩の方では狼狽してあわてて下手人と償金を差し出すだろう、そうなれば幕府の対英応接も円滑かつ犠牲すくなく運ぶだろうという思惑からでもあった。しかし、この小細工が却って悪かった。

もともと薩藩ではこの事件に関してはまるで眼中幕府なきが如き強硬な態度を持して来たが、英吉利の要求が久光公の首級にあるときくに及んで、狼狽どころか、憤慨はその極に達し、当の責任者の奈良原、海江田の両人らは直ちに英吉利公使館を襲撃しようとまで、言いだす始末で、大久保一蔵などこれを制止するのに弱ったくらいであった。幕府の脅かしなど全然利かなかったわけだ。それに、久光公はその性格からして保守的で、尊攘運動の先鋒ともいうべき寺田屋事件を自ら鎮圧せしめたり、西郷吉之助以下の過激派を遠島にしたり、比較的穏健な公武合体論を唱えて攘夷問題を処理しようと図ったり、いわばなるだけ事を好みたくない態度を見せていたのだが、その肝腎の久光公を怒らしてしまったのだから、ますますいけなかった。久光公は対英決戦も辞せずという決心すら抱くに至ったのである。狼狽は薩藩の江戸留守居の顔に瞬間泛んだ淡い表情に過ぎなかったのだ。

もっとも、こうした薩藩の態度には、折柄の京都の空気もまた反映していたのだ。京都では既に将軍入洛以前から、尊攘派の活躍著しく、攘夷の大論は決していた。将軍は入洛後二十日間の内に、攘夷期日を決定して奏聞申し上げることを誓約していたのである。そして、将軍が京都につくや、時を移さず攘夷祈願の御為の賀茂行幸が仰せ出された。京都の空気は全く攘夷の一色に塗りつぶされていたのだ。

外には外夷の圧迫あり、内には尊攘論の擡頭あり、公武合体の淡い夢を抱いて上京した家茂は、可哀そうにその夢も途端に破れて、逆捲く攘夷即ち攘将軍の波にみるみるその勢威が押し流されて行く悲哀を見なければならなかった。そこへ、英吉利の要求だ。朝廷では、

「英吉利公使の面前で、生麦一件を拒絶談判あるべし」

と、将軍に御沙汰あらせられた。家茂はじめ、一橋慶喜、松平春嶽等滞京中の幕府首脳部はこの御沙汰を拝してすっかり弱ってしまった。拒絶談判せよとの御沙汰はすなわち、

「今こそ攘夷決戦の機である。万一兵端を開くも苦しくない」

と、いう御意嚮に外ならなかった。

そうした御沙汰を全部無視してしまうには、既に幕府の勢威は対内的に余りに弱くなってしまっている。といって、英艦を相手に決戦するには、対外的に弱すぎる。海辺の防備も不完全である。ロシヤからは、

「御加勢可申間、御打払（英国を）なさるべく候」

と、幕府への援助を申し入れて来たが、ロシヤの野心が奈辺にあるかは、むろん鋭敏

な慶喜以下には分っていた。それに対馬問題でロシヤには恨骨髄に徹しているのだ。無論、この申し入れは、一蹴した。

それに、よしんば海辺の防備が完全であるとしても、開港、対外和親の方針で進んで来た手前、いまにわかに鎖国、攘夷を決行することは対内的に面目が成りたたない。既にそれは、攘夷討幕派の勢力に幕府が敗れてしまったことを意味するのだ。これが辛い。

「討英決戦など思いも寄らない」

幕府要路の肚は、はじめからこれにきまっていた。と、すれば、英吉利の要求に応ずるより致し方なく、慶喜などもはじめは賠償金支払いの止むなきを諦めていたくらいだったが、もはや情勢はそれを許さない。朝廷の御意嚮に反するばかりか、攘夷派に絶好の幕府攻撃の機会を与えることになる。当時の攘夷、排外熱が惹き起した事件は、幕府にとっては余りに皮肉にも、既に攘夷派の利用すべき好餌となっていたのである。

朝廷の御催促はますますきびしく、また英吉利からも砲口を突きつけての催促だ。幕府は内外の難問題に挟撃されて、進退に窮した。ともかく京都の圧迫的な空気から逃れるべく、将軍は討英折衝にかこつけて、東帰を願ったが、朝廷ではお許しにならなかった。高杉晋作、伊藤俊輔、品川弥二郎等長藩の過激派は、

「将軍攘夷を曖昧にして東帰するにおいては、路に要して之を撃つであろう」

と、脅かすありさまだった。公武周旋派の諸侯は匙を投げて帰国し、将軍は全く孤立した。将軍天誅の街頭落書までが現われる。

慶喜らはほとほと弱った。ことは対英生麦談判だけではない。国内問題たる攘夷問題がこれにからまっているのだ。開国償金支払説、開国償金拒絶説、鎖国償金支払説、鎖国償金拒絶説等硬軟さまざまの意見が行われたが、いずれにも難点があった。結局、

「回答遷延を図るべし」

と、いうおきまりの姑息《こそく》手段以外に策は出なかった。が、この遷延策がかえって意外な結果をもたらした。


ニイルは幕府があわてて償金を支払うものと信じていた。しかるに、幕府は徒らに遷延策を図るばかりか、情報によれば、三月四日関八州の大名及び旗本に対して、日英間の断絶に備えて、臨機応変の覚悟をなすべしと命じ、次いで六日には、在府の諸大名に情勢の切迫せるを告げて万一に備えしめ、とくに彦根、上ノ山、鯖江、松代、大洲以下十二藩に命じて、江戸横浜の要地に当らしめている。江戸府内には防禦設備がととのえられ、非常の糧秣も準備されたといい、横浜では神奈川奉行が市民に避難を命じたということだ。これを見て、ニイルは、

「いよいよ決戦するつもりか」

と、情勢の切迫に狼狽した。まさか幕府がこうまで強硬になるとは思わなかったのだ。ニイルはすっかり当てが外れた気がした。彼としては償金さえとればよいのである。弗箱を相手に無暴に戦う意志はなかったのだ。それに列国使臣の足並みはそろわない。ニ

イルは殆んど蒼くなった。

ところが、ふと京都からの情報がニイルの耳に伝わって来た。それによると、対英決戦も辞せずという幕府の一見強硬な態度は実は尊攘派に牽制された苦しまぎれの空威張りらしいと、いうのだ。即ち、幕府は償金支払いの意志をもっているのだが、尊攘雄藩に圧迫されて、それが実行できないらしいのだ。ニイルは、

「われわれと幕府との条約は今や破棄されんとしている。これはいわゆる尊攘派と称する諸侯が策動しているからだ。よって、われわれは幕府を圧迫し、延《ひ》いてはわれわれを圧迫せんとしているこれらの諸侯を討つべく、連合して幕府を援助し、われわれの既得条約権及び居留民の生命財産の保護を図ろうではないか」と、列国公使間に説いてまわった。米国公使は応じなかったが、仏国公使ベルクールは即座に応じた。ニイルの音頭で動くのはいやだったが、しかし、幕府を援助するという名目に惚れこんだのである。

三月十七日、英仏公使は大目付兼外国奉行竹本正雅、外国奉行竹本正明にひそかにこの提案をした。両竹本はこれを慶喜に報告すべく極秘裡に京都へ向った。

「貴公らはかかる報告をしにわざわざ京都まで来たのか。何故その場で彼等の提案を拒絶しないのか。指揮を仰ぐまでもないことだ」

と、慶喜は言い、まるで彼等は叱られに上洛したようなものだった。

「いかに将軍家の勢威おとろえたりとはいえ、反幕諸藩を押えるのに、外夷の力を借りるほど、おちぶれてはおらぬ。しかも、いま外夷の内政干渉を許せば、どういうことに

なるか、それこそ皇国の一大事ではないか。このことが貴公らには分からぬのか」

慶喜は殆んど涙声だった。両竹本は恐縮して早々に帰府し、英仏公使の共同申し入れを拒絶した。

そのように、ともあれ英仏公使の提案を拒絶したものの、しかし慶喜は内心慄然たるものがあった。この上対英折衝に日を費せば、ますます外夷に内政干渉の機を与えることになる。かくては内乱を招来する惧れもあろうと、三月二十五日、在京の老中格小笠原図書頭を帰府せしめて、専ら対英折衝に当らせることにした。が、慶喜は図書頭に何らの策も授け得なかった。ただ、帰府してことに当れと命じただけであった。

図書頭もまた慶喜の考えをきこうとはしなかった。二人の間には、自然と黙契が出来ていたようである。

図書頭は江戸に到着すると、直ちに神奈川奉行浅野氏祐を引見して、情勢をきいた。

「もはや、これ以上遷延するにおいては、如何なる変事に立ち至るやもはかり知れません。各国の軍隊は横浜に上陸して、居留民の保護に当っています。ニイルはもうすべての措置をクーパー提督に任しているような形勢かと思われます」

それをきくと図書頭の肚は途端にきまった。彼は江戸留守居の老中と協議をひらき、徹頭徹尾償金支払いの不可避なることを説いた。しかし、老中の意見は容易に決しなかった。

「ひ、ひ、ひ、一橋殿が、か、か、か、帰られてからにしては、ど、ど、ど……」

「どんなものでござるか。下手に償金を支払って、攘夷派の乗ずるところとなっては、拙い」

「それに、朝廷のお思召もござろうから……」

と、いう老中らの言葉に、図書頭は業を煮やしてしまった。

「一橋殿の帰府をまって決するくらいなら、なにもそれがしは帰府はせぬ。われわれはわれわれの責任を以って決すればよい。徒らに責任を他に負わすのみで、いかにしてわれわれの忠誠を果すことが出来ようか。いったい貴方がたは何を怖れていられるのか。河内守どの、狂歌でござるか、それとも暗殺でござるか」

「こ、こ、こ、これは、お、お、お、お言葉が過ぎましょう」

飛驒守が河内守に代って態々口を開いて、そう図書頭をたしなめるなど、座は白けてしまった。

しかし、図書頭の強硬さと熱意は漸《ようや》く老中を動かすに至った。四月二十日、幕議は遂に償金支払いと決した。

が、その四月二十日は京都では、家茂が朝廷の厳命を拒みきれず、遂に攘夷期限を奏聞した日であった。すなわち、

「攘夷期限之事、来五月十日無相違拒絶決定仕候間及奏聞候。猶列藩へも布告可致候事」

と、奏聞に及んだのである。

この報が江戸へ着くや、生麦談判の幕議はにわかに崩れてしまった。

「右に攘夷実行を誓約し奉りながら、左に償金支払いをなすのは矛盾撞着もはなはだしい。償金支払いの儀は中止するがよかろう」

老中達の意見はそう決まった。そこへ、一橋慶喜が帰府するらしいという報が来た。

「何はともあれ、一橋殿が帰府されてから……」

と、老中たちはほっとして、これで責任が免れると、久し振りに肩の荷をおろした感じだった。

図書頭はそんな老中たちの態度を見て、苦り切っていた。頼りにならぬ連中だ。よし、おれは専断でことを決しよう。図書頭はひそかにそう決心した。図書頭の姿が横浜の海岸通りにある英吉利の生糸貿易商エルダーの宏壮な邸館にあらわれたのは、四月二十五日のことだった。むろん単身微行、斡旋の労をとった神奈川奉行以外に誰も知らなかった。

洋妾らしい女に案内されて、エルダーのサロンにはいって行くと、おうと、三人の男が立ち上った。二人はびっくりするほど背が高い。ニイル代理公使とクーパー提督だった。他の一人は支那人らしく通弁だなと、図書頭は思った。直ちに密談がはじまった。

「いったい、いつ償金を払ってくれるのですか」

ニイルの早口の言葉を通弁はゆっくりと一句ずつ区切って図書頭に伝えた。が、図書

頭はそれに答えず、

「生麦の一件は薩摩に責任があることは、もはや申すまでもないことだが、しかるに、薩摩は貴国の要求には応じられないと言っている。将軍家としても、薩摩を強制することは出来ない」

と、まず言った。

通弁がそれを伝えると、ニイルとクーパーの顔色はにわかに変った。図書頭の言葉はききようによっては英吉利の要求を全く拒絶したものと、とれるのだった。

「だから、英仏共同して幕府を援助しようと提案したのではないか」

と、ニイルが気色ばんで言いかけたのを、図書頭は押えて、

「しかし、薩摩は薩摩、幕府は幕府でござる。幕府は幕府の取るべき責任だけは果す所存、すなわち、十万ポンドの償金はお支払い致す」

と、言った。クーパーの顔色は急に和いだ。が、ニイルは渋く眉をひそめて、

「十一万ポンド」

と、訂正した。

「左様、十一万ポンド、東禅寺事件の償金も含めるのでござったな」

ニイルははじめてにっこりした。それを見ると、図書頭は、まず劈頭の話術は成功したらしい、しめた、と思った。

「支払いの期日は……?」

ニイルが訊いた。図書頭は暫らく答えなかった。そして、慌しく自身の決意の底を覗いていた。

「一橋殿が帰府を急いでいるのは、恐らく談判拒絶のためであろう。が、談判拒絶のあとをどう処理するか、一橋殿に成案があるだろうか。あるまい。ただ攘夷期限決定の手前、天下の非難が幕府に集まるのを、怖れているからの拒絶談判に過ぎない。何を怖れることがあろう。天下の非難はおれの一身で引き受けよう。おれの専断で払ったことにすればよいのだ。一橋殿が黙っておれを帰府せしめた肚も、そこにあったのだろう。よし、おれは犠牲になろう」

決意の底は固まっていた。

「五月九日」

攘夷期限の十日より一日前としたところに離れ業に似たものを感じながら固い表情で答えた。

「間違いはありませんな。十一万ポンド、五月九日ですよ」

ニイルは駄目を押した。

「もとより、違約は致さぬ。しかし、条件がある。すなわち、貴国の軍艦に品川沖から退去していただきたい」

そう図書頭が言うと、クーパーは、

「よろしい、横浜へ回航させます」

お安い条件でないかと、ニイルに微笑を送った。が、図書頭が扇子を持ち直して、

「次に……」

と、改まったので、クーパーの微笑は咄嗟に髭のなかへもぐりこんでしまった。

「次に、横浜に碇泊している艦隊に退去していただきたい」

「何処へ？」

クーパーとニイルが同時に言った。図書頭は殆んど凄い表情で、答えた。

「薩摩へ回航していただきたい」

二人の英吉利人は驚くというより、むしろあきれてしまって、お互いの異様な表情を見合ったまま、暫らく口も利けなかった。

実は本国政府外務大臣の訓令には、

「薩摩公が若し此の要求に応じないか、若しくはこれを履行しないときは、海軍将官は其の旗艦及び其の他必要の軍艦を率いて、薩摩公の領地に赴くこと……」

という一条があった。ところが、既にして図書頭の言葉にも明らかなように、薩摩は賠償金支払い及び下手人引渡しを拒絶している。してみれば、艦隊を薩摩へ差し向けるとは、この際英吉利側の示すべき威嚇であり、また必要に応じてとるべき行動なのである。しかるに、図書頭はいまその先手をとって、しかも償金支払いの条件として、わざわざ要求しているのである。

それに、これと意味はいくらかちがうが、反幕雄藩を攻撃するための援助をしようと、

先日英仏共同の提案を申し入れたときも、幕府は一も二もなく拒絶したのではないかと、彼等には図書頭の真意は摑めなかったのだ。図書頭のその一語は将棋で言うなら実に含みの多い苦心の手であった。彼はさまざまな変化を読んでいたのである。

一、敵の打ちたい場所へ、予め味方の駒を打って置くのは、絶好の防禦である。

一、この要求によって、すくなくとも幕府は薩摩の支払うべき償金については、責任がなくなるわけだ。

一、万一艦隊差し向けが単なる英吉利の威嚇に過ぎないならば、当方の要求はかえって英吉利を狼狽させるであろう。即ち、当方の居据りが英吉利の腰を弱めることになる。しかし、これは余り期待出来まい。

一、してみれば、英吉利艦隊は恐らく薩摩へ行くだろうが、この場合二つが考えられる。

甲、薩摩が負けた場合、薩摩の国力は弱められ、従って反幕派の一角が崩れたことになる。

乙、英吉利が負けた場合、英吉利の勢力は日本の地より駆逐され、従って幕府の対内的立場は良化するだろう。

一、何れが勝つにしても、双方傷つき、そして幕府は毫も傷つかぬ。

一、日本の武士道の何たるかを、外人に見せて置くことは、彼等の侵略的意図を挫くことになる。

一、英吉利艦隊が薩摩へ来襲することは、生麦事件の談判のためであるから、さきの英仏申し入れとはわけが違う。すなわち、内政干渉にはならぬ。

図書頭の意図は俗に言えば、人の褌で相撲を取るという虫のよい考えであったが、さすがに狡猾なニイル、クーパーもそこまでは読みとれなかった。しかし、ともあれ、相手から要求されて彼等はいやとは言えなかった。共同申し入れの手前もあり、また、どうせ行かねばならぬ薩摩ではないか。それに下手に断って、幕府から取るべき償金も取れぬことになれば、それこそ大変だと彼等は思った。

「よろしい」

クーパーが言い、ニイルがうなずいた。

そして、談判は済み、あとは雑談になった。図書頭はほっとして、はじめてサロンの中をゆっくりながめた。玻璃蘭燈の灯が、恐らく莫臥爾《モンゴル》伝来だろう豪華な花毛氈《もうせん》の模様を照らしている。既に夜だった。

窓のカーテンを通して港の灯が見えた。多くの外国船のなかで目立って皎々としているのは、たぶん英艦の灯であろうと見た途端、図書頭は急に胸騒いだ。薩英砲戦のありさまがふと泛び、容易ならざる手を打ったものかと、空恐ろしくもあった。

「薩摩といえば、貴方は五代才助とかいう薩摩人を知っていますか」

クーパーがきいた。

「五代才助……？」

呟いて見たが、図書頭には記憶はなかった。

「一向に存ぜぬ」

「そうですか。いや、別に……」

重大な話でもないと、その話はそのまま打ち切られようとしたが、しかし、ひとつは礼儀として、ひとつは念のため、図書頭は、

「クーパー氏はその五代才助とかいう人を御存じか」

と、訊いてみた。

「薩摩は独逸《ドイツ》の船を沢山買うたそうですが、五代才助が上海へ行って、買うたということですな。上海の新聞で読みましたよ」

と、クーパーは言った。

四五年前のことである。上海の英字新聞は、薩摩の人五代才助が幕府を憚って水夫才蔵と変名して、幕船で上海へ密航し、英独人と筆談の商議を行い、独逸船ジョウジキリー号その他八隻、時価五十万弗のものを十二万五千弗で買収することに成功し、白面若冠の身で自ら船長となって、上海を出航した旨の記事を大々的に報じていた。それを読んだのである。

「クーパーめ、薩摩の兵力を知りたがっているのだな」

と、図書頭は思った。すると、彼の心は何故ともなしに警戒の姿勢になり、薩摩の側

に立っている自分を感じた。

「なるほど、薩摩はさながら幕府の敵国である。倒幕を行うものがあるとすれば、薩長以外にはあるまい。しかしやはり薩摩も日本の一国だ。むざむざ英吉利などに負けてもらいたくない。倖い薩摩は斉彬公以来、海辺の防備を厳重にし、新式兵器も多数購入しているという。まさか汚名を蒙るようなことはあるまい。いや是非勝ってほしい」

いきなりそんな考えが泛び、図書頭は、おれも案外攘夷論者かも知れないと、苦笑しながら、

「ところで、薩摩への回航の期日は……?」

と、訊いた。クーパーはニイルと相談をはじめた。

その時、いきなり扉があいて、さっきの図書頭を案内した洋装の女が、洋酒の道具をもってはいって来た。お露といい、エルダーの妾だった。

「六月の末頃ですね。その五代才助のいる薩摩へ回航するのは……」

と、クーパーが言うと、お露の顔色がにわかに変った。

長　崎

落日の最後のあかりが夕凪いだ海をはなれると、やがて出島の蘭館(阿蘭陀《オランダ》屋敷)に灯がつき長崎の港にするすると夜が落ちて来る。暗い海面を鬼灯《ほおずき》のような艀船《サンパン》提灯が揺れて行く。

唐船の胡弓の音が突然きこえて来た。大波戸《おおはと》の磴頭《いしだん》に佇んで、細長い入江の向うを、生島式遠眼鏡でじっと見つめていた五代才助は、ふと足許に異様な触感をかんじて、眼を落した。二三匹の舟虫がいつか足にまつわりついているのだった。

払うと、舟虫はすっと石畳を登って行き、「国崩し」の石火矢《いしびや》（大砲）の玉へ月光を浴びた白い腹をぺたりとくっつけた。

「舟虫ごときまでが、あの『国崩し』を莫迦にする」

才助はそう呟いた。

「国崩し」の玉とはいわゆる砲弾である。六年前すなわち安政四年、藩主斉彬の命を奉じて、阿蘭陀の士官より航海、砲術、測量、数学を学ぶため長崎へ留学した時、はじめて二十三歳の才助はこの「国崩し」を見た。

享保の頃の書物「長崎夜話草」にも「長崎一見の人かならず見るべし」とあるくらい、いわば長崎の名物だろうか、怪物のようなそのでかい砲弾に才助はおどろいたが、やがてそれが日本にもこんな大きい砲弾があると、来航する紅毛南蛮船に見せて、紅毛人の度胆をぬくために、昔の長崎奉行がわざわざ作らせて、ここへ据えつけたのだと分ると、滑稽というより、むしろ情けない気がした。実はそんな大きな砲弾を作ったものの、それをうちだせるような大砲はなかったのだ。いや、作れないのだった。

「哀れな子供だましだ。こんな玩具みたいな砲弾をつくるまえに、何故大砲のことを考えないのだ。子供じみた脅かしをするから、かえって異人らに侮られるのだ。舟虫までが囁っているではないか」

と、再び遠眼鏡を海へ向けた時、不意に柔い絹ずれの音がして、艶かしい異国の香料が漂って来た。

「五代さん」

呼ばれて振り向くと、白絹のスカートをひろげて、すらりと白く立っていた。桃色の胸衣をしなやかな両手で抱いた仕種は、いかにも「異人さん」だが、月あかりにそれと分る黒い瞳、きりっと一文字に生えた黒い眉毛は、一眼で日本人だと分った。

「おお、おまんさアは……」

お露さアかと、分って、才助は痛い想いでおどろいた。

「久しかお目にかかいもはんでしたわね。ばってん、お驚きなはったでしょう」

「いつ、長崎へ……?」

と、才助がきくと、お露はいきなりまあまあ、嬉しいと、一歩寄り添うて来て、しかし、しんみりと言った。

「いつ長崎へ来たか、とですか。五代さん、お露はそのお言葉きいて、嬉しいのです。貴方でもやっぱアわたしが長崎に居なくなったこと、それだけは知っていて……」

くれたのかというお露の言葉は嬉しいというより、むしろ恨みごとじみていると、才助は辛い想いできいた。

「お露は今日長崎へやって来もした。横浜からはるばる来もした。貴方のお顔ば見に……。あ、そげん顔ば……」

しないでくれと、お露は、まるで身も蓋もなくなるくらい、むっつりとして横を向いている才助を見て、言った。

「そげん顔ばなはらなくとも、お露は諦めています。諦めて横浜へ行きました。五代さんの事ば忘れて暮すとたい思て、横浜へ行きました」

出島の蘭館から賑やかな奏楽の音がきこえて来た。たぶん舞踊でもしているのだろう。

才助はふと友人の松木洪庵《こうあん》や堀孝之《たかゆき》と丸山の万歳楼で遊んだ往時を想い出した。

そこの洋装芸妓だったお露が、英吉利の貿易商人エルダーに身請けされて、横浜へ行ったときいてから、もう一年になる――と、想い出した咄嗟に、

「あ、あの時何故エルダーの手からお露を奪わなかったのか」

という後悔が思いがけず、胸に熱く来て、才助はおどろいた。金がなかったのだとは、要するに口実にすぎない。

「つまりは、強く出るほど、お露に惚れていなかったのだ。いや、お露から仕掛ける恋を面白がって逃げていたのだ。それを浅ましく男の手柄だと思っていたのだ」

そんな自分を才助は後悔もし、そしてお露に済まなく思った。「五代、お露が横浜にいなくなったのは、君のせいだぞ」と松木も当時言った。長崎生れのお露が才助に媚びて、わざと薩摩訛りを真似ていることも、いまはむしろいじらしかった。しかも、自分に会いに長崎へ来たと聴けば、ますます胸を刺される想いで、才助はお露の顔が辛くて

見られず、自然わざとらしい不機嫌な表情で横を向いていたのだった。

風はそよともなかった。まるで時間の歩みがぴたりと停ったように、じりじりと茹る夕凪後の長崎特有の蒸し暑い夏の夜が来ていた。才助はだらだらと腋の下を流れ落ちる執拗な膏汗を感じながら、日頃の彼には不似合いに鉛のように黙っていた。

日頃、才助は自他ともに許し、自他ともにあきれるほど雄弁であった。少年時代には、毎夜近所の子弟を集めて、英雄伝や軍談をまるで講釈師気取りで、きかせていた。手振りはむろん、時には泣くがごとく、時には怒るが如く、時には狂うが如く科白の表情もたっぷりに、夜の更け、夜の明けるのも知らずに喋り続けて、しまいには「才助どんの講釈」として近隣に鳴り響いたくらいだったが、このお喋りの癖は長ずるに従ってますますはげしく、しょっちゅう声を涸らしていた。しかも先年上海より帰って長崎船奉行副役となってからは、国事はいよいよ多端、誰かと居て、ぽつんと黙り込んでいることなど、まるで珍らしかったから、お露は才助が不機嫌になっているものと、がっかりした。が、さすがに長年の客商売だった。

「松木さんや堀さんたちはお変いござぃもはんか」

と、才助の友人たちのことを訊いた。

「皆達者ごわす」

と、さすがに才助は友人のことをきかれて、やっと口をひらいた。

「やっぱアこの港町《まち》に……?」

長い睫毛をあげて、お露は才助の顔を見た瞬間、才助の広い額に、一筋固い線が泛んだのを、お露は見た。

「堀はいるが、松木は……」

松木は長崎にはいなかった。昨日薩摩へ帰国してしまったのだ。そのあわただしい出発のありさまが、才助の頭に強く来た。「これが見収めになるかも判いもはんな」一松木はそう言って、長崎を引揚げて行ったのだった。

慌しく帰国したのは松木だけではなかった。長崎詰めの薩摩の士は続々と自国を指して南下して行った。英吉利の軍艦が大挙して、いよいよ薩摩を攻撃に来るという噂が、長崎にも伝わって来たのだ。恐らく鹿児島は戦争前夜さながらの混乱であろうと、才助は自国の急を想って、胸が騒いだ。

「松木はいない」

才助の声は固かった。

「鹿児島へお帰りなはったとでしょう。ばってん、五代さんは何故お帰りなはらないとですか」

才助は答えなかった。

「言わなくっても、わたしには分っていますとたい。五代さんが何故この大波戸で海ば見とらしたか、ちゃんと分っていますとたい。五代さんは遠眼鏡ばもって、英吉利の軍艦が長崎へ来るのを、待っていたとでしょう」

「そんことどぎゃんして分りもすか」

と、才助は唸った。お露は婀娜《あだ》めく笑いを泛べて、

「いとしか五代さんの事ば、お露には分らぬとですか。五代さん、貴方は英吉利の軍艦が来たら、斬り込み掛けなはる気でしょう」

「お露さア」

才助はいきなりお露の腕を摑んだ。

「そぎゃん根もなかこと言い触らすもんじゃなか」

「ばってん、五代さん、英吉利の軍艦が鹿児島へ攻めに……」

「そげな噂は根も葉も無か事《こッ》じゃ」

「根も無かこととは思えもはん。ばってん、英吉利人が横浜でその相談ばしとったのを、お露は何度でん何度でん耳にしもした。貴方のことも言うとりました」

もはや、小説好きの読者には、お露が何のために横浜から来たか、明瞭だろう。すなわち、お露はエルダーの家で小笠原図書頭とクーパー、ニイルがしていた密談の内容を才助に知らせに、長崎まで来たのであると、察するだろう。そして、文久三年の六月に行われた、このささやかな偶然を、まるきり不思議とも思わないだろう。何故なら、読者はこの偶然が恋の上に立っていると思うだろうからである。

全くその通りである。恋は何ごとをも必然に化してしまう。たとえば、お露がその密談をきいたのは、その時、才助の名が出ていたからである。そして、それをわざわざ長

崎まで知らせに来たのは、ふと才助の名をきいたことがなつかしく、居ても立っても居られない想いにかられたからである。いわば、知らせにというのは口実、顔を見たかったのである。それに、来年エルダーはお露を連れて、本国へ帰るという。この時をおいて才助に会う機会はないとお露は思い、日本に居る間にして置きたいという法事を口実に、長崎まで来たのである。因みに、才助が当の薩摩の船奉行であることも、お露には何か心配でならなかったのだ。

「えッ、そら本の事か。お露さア、僕のことどげん風に言って居ったな、きかせてたもし」

才助は言った。それを言いたさに来たのだと、お露は白絹の裳裾をひろげて、磴頭の上に腰をおろすと、エルダーのサロンできいたことを全部話した。

「そいじゃ、英吉利の奴らが薩摩へ攻めに来るのは、幕府の策ごわしたか」

才助は立ち上った。

「お露さア、ありがとう。失敬しもそ」

そして、暗闇の中へ消えてしまった。

「あ、もう行ってしまうとですか」

と、お露も立ち上ったが、しかしすぐ諦めて、ちょぼんと腰をおろした。蘭館の騒ぎはまだやまず、暗い波間に夜光虫が光っていた。

通辞の堀孝之を伴って、才助が英吉利人ガラバーの邸を訪れたのは、それから小半刻も経っていなかった。

内臓の中まで汗が走るような暑さに辟易していたガラバーは、折柄入浴中であったが、五代が来たとのしらせに、大急ぎで浴槽から出て来た。

「儲け話だ」

と、彼は思ったのである。

先年、宇和島藩の家老、松島図書は洋式兵器の購入を思いたち、その斡旋を長崎にいる才助に依嘱した。他藩のことではあったが、しかし目下の日本の国情として、洋式兵器の購入は、もはやその何藩たるを問わず、必要欠くことの出来ない急務であるという持論を抱いていた才助は、即座に承知して、多数のミュンヘル銃を長崎の貿易商ガラバー商会を通じて、購入してやったことがある。

その時のぼろい儲けの味が忘れられず、ガラバーはまるでいそいそと客間へ出て来たが、才助らの表情を見た途端に、風呂場から持って来た期待が簡単に消えてしまった、と思った。

眉毛まで濡れ下るかと思われるくらい、だらだらと執拗に落ちて来る汗を、拭こうともせず、才助はいくらか蒼ざめた固い表情で、じっと身動きもせずに、坐っていたのだ。何か必死の気構えといったものが、溢れているように、ガラバーは思った。通辞の堀の美しい顔にも、いつもの微笑がない。

「儲け話ではないらしい」

諦めた咄嗟に、ガラバーは生麦事件のことだなと察した。

握手が済むと、才助はいきなり口をひらいた。

「ガラバーさん、僕は死ぬ覚悟で来もした」

堀はそれが自分の翻訳する最初の言葉であることに、すっかり狼狽した。

「お国の人は命を大切にしない。宜しくありませんな」

ガラバーはにやりとしながら言った。堀の苦笑した口からその言葉を受け渡された才助には、ガラバーの皮肉はすぐ分った。

「それは僕のことを言ったのでごわすか。それとも生麦街道の一件のことを言ったのでごわすか」

「両方です。五代さんがみだりに死ぬのは宜しくない。また、お国の人は生麦街道でリチャードソンの命を大切にしなかった。これも宜しくありませんね」

「しかし、リチャードソン自らもまた命を大切にしなかったではごわはんか。命を大切に思えば、行列を横切らなかった筈でごわんそかい」

「いや、道路を通行してはいけないとは、通商条約には書いてありません。通行を許可された道路を無邪気に散歩している生命を、何等の予告もなしに奪うというのは、即ちお国の人が命を大切にしないという証拠です」

「しかし、ガラバーさん、行列は道路ではなか。また、条約には大名の行列を横切っても良かという一条はごわはん。しかも、当時神奈川奉行は各国領事館を通じて、大名の行列がある故、神奈川附近の街道の通行は差控えるよう居留民に通達していた筈でごわす。大名の行列を横切った者を斬り捨てるのは、日本の国法ごわす。国法を無視してもよか、とは条約にはごわはん。よしんば条約にあるとしても、郷に入れば郷に従えちゅうこともごわそ。国法はいわば津浪でごわんそかい。津浪くろうて船が沈没したとて、海に賠償は要求出来ん筈でごわそ」

堀は「郷に入れば郷に従え」という諺の翻訳にちょっと困ったが、とにかくその意味をガラバーに伝えた。すると、ガラバーは急に声をあげて、笑いだした。

「五代さん、あなたの議論に勝つことはいつもむつかしい。もう中止しましょう。私は貿易商です。一介のマーチャントに過ぎません。金のことしか知りませんからね。あははは……」

「よか。そいなら金の話をしもそ」

才助も始めからガラバーを相手に論争する気はなかった。単なる言葉の行掛りだったし、それに、この際、ガラバーが金のことを言いだしたのは、好都合だと、話術家の才助はすぐそれに引っ掛けて言った。

「金といえば、賠償金のことでごわすが、幕府は賠償金を払った。薩摩も払いもそ」

堀は驚いた。

「二万五千ポンド払いもそ。だから、ガラバーさん、僕にお国の公使に会わせてたもし。

公使に直接手渡しもそから……」

「公使に……?」

ガラバーも驚いた。

「英吉利の艦は、石炭と水を積みに、必ず長崎へ寄港するに相違ごわすまい。その時、公使に会うよう斡旋してたもし」

「しかし、……」

ガラバーは直ぐには返事出来なかった。命を捨てる覚悟で来たという才助の最初の言葉が、ガラバーの頭に薄気味わるく残っていたので、ひょっとすると、才助はニイルを殺そうと思っているのかも知れない、下手に会わせられない、と思ったのである。

ガラバーが黙っているので、才助は続けた。

「むろん償金を払うと言うても、長崎の藩邸には二万五千ポンドの償金はごわはん。よしんばあっても僕の自由にはなりもはん。よって、僕の預っている藩船を売って、支払おうと思《おめ》もすが、ガラバーさんあんたの会社でそれを買うて下さらんか。如何《いかん》もんでごわんそかい」

ガラバーの眼は急に生々と輝いた。儲け話が出ると、もう怖れなかった。船で儲けて、なおニイルから賠償金の上前をはねるのだと、ガラバーは咄嗟に胸算用した。

「よろしい、買いましょう。ニイルにも会わせましょう」

ガラバーは殆んど相好がなかった。

「入浴の途中で出て来た甲斐はあった」

ガラバーは濡れたまま客間へ出て来たのである。

才助と堀がガラバーの邸を出た時は、既に夜も大分更けて、賑やかに騒いでいた阿蘭陀屋敷もいつかひっそりと静まっていた。唐船の胡弓の音だけが、執拗に尾を引いて長崎の夜の郷愁をむせびないていた。

ガラバーの邸からすぐ暗い海岸通りだった。

「僕は一介の通辞だし、それにあんたや、ガラバーの言葉の通訳に追われていたから、横合から意見をさしはさむのは遠慮していたが、五代さん、独断であんなことを取り決めても良いのですか」

漸く風の出て来た道を並んで歩きながら、堀が言った。

「言うまでもなか。僭越じゃ。船奉行副役ごと小身者の僕が、誰の指図も受けいで、藩船を売り、その金をニイルに渡そというのじゃから、知れたこと僭越きわまる振舞いごわんそかい。しかし……」

ただでさえ、攘夷の声はさわがしい。かつ薩摩は武士道吟味の土地柄である。英吉利艦隊が生麦談判に薩摩の海へ乗り込んでくれば、恐らく決戦は必至であろう。しかし、不完全な砲台や、旧式の大砲だけで英吉利の艦隊を全滅させることは、到底不可能だ。海から来る敵は海で防がねばならぬのだ。しかるに、薩摩の海軍力は殆んど皆無に近い。してみれば、英艦より撃ち出す新式砲弾が、鹿児島の市中を焼きつくさないとも限らないのである……。

「それを怖れているわけじゃなかが、しかし、堀さア、英艦を鹿児島へ差し向けたのは幕府の策だということじゃ。そげな陰謀きいて、僕ははっきり肚をきめた……」

薩摩には英吉利と戦う前に、成さねばならぬ仕事がある。即ち王政復古がそれだ。それまでは、薩摩の一兵も無駄に損じてはならぬ。みすみす幕府の策に乗って、薩摩が亡んでしまえば、王政復古の運動は蹉跌するではないか。まず王政復古を図り、日本の国力を万国世界の水準にまで引き上げ、その上でこそ英吉利と戦うべきで、今は隠忍自重の時だと、才助の左手はいつか腰に当てられていた。興奮して喋っている時の、彼の癖である。

「しかるに、この事を分っている者は薩摩には居らん。だから、僕は誰の指図も受けず、賠償金を支払い、英吉利の艦隊を長崎から横浜へ廻航させ、幕府の策を破った上で、僭越の罪を着て腹を切る覚悟をきめたのじゃ。堀さア、あんたと話しするのも、これが最後でごわんそかい」

さすがに終りはしんみりと言った。

いつか大波戸まで来ていた。お露の姿はもうそのあたりに見えなかった。

「お露さんはあんたが死ぬと、淋しかなかじゃろか」

お露に託して、堀はそう自分の気持を言った。わざと長崎弁を使ったのは、滅入っている気持をごまかすためだった。

才助はそれに答えず、じっと海を見ながら、

「遅いのう」

と、呟いた。

実は、才助の計算では英吉利の艦は六月二十二日に横浜を出たというからには、既に今朝あたり長崎へ寄港していなければならぬ筈だった。

才助は海に穴があくかと思われるくらい、執拗に遠眼鏡を向けていた。

英吉利艦隊が長崎へ寄港せず、日向沖を通過して、南下したという報らせが才助の耳にはいったのは、その翌日の午後だった。

「しまった」

才助はぺたりと磴頭の上に坐り込んでしまった。ガラバーは簡単に儲け損った。

戦争前夜

谷山郷、七ツ島の遠見台から突然夏の真昼の声が絞り上げられた。

「英吉利船が見えたぞオ」

六月二十七日の七ツ刻であった。

続いて起った声は既にいくらか涸《か》れていた。遠眼鏡からも汗が垂れ落ちた。

「総数七隻と見もしたぞ」

その数に間違いはなかった。英吉利東洋艦隊司令長官オーガスタ・クーパー中将、及び代理公使ジョン・ニイル中佐搭乗の旗艦ユーリアラス始めパーサス、ヒアール、アーガス、レースホース、コックエット、ハボックの七隻であった。錨が投げられた。碇泊するらしかった。島吏達は急いで裃を着けると、小舟に乗ってユーリアラス号を訪れ、英艦の訪問目的、行動の予定、武力等を訊ねた。

公使ニイルはそっけない程簡単に答えた。

「余等は明朝鹿児島に入るであろう。しかして、英国政府より薩摩政府への書状を呈するであろう」

ニイルの傲慢な態度に極度に憤慨した島吏の一行は、早々艦を辞し、あわてて上陸した。

やがて、七ツ島の空に狼烟が揚った。空砲が発せられた。

七ツ島の興奮は四里の海上を走って、そのまま鹿児島城下の隅々にまで拡がった。兵乱の起るその前夜のような混乱が、にわかに城下民に来た。

谷山街道、国分街道、伊敷街道にはそれぞれ戦禍を予想した町家民の群れが殺到した。家財道具を積み込んだ荷車や病人、子供を背負った人々の列がいつまでも続いた。町角の要所要所には、たちまち防禦の畳が積み上げられた。

白襷をかけた伝騎が四方へ走った。

「今般英国軍艦横浜へ渡来し容易ならざる重大事件申出、幕府に於ては、御許容相成難き趣の由畢竟去秋の生麦の一条と相聞え候。就ては皇国の御大難当家より事起り候訳にて、恐入る次第に候。

尤も彼儀は曲直分明の事に候処、蛮夷の性情奸悪の至りに候条遂に強暴申募り候。愈々兵端を相開き候節は、諸士は国家ため他藩に抽で一統は粉骨砕身夷賊誅伐有之候、頼み存じ候事。

以上」


この三月久光、忠義の両公は英艦の襲撃を予想して全藩士にこのような訓令を与えていた。藩士たちの或る者は城へ駆けつけ、或る者はかねてから申し渡されてあった持場の砲台へ駆けつけた。

暑かった。城中へ参集した者はともかく、砲台に集まった者の中には、殆んど半裸体の装立ちの者もあった。

伏見の寺田屋事件に関係して謹慎を命ぜられていた大山弥助（巌）は、特にこの際許されて砲術長として出陣し、磯の浜の松林へあばた面を現わした。

見て、人々は、

「謹慎とけもしたか」

と、言う前に思わず失笑した。

弥助は赤褌一つの素裸に長刀を一本差し込んで、汚い尻を興奮の余り、しきりにひっぱたいていたのである。時に放屁した。弥助の姿を望遠鏡で見て、英吉利の水兵は、薩摩の兵は赤いバンドをしめていると言った。

砂防塁の築造が急がれた。

兵や卒がしきりに俵に砂を詰めていると、筒袖の打裂《ぶっさき》羽織に裁上《たちあげ》袴をはき、五ツ鳶の定紋を打った半首《はっぷり》を冠り、火縄銃を担った少年が、ひょっくり現われて、じっとその場を動かなかった。攻城砲や野戦砲に手を触れたり、木製の擬砲の口を覗いたり、眼触りだった。

「こらッ。邪魔すッか！」

弥助はどなりながら、ふとその少年の顔を見て、

「平八郎じゃなかか、おまんさア二の丸詰めでごわんそう。此所はおまんさアの来るとこじゃなか。二の丸詰めは二の丸をはなれるこッちゃ無か。こげな所うろうろしよると、川上殿に叱られるぞ」

川上殿とは総大将、川上竜衛のことである。少年はすごすご立ち去った。

「勇ましか装立じゃ」

東郷の四男もすっかり大きくなったと、弥助は呟いたが、しかし二十歳の弥助の眼には、十七歳の平八郎は本営詰めにふさわしい少年としか見えなかった。

少年鼓隊が列を組んで通って行くと、やがて、日が暮れて来た。しかし、戦いの準備は夜を徹して、進められた。

天保山砂揚場をはじめ、大門口、南波止、新波止、弁天波止、祇園洲、桜島、袴腰、

烏島、桜島赤水、沖小島の各砲台には○に十の藩旗がひるがえり、攻城砲五十四、野戦砲十三、臼砲十五、合計八十二門、なお他に五ヵ所合せて二十三門の備砲の砲口が、一斉に海へ向けられていた。

沖小島と燃崎間の海中には三箇の敷設水雷が装置された。

これは斉彬公が家臣に命じて研究製作させたものだが、海岸から銅線を引きそれに電気を通ずるという操作は、深夜の作業だというせいもあって、頗《すこぶ》る暇どり、作業の終った時は既に夜が明けていた。

そして二十八日の朝が来た。

四ツ刻だった。

「敵艦が見えもしたぞ」

という叫び声が、諸方の松の木の上から上った。既に敵艦という表現が用いられていたのである。

七ツ島の島吏へ約束した通り、英吉利艦隊は鹿児島湾に現われたのだ。

艦隊が湾内深く、海岸を距る十町余りの地点に一列に並んで投錨して間もなく、一艘の舟がユーリアラス号の舷側へ漕ぎ寄せられた。それには軍役奉行折田平八、伊地知正治、助教今藤新左衛門、庭方車野安繹《やすえき》の四人が乗っていた。

彼等はニイルに会って、その来意を尋ねた。ニイルは一通の照会書を渡し、二十四時間、日本の十二時以内に回答しなければ、ある種の手段に出る旨附け加えた。

その照会書には、リチャードソン殺害者を英国将校の面前で死刑に処し、被害者の遺族及び重傷者に対する慰藉として、二万五千ポンドの償金を支払うべしと記されてあった。伝えられたように、久光公の首級云々の一条はなかったが、矢張り不法な要求であった。

折田の一行が上陸すると、砲台の藩士たちは、やがて開戦の命令が下るものと、胸を躍らした。英吉利側の要求がどんなものであるか、きかなくとも分っていたのである。ところが、数時間の後、再び折田の一行を乗せた舟が沖へ出て行くのを見て、藩士たちは失望した。ある者は激怒した。

「何故《ないごて》交渉する。開戦は既に決しているではなかか」

「攘夷の大命は降りもしているではなかか」

「なんのためい、折田どんらは敵艦に行くのじゃ」

こんな風にひとびとは言った。

「大久保どんは何を愚図ついとるのか」

家老の名を公然と口に出して攻撃することは、さすがに憚られた故、久光公側近の若い大久保一蔵の名が持ち出された。

「笊《ざる》碁を打っとるじゃ」

大久保は久光公に取り入るために、碁を習ったというので、一部の藩士たちに評判が悪かった。

「西郷どんが居りもしたら……」

大久保といえば、西郷吉之助の名が出る。吉之助が居れば、下手な交渉などすまいと、言いだす者があった。

しかし、吉之助は沖永良部島へ流島されていた。

「西郷どんは島のお御嬢《ごじょ》に子供を産ませとじゃ。呑気な気の性でごわす。近頃、西郷どんはめっきり肥えもしたことでごわんそかい」

西郷がこの騒動も知らずに、沖永良部の孤島で呑気に魚など釣っている。と思えばひとびとはこの際何か残念でならなかった。実は西郷が既にこの騒ぎを飛脚船の報らせで知っていて、魚釣りどころか、ひそかに島を脱走して、鹿児島へ駆けつけるべく、脱走用の飛脚船を如何にして造ろうかと頭を悩ましていることなぞ、誰も知らなかったのである。

さまざま西郷の噂をしていると、

「ああ五代が来たぞ。才助じゃ」

疲れ切った表情だが、さすがに豹のような眼を鋭く光らせながら、海べりの道を急ぎ足でやって来るのを見て、誰かがそう叫んだ。

「五代は長崎から何しに来たとじゃ。大方、外奴かぶれの口舌たたきに来たのじゃろ」

ベッと唾を吐き捨てて、一人が言った。

才助は二十五の若さで船奉行副役に任命された。それが上海で外国船を購入して来た功によるのだときいて、ひとびとは余り良い気がしなかったのだ。才助のしたことは、いわば商取引、町人のすることだと、武硬派の人たちは思ったのである。

それに、才助は徹底的な開国論者であった。貿易により、外国文明移入により、藩の、延いては国家の、富を兵力を増強すべしという先進的な意見は、たとえそれが斉彬公の持論と五十歩百歩のものであるにせよ、攘夷派の耳には崇夷怖外の意見ときこえた。しかも今日この時である。

下手に口を利けば、才助は危い所であった。先ず才助から血祭りにしろ、と言いだし兼ねないありさまだった。

しかし、才助はもはやそれらの人々を相手に、口を利く気はしなかった。無駄だと思ったし、疲れてもいた。昼夜兼行、殆んど一睡もせずに長崎から駆けつけて、今朝城下へ着いたばかりであった。

それに、既に彼は今しがた大久保や家老たちを相手に散散議論をして来たところなのだ。幕府の陰謀を話し、英支戦争の結果を述べたが、藩論は既に談判拒絶に決していた。

これ以上喋ることは無駄だと思うと、もう彼は黙ることにした。日頃自分が喋り過ぎるということを彼も知っていた。喋り抜いた後の虚しさもふと来ていた。

「黙って、御用方として一働きしもそ」

藩論決した以上、気になるのは、藩船のことだった。彼は海岸へ出ると黙々として小舟に乗った。英吉利艦隊を横眼に沖の方へ漕ぎだして行くと、蒸気船が三艘もやっていた。先頃外国より購入したエンケラン号、シルシナルシイ号、コントラスト号であることは、才助には一眼でわかった。それらがそれぞれ青鷹丸、白鳳丸、天祐丸と改名されて、藩の御用船として貿易に従事していることも、無論船奉行副役の彼には分っていた。

才助は天祐丸の舷側に近づいて行くと、

「この船の指図方は誰方ごわすか」

と呶鳴った。すると、

「五代か」

聴きおぼえのある声がして、ぬっと甲板から顔を出した者がある。

「おお松木か」

長崎で別れて以来の、松木洪庵だった。

「こげん所にいたのか」

甲板へ上りながら、才助が言うと、

「船奉行は船の上に居るものでごわんそかい。あははは……」

松木は笑ったが、しかし、さすがにすぐ容を改めて、

「藩論は……？」

「戦うと決まった」

才助は答えた。

「そうか。いよいよやるか。そいじゃ、こげん所に碇泊していては危険ごわそ」

松木が言うと、才助は、直ぐ応じた。

「重富の浦へ船を廻そう」

「僕もそう考えていた」

松木にも異論はなかった。

戦いが始まれば天祐丸以下、英艦の攻撃の的になるだろうし、また捕獲されることも予想しなければならない。松木は三船の避難命令が未だに藩から来ないのを不思議に思っていたくらいである。が、もはや開戦と決した以上、藩の許可云々は言って居られなかった。

「猶予は成りもはん」

二人は抜錨を命じた。

重富郷の元浦まで、海上四里だった。船足を急がせながら、才助は背後が気になってならなかった。七つの艦の望遠鏡が一斉にじっとこちらに向けられているように思えた。何か不気味であった。

交渉は続けられていた。

が、果してそれが交渉と言えるだろうかと、ニイルはかんかんになっていた。

薩摩がニイルに与えた返書は、

「江戸政府と貴国との条約書には、諸侯の行列を妨ぐるも不可なしとの条項はあらざるべし。重大なる国法のことを条約に載せずして、直ちに諸侯の過とするは、不可なり。

江戸政府の不行届というべし。故に江戸幕府の重役と我藩重役との立会の上、足下と談判するにあらざれば決し難し」

というような、いわば、最初から談判破裂を予想したものであった。てんで妥結を求むる肚など、薩摩にはなかったのである。

「交渉を永引かせて、その間に戦闘準備を完了しようという肚だな」

と、察すると、ニイルはさまざま強硬な言辞を使って脅かしたが、一向に効目はなかった。

薩摩側から、次のように言って来た。

「文書の往復のみでは弁知致し難き儀がある。水師提督其余重役の面々上陸あり度し。その上事理明白の応接に及ばん」

ニイルは何かぞっとした。上陸して、生麦街道の二の舞いを踏んではならぬと思ったのである。ニイルは怖れて、上陸を拒んだ。

二十九日が来た。

朝、艦隊の砲口は一斉に鹿児島の市街へ向けられていた。

城下の興奮はますますたかまって行った。就中《なかんずく》、奈良原海江田の両人のまわりは、まるで気ちがいじみた興奮が渦を巻いていた。この二人は生麦事件の直接の責任者だった。

二人は責任の重大を痛感し、

「英艦へ斬り込み掛けるのじゃ」

と、絶叫していた。

やがて午頃、二人は久光公から二の丸へ出頭するようにと命ぜられた。何ごとかと思って、恐る恐る罷り出ると、

「両人に敵艦の処分を任す。決死隊を募るも苦しゅうない」

とのことだった。

二人は直ちに同志を募った。たちまち九十八名の決死隊が出来上った。寺田屋騒動に関係して謹慎中であった者が、殆んど全部これに参加した。大山弥助、西郷信吾（後の従道）、仁礼平八等がそれだった。

決死隊の面々は久光、忠義の両公から離杯を頂戴した。

彼等は御前を退出すると、直ちに変装を開始した。やがて、九十八人の沖売りが出来上った。西瓜を売りに来たと見せかけて敵艦へ斬り込み、それを合図に各砲台から一斉に撃ち出すという策戦であった。

手本になる沖売りは戦いを怖れて、もはや城下には一人もいなかったので、彼等は思い思いの扮装を凝らした。

西瓜売りなど見たこともない外人に見せるには惜しいほど巧妙に扮った者もあり、ちょっとした笑いが起った。七艘の小船が用意された。うち敵艦へ向う一艘には三十二人が乗り、他の六艘にはそれぞれ十一人宛《ずつ》分乗した。一艘ずつそれと決められた旗艦へ向うことになっていた。

船の底に刀をかくし、その上へ野菜西瓜の類を積み込むと、やがて七艘の奇襲船は漕ぎ出されて行った。

物々しく漕ぎ寄せて来る七隻の船を見て、英吉利の水兵たちは、

「何物だろう？」

と、奇異の眼を瞠った。

彼等は早速賭けをはじめた。

「苦力《クーリー》だろう」

上海で見た苦力に似ているという者があった。

「物売りだろう」

横浜での見聞から推して、物売りに賭ける者もあった。

「いや、侍だ」

苦力や物売りにしては、眼付きが鋭どすぎると、観察するものもあった。

ともかく、警戒を怠らなかった。

だんだん船が近づいて来るにつれて、何か普通でない気配がひたひたと伝って来るように、思われた。水兵たちは舷側に集まって、銃剣を擬した。

これが横浜であったら、彼等もこんなに警戒しなかったところだろうが、薩摩側から提督以下の上陸を要求して来て以来、彼等には薩摩人というものが妙に薄気味わるく思えてならなかったのである。ニイルの恐怖はそのまま水兵たちにも伝わっていたわけだ。

「悟られたか」

決死隊の面々はぎろりとした眼を見合ったが、咄嗟に一人が、

「西瓜買わんか。美味か西瓜ごわすぞ」

と呶鳴った。

まるで調子外れの声だったが、決死隊士は誰もこれをおかしいとは思わず、それに和して、

「西瓜じゃ、西瓜じゃ！」

英艦の舷側へ漕ぎ寄せて行きながら、一斉に呶鳴った。

号令のような声が、不意にあがったので、水兵たちはぎょっとして、銃剣を突き出して来た。

「言葉が通ぜぬからだろう」

そう思ったので、めいめい西瓜を頭上にかかげ、ぽんぽん敲いてみたり、囓る真似をしてみたり、懐中へ入れる真似をしてみたり、しきりに手真似をしてみせたが、警戒はますます厳重になるばかりだった。

ある船では、遂に西瓜を割って、食べてみせた。

「こん通り美味うごわすぞ」

しかし、効目はなかった。もうこれ以上、こんな阿呆らしい手真似が出来るものかとたまりかねた一人が、

「やれっ！」

と叫んで、いきなり舷側から駆け登ろうとした。

水兵たちは何ごとかを叫びながら銃剣の先で突き落してしまった。水煙が上った。

咄嗟に、一人が縄梯子をぱっと甲板へ振り掛けた。が、足を掛ける前に、梯子は簡単に切り払われてしまった。

隊士は抜刀した。が、どこにも斬り込む隙は無かった。

水兵たちは、

「去れ、去れ！」

と、手を振り、銃剣を振った。

隊士は頭上に銃剣を突きつけられたまま、じっと腕ぐみして、突っ立っていた。

波が来て、船が揺れた。しかし隊士はじっと動かなかった。

そうして暫らく睨み合っていたが、やがて決死隊は重い舟足で引き上げて来た。

砲台からは遂に一発の砲声もきこえなかった。

三十日が来た。

しかし何故か、発砲命令は下らなかった。

防禦の体制は既に装っている。奇襲の計画が失敗した今となっては、もう堂々と正面からの砲撃あるのみではないか、家老たちは何を思案しているのかと、若い藩士たちは狂人のようになっていた。

七月一日が来た。

伝騎が各砲台に飛んで、

「殿には城西千眼寺に移られもした。諸般の指揮命令は同所より下されるぞ」

と伝えた。

「いよいよ開戦と決したか」

砲台は一斉に緊張した。

見上げると、〇に十の藩旗のはためきも、にわかにあわただしい。

風が出て来たのである。

夜に入ると、烈風となった。

藩旗が千切れて、黒い空を走った。霧島の山背に黒雲が飛ぶようだった。まさしく颱風だった。雨も加わっていた。

「神風ごわすぞ」

冠っていた半首《はっぷり》を吹き飛ばされながら、口々に言った。

「蒙古襲来の時のごと天候でごわすぞ」

砲台といわず、本営といわず、至るところで、そう叫ばれた。

天祐丸の甲板でも、

「やるなら今じゃ」

松木は才助に囁いていた。

「天祐ごわんぞ」

才助も言った。

しかし、こと天祐丸に関する限り、颱風は天祐をもたらさなかった。

颱風を避けるべく、艦隊を桜島の風下へ廻したクーパーは、ふと天祐丸等の三隻を発見したのである。

「聞く所では、薩摩公は欧州より購買した高価な汽船を所有している由、しからば我が要求の行わるるまでは是等の汽船を捕獲、若しくは抑留し置くのも、また一策であろう」

と、本国よりの訓電にあったことを、クーパーは咄嗟に想い出していたのだった。

「失敗《しくじ》ったッ」

才助が声をあげた時は、既に三隻の軍艦は天祐丸を取り囲んでいた。

才助と松木はお互いのびしょ濡れの顔を暗がりに見た。天祐丸には一つの大砲、一つの銃もない。

「死のう」

松木が言った。

恐らく英艦は天祐丸以下を押収するにちがいない。預っている藩船を押収されては船奉行としての申訳は立たぬ。切腹か斬死かの何れかに道は決ったと、松木は覚悟したのだ。

「切腹ごわすか」

と才助はきいた。

「それもよか」

松木は答えた。

「斬死ごわすか」

「それもよか」

「うん」

と、才助がうなずいた時、英吉利の士官や水兵を乗せたボートが舷側に来ていた。

やがて士官たちは縄梯子を掛けて上って来た。

松木は腰の刀に手を掛けた。

「待て。犬死しもッすな！」

と、才助は囁いた。

「えッ？」

松木は才助の気持が計りかねた。

「刺しちがえる相手は……」

クーパーとニイルだ、と言いかけて、才助は急に口を閉じた。既に銃剣が胸に擬せられていたからである。しかし、松木は終いまできく必要はなかった。咄嗟に、才助の肚はのみこめたのだ。松木は刀から手を引いた。

「乗組員は全部上陸しろ」

同行の通訳を通じて、士官が言った。

「何故か？」

士官はそれに答えず、

「上陸しなければ、われわれはこの船を焼き捨てるだろう」

と、言った。

才助と松木は、いきり立つ乗組員をなだめて、一人残らず上陸させてしまった。

「お前たちも降りろ！」

残っている二人を見て、士官が命令した。

「降りぬ！」

「何故降りぬか！」

「お前にはその理由は言えぬ」

「何故言えぬか」

「お前は卑官に過ぎない。その理由をきくだけの権威を持っていない」

この言葉に士官は激怒した。

才助と松木は縄でぐるぐる巻きにされた。

「思う壺じゃ」

才助はそっと松木に囁いた。

案の定、二人はユーリアラス号へ連れ込まれた。もっとも大小は取り上げられていた。なお、身体検査をされた。

一人の物凄く痩せた水兵が、しきりに才助の身体を撫でまわしていたが、急に変な顔をした。やがて、才助の褌から一振りの匕首が出て来た。

「ワンダフル・ポケット！」

水兵はそう呟きながら、松木の褌をあらためた。やはり匕首が出て来た。才助と松木は顔を見合せて苦笑した。縄をとかれると、二人は汚い一室へ投げ込まれた。

「君も褌の中ごわしたか」

「まさか見つかるまいと、思ったが……」

二人は声を上げて笑ったが、さすがに武器を奪られたことは残念だった。

夜が明ける時刻だった。が、空は依然として暗かった。

船室の窓へ、黒い風が唸りを上げて吹きつけた。

暗がりの海上で、英艦は捕獲した藩船の曳行作業をやっていた。藩船に積み込んであった綿や銅貨や、米は艦へ没収された。徳利のかけらまで没収された。

夜が明けた。日曜日だった。

曳行作業が終ると、艦の士官たちは、日曜日の娯楽をたのしむべく、烈風をおかしてお互いに訪問し合っていた。

突如、砲声が轟いた。

「やったぞ……」

才助と松木は飛び起きた。七月二日の正午頃だった。

砲　戦

天祐丸以下が碇泊していた重富郷の元浦は、城下より四里もはなれていたし、それに暴風雨の吹き荒ぶ真暗な海上のことだったので、捕獲の現状を目撃したものは、極めて尠なかった。

が、重富郷の役人が、早打を以って逐一千眼寺の本営へ報告したので、夜の明けると同時に、藩士たちは一人残らずこのことを知った。

「もう我慢が出来ぬ」

と、憤怒の眼を海へ向けた時、そこには天祐丸以下の曳行作業が行われていた。藩士たちの眼は火をもった。

「何卒発砲の命令を！」

千眼寺へ駆けつけた者たちは、誰も狂人のようになっていた。

砲術長の大山弥助らは、

「発砲の許可は未だ降りんかッ」

と、殆んど男泣きの声を叫び上げながら、赤褌一つの裸を魚のように濡らして、雨中

の松林を飛びまわった。たまりかねて、

「うおオ。うおオ」

と異様な怒号すら発した。そのたびに、横なぐりの雨が口へ来た。夜来の暴風雨はますます激しかったのだ。

この颱風を何故利用しないかと、昨夜来地団駄踏んでいたのだ。そこへ藩船の捕獲だ。

「命令が降りねば、独断で発砲しよう。あとで切腹すれば良いのだ」

弥助らがそう逸《はや》るのも無理はなかったのである。


正午近くだった。突然、伝騎が四方に飛んだ。発砲命令だ。

天保山砂揚場砲台に、突如白煙が上り、砲声が轟いた。間髪を入れず、各砲台からも一斉に撃ちだした。

まず英吉利士官の怠惰な日曜日が吹き飛ばされた。当時アーガス号の艦長であったバーナー少佐のその日の日誌に曰く、

「この日、波浪著しく高かったが、日曜日であったので、余は大型短艇に乗って、旗艦に艦長ジョスリング大佐を訪問し、大いにカード・ゲームを闘わした。不幸なジョスリング大佐は大敗し、余に五十ポンドの借金を申し込んだ。余はこれを諒とし、そして、ニイル公使が船酔いに弱っているのを見て、貴方はいま酒が禁物の状態だといって、ニイル公使からウィスキーを一瓶まきあげ、旗艦を辞した。余は再び大型短艇に乗り、ウ

イスキーのラッパのみをしながら、自艦へ向った。

余の大型短艇が自艦へ到着する前、突如砲声が轟いた。薩摩の要塞から、撃ち出したのである。正午頃だったと思う。白状すれば、余は大いに狼狽し、アーガス号へ帰るのを諦めて、再び旗艦へ引きかえし、提督の指令を俟って、まず拿捕汽船三隻を焼き、そして、要塞への攻撃を開始した。が、余らは戦闘準備を整えるのに、約二時間を空費した。何故なら、余らは幕府から十一万ポンドの償金をとっていたが、こともあろうにそれを弾薬庫の前に格納していたため、直ちに弾薬を引き出すことが出来なかったからである。顧て醜態であったと思う。そのため、余らは暫らく成すところなくして砲火を甘受していた。

一時前頃、不運なジョスリング大佐は戦死した。思いなしか、大佐はゲーム中にも元気がなかったように思う。ウルモット副長の生命も無に帰した。

被害はパーサス号にもあった。パーサス号は桜島の要塞の正面に碇泊していた。その要塞は樹木にかくれていたので、それと知らずに要塞からの絶好の射撃位置にうかうかと碇泊していたわけだ。当然、一弾が上甲板に命中した。狼狽したパーサス号は、錨を抜く間もなく、辛うじて錨鎖を切断して逃げるという醜態であった。

しかし、やがて余らは旗艦を先頭に北方磯の方向に開いて、単縦陣をつくり、右舷より砲撃を開始した。……」

暴風雨の唸りも、怒濤の響きも消された。あるのは、ただ彼我の砲声だった。

単縦陣を布いた敵艦は、ぐっと北方海岸へ接近して来た。まず先頭のユーリアラス号に向って集中砲撃が行われた。射程凡《およ》そ八町、絶好の攻撃距離だった。

「命中《あた》ったッ」

そう叫んだのは、砲台の人達ばかりではなかった。

「松木、命中ったッ」

激しく振動する船室の小窓に獅噛みついていた才助も、そう叫んでいた。

「命中ったッ。今のはたしかに命中じゃ」

松木も狂喜して叫んだ。

ユーリアラス号の上甲板に突然、鉄板の割れるような音がして、まるで空気が金属に変ったと思われるくらい、激しいショックが伝わって来たのであった。

動物的な叫び声が唸りあげられて、にわかに靴音がはげしい。たしかに、命中だった。

その瞬間、艦長ジョスリング大佐と副長ウルモット少佐の首が中空に飛び、六人の手負人が甲板に横たわっていたという。

「よくやった」

「よく戦っている」

才助と松木の眼は濡れていた。

「早くおれたちを死なしてたもし」

才助は先刻から、それを心に叫んでいた。二人が死ぬことは、すなわち、ユーリアラス号が味方の砲弾によって、沈没させられることなのだ。

「あるいは犬死にかも知れない」

などと、考える余裕もなかった。

「こういう死に方があってもよい」

などと、呟く余裕もなかった。あるのは、ただ、戦いは始まった、一隻でも多く沈没させてくれ、それだけだった。だから、命中した、と分った途端に、才助の想った死はまるで生のように待ち焦れていたものだった。

「今に艦首が傾くぞ」

才助は依然突っ立ったままでいる自分が、むしろ情けないくらいだった。しかしユーリアラス号は遂に傾かず、何の異変もなかったように、しきりに砲台に向って、発砲していた。

「駄目だッ」

才助の頭に、途端に饒舌の流れが走りだした。

「我藩の砲弾は旧式の円弾に過ぎない。命中しても破裂しないから、たとえ甲板室や索具は振動しても、吃水線以下はびくともしないのだ。しかるに、英吉利の尖弾は破裂弾だから、長距離に達しても破壊力は強大だ。しかも射撃は実に組織的だ。日本の兵器はこんなことでは駄目だ」

才助が残念がったように、たしかに英艦より放つ尖弾は破壊力が強く、薩摩の砲台を悩ました。

猛烈な唸りをあげて飛んで来る弾は、地上に達した途端轟然たる響きをあげて、炸裂するのだった。

松の木は宙に吹きあげられ、舞い上った土塊は雨のように降って来るのだ。備砲は挫かれ、人は倒れた。

就中《なかんずく》、祇園洲の砲台は、最も被害が大きく、敵艦の偏舷斉射を浴びせかけられて、備砲はことごとく破砕された。

その時、丁度、レースホース号が祇園洲の浅瀬に乗り上げた。

「打てッ」

砲術長は、この好機を逃すなと、絶叫したが、もはや発砲に堪える大砲は一門も残っていなかった。

危うく難を免れたレースホース号は、アーガス号によって深海へ牽きだされた。

やがて、敵艦は方向転換を行い、海岸線に平行して南進し、城下に向って砲撃を開始した。

突然、上向築地町に火があがった。折柄、南東の風はますます激しく、火はたちまち拡がった。武者小路が焼け、浄光寺が焼けた。光明寺、不断光院、興国寺も焼けた。磯浦にある集成館にも敵弾が命中した。集成館は藩の兵器廠だった。

これを目撃した藩士たちの怒髪は、天をついた。

天保山、砂揚場の砲台ではもはや陸よりの攻撃では生ぬるいと、にわかに決死水軍隊を組織した。

長さ六間の軽舸に、二十四斤《ポンド》砲の砲身を砲車から外して積み込み、敵艦近く漕ぎ寄せて行った。敵艦の横腹に衝突しようという計画であった。

四人が漕ぎ、二人が砲身にしがみついていた。横なぐりの雨の中に、十二の眼玉が不気味に光っていた。

物も言わずに、ひたひたと近づいて行った時だった。それと知った敵艦からはげしく小銃を射ち出して来た。

「ちぃッ」

一人が倒れた。

一間近づいた。

「ちぃッ」

一人が倒れた。

一間近づいた。

「あッ」

この声は、砲台から発せられた。

決死船の姿は、既に海上にはなく、敵艦の舷側には、砲煙がたちこめていた。たぶん決死船の最後の一人が撃ったのであろう。

その間も、彼我の砲撃はやまなかった。

そして、六時間の激戦の後砲声はぴたりとやんだ、英艦は小池の前に退いて、碇泊した。死者十三名、手負六十三名、さすがに薩摩の攻撃は熾烈だったわけである。

薩摩側の死者は十名、手負十一名、敵軍に比べると、著るしく死傷者はすくなかった。

しかし備砲は大半破壊されたので、砲台では鐘や木製の擬砲を並べて、大砲に見せかけた。

砲声はやんだが、暴風雨はなお収まらなかった。

月明りも、洋燈の灯もなく、船室の中は暗かった。

不気味な夜が来ていた。暗がりのなかに、じっと身動きもせずに坐ったまま、才助は今日の激戦を想いだしていた。

「藩はよく戦った。旧式の大砲を用いながら、よく命中弾を浴びせかけた。しかし、おれはこの通り生きている」

ユーリアラス号は、遂に沈没しなかったのである。それが、才助には無念だった。

「それに、気がかりなことは……」

黄昏にかけて、英艦は今日いちにちの最後の猛烈な斉射を浴びせたにもかかわらず、藩の砲台からきこえる砲声の数は、だんだん減少して行った。

「備砲の大半をやられたのではなかろうか」

敵愾心に燃えている藩士が策戦上砲撃を控えたとも思えなかった。

しかも、げんに磯の集成館は濃煙をあげて、燃え続けている。損害の大きかったことは、いやでも認めないわけにはいかなかった。

「明日の戦いをどう戦うつもりだろうか」

藩士の勇武は信じていたが、しかし、矢張り気がかりになって、才助はそう呟いた。とたんに明日という言葉の連想からか、急に才助の表情は歪んで来た。

「おれは、まだ生恥をさらしている」

松木も同じ想いだった。

暗がり故、一尺はなれるともう相手の顔は見えない。しかし、二人はお互いの心ははっきり見ていた。それだけに口を利くのが何か怖く、黙々として、暗闇の一点に眼だけ光らせていた。

そこに、扉があった。

急に靴音がきこえて、扉があいた。洋燈の光がすっと来て、はいって来たのは、若い水兵と通辞だった。

身構えていると、水兵は大股に寄って来てクーパーが二人に会いたいと言っている旨伝えた。

才助と松木は顔を見合せた。

「やろう」

松木はそう囁いて、水兵の腰に素早い視線を送った。剣があった。それを奪って、クーパーを刺そうという、松木の意味は、才助にはすぐわかった。

が、才助は、何故か首を振った。松木はおどろいて、

「何故《ないごて》ごわすか」

と、いうように、才助の眼を見た。才助は答えなかった。通辞の耳を怖れたのである。

そして水兵の促すままにその後に随いた。

そんな才助が、松木には解し兼ねた。が松木は才助を信じていた。才助という名は、斉彬公が彼の才智を賞でて、特に与えたものだという。それほど、彼は才の人だった。それを松木は知っている。五代の才には敵わないと、日頃頭を下げているのだ。

「五代は何か普通《ただ》ならぬことを企てているのだろう」

松木は咄嗟にそう思った。そして、下手に軽挙盲動すまいと、自分に言いきかせながら才助の後に随いて、船室の外へ出た。

艦長室には、クーパー、ニイル、それに他の艦の艦長たちが、疲れた額を集めていた。

就中、クーパーの顔は目立って疲れていた。ジョスリング大佐らが砲弾のために首をもぎとられた時、クーパーはすぐその傍に立っていた。危うく難をまぬがれたものの、彼は激しいショックをうけた。それが、今ぐったりとした疲れとなって、彼の心身に来ているのだった。それに、彼はひどい汗かきだった。

いま、シャツを着かえたばかしなのに、もう全身汗ずくになっていたので、彼はしき

りにハンカチを使っていたが、才助らがはいって来てテーブルの向うに腰を掛けると、さすがにハンカチをしまって、

「船室の中、退屈でしょう。今後、貴方たちは甲板の散歩を許されるでしょう。そして、観戦の自由を持つでしょう」

と、通辞を通じて言った。

「明日も戦うつもりだな」

と才助は咄嗟に思いながら、

「これはかたじけない。存分に観戦しもそ。もっとも、今日の戦いは、われわれにとって、目の正月ごわした」

と言った。言外に、

「薩摩は勝ちもした」

と、含めてあった。

通辞は「目の正月」に一寸困ったが、とにかくそれらしい意味をクーパーに伝えた。

クーパーの顔に苦笑が泛んだ。そして、言った。

「今日の戦いは、われわれにとって、より良い結果であったと言えない。むしろ悪かった。われわれは不幸にして、多数の死傷者を持った。が、明日は復讐するであろう。すなわち、今日以上の大規模な攻撃を、われわれは行うであろう。それについて、私は貴方たちに訊くべきことを持つ。薩摩の兵数はいくらあるか？」

才助の眼は途端に光った。

「やっぱり、おれの思った通りだった。薩摩の兵力をきくために、われわれをここへ呼んだのだ」

才助は即座に答えた。

「二十万！」

松木は驚いた咄嗟に思い当った。

「なるほど、五代は敵に恐怖を抱かしめるために、わざと兵数を大きく答えている」

クーパーは重ねてきいた。

「砲数は？」

「二百五十門、造船所には反射炉が三十基ある」

と才助は答えた。実際は百門そこそこだったのである。

効果は覿面《てきめん》だった。クーパーはしきりに考え込んでいたが、やがて、

「薩摩と長州はどっちが強い」

と、訊いた。才助は直ぐ答えた。

「長州より弱い藩は日本のどこを探しても、ごわはん」

この五月、攘夷の大命が降りるや、長州は米英等外国船を砲撃したが、かえって反撃をうけた。そのことを才助は知っていたのである。

クーパーはうなずいた。才助は重ねて言った。

「そもそも日本の士風は、古来死を見ること、なお旅人の郷土に帰するが如きでごわす。事に臨み、変に処し、苟《いやしく》も生を貪るものあるを見もさん。殊に我が薩摩は、武を以って夙《つと》に海内に鳴りもす。況《いわ》んや今国家の大事に当りもし、陸兵二十万立ちどころに集まり、鋭鋒当るべからざるものがごわす。長州を日本最弱の藩とすれば、薩摩は日本最強の兵ごわすぞ。本日の戦いでこのことは明らかでごわんそかい。たとえ、水軍は不得手ごわしても、白兵戦は得意中の得意ごわす。一兵よく百兵に当りもしても、ひけを取ることはなか……」

終いには、才助は卓子を敲いていた。

「これが五代の最後の奉公になるかも知れない」

クーパーはあっけに取られて、才助の口の動きを見ていた。

「この口が上海で汽船の買収に成功したのだ」

と、思っていた。

通辞が伝えると、クーパーは一語一語うなずいた。クーパーは才助の言をすっかり信用してしまった。それには、彼がかねてより、薩摩の五代才助の名を知っていたこともいくらか原因していた。

散々喋ったあと才助は、

「そいなら、明日の戦いを観戦しもそかい」

と、言って、松木と一緒に船室へ帰って来た。

船室には洋燈がともされていた。二人の心は瞬間明るかった。

「そげん作戦とは、知らなかったぞ」

と、松木は才助の肩に手をのせて、

「こいで、毛唐らは、薩摩恐るべし、と逃げもすことじゃろ。クーパーを殺すよりは、どげん良かか、知れんぞ。あはは……」

上機嫌な笑い声だった。才助も久し振りに笑い声を立てた。

「左様。この艦も大分破損したようじゃからのう」

破損個所を修理するのであろう、鎚の音が風雨の音にまじって伝わって来るのをきいて、才助は言った。

夜が明けた。三日。暴風雨はなおやまなかったが、しかし、その勢いはだんだんに弱まって行った。

やがて、正午を過ぎて、風もやみ、雨もやみ、海上がにわかに静かになった頃、突然砲声が轟いた。英艦から撃ち出した音だった。

「撃ったか」

才助の唇に、血がにじんでいた。

二人は甲板へ飛び出した。見れば英艦は桜島の砲台に向って、砲撃したのである。

途端に袴腰砲台とおぼしきあたりから砲声が来た。赤水砲台からも撃ち出した。がどちらも、遠い音だった。

才助は絶望的な表情を泛べて、じっと砲台に眼を据えていたが、暫らくして、いきなり叫んだ。

「松木、毛唐には、戦う意志はなか！　この艦は射程外で撃っている」

それと殆んど同時に松木も叫んだ。

「気魄がなか。射撃は小規模じゃ」

たしかに、その通りだった。発砲のありさまを見ても何か遊びごとじみていた。昨日のような烈しさは、全く感じられなかった。

英艦はただ威嚇を示すために、申し訳けに撃っているのに過ぎないのだ、と二人は同時に気がついたのだった。

何かほっとしたような気持が来た。そして、半刻ほど経ったころだった。

ユーリアラスは急に方向を転換しだした。そして、桜島の沖合をはなれて行った。

「逃げて行くぞ。逃げて行くぞ」

二人の眼は殆んど濡れていた。

「おれの昨夜の威嚇が利いたのだ」

才助は呟いた。

「毛唐の逃げるのを見て、藩の者は喜んでいるだろう」

ふと、大久保一蔵の顔が泛んだ。日頃可愛がってくれている家老の小松帯刀の顔も想
「砲数がすくない」

いだされて来た。そして、皆んなの喜んでいる顔が頭に来た。

しかし、それらの顔の中には、自分をののしっている顔も随分ある筈だと、才助はやがて胸が痛んで来た。

「藩船を焼かれ、しかも、敵に生擒《いけどり》されているおれたちを見て、皆んなはさぞ憤慨しているだろう」

弁解しても始まらぬし、また、しようと思っても出来ないのだ。

「何しろ、こうして生恥をさらしているのだから……」

そう、淋しく呟いた時、松木の口がぐっと耳の側に寄って来た。

「五代、死ねるぞ」

「えッ？」

思わず、きくと、松木は一層低めた声で、

「艦は沖之小島の方へ行くぞ」

と、言った。

「しめたッ」

才助の手は松木の手を握っていた。汗ばんだ感触も忘れていた。

沖之小島と燃崎間の海中には、ひそかに水雷が敷設されてあるのを、二人は知っていたのだ。いま、艦隊はその地域へと進んで行く。まず爆破されるのは、先頭のユーリアラス号であろう。

「死ねる！」

じっと、お互いの眼を、恐らくこれが最後の視線だと、見合った時だった。

砲声が来た。沖之小島の砲台から、はげしく撃ち出したのである。

「撃つなッ！」

二人は殆んど声が出かかった。

「いま、撃っては駄目だッ」

しかし、沖之小島の砲台は射撃を中止しなかった。ますます、熾烈になるばかりだった。

艦は突然、迂回をはじめた。才助と松木は、舷にしがみついて、

「迂回するな！」

と、心に叫んでいた。が戦意を失っている艦は沖之小島の射撃に狼狽して、にわかに方向を転換して、谷山郷七ツ島の方へ逃げ出して行き、そのため、危く水雷を避けることが出来た。

沖之小島の砲撃を最後として、その日は遂に一発の砲声もきかれなかった。

そして、四日が来た。

英艦は谷山郷七ツ島の沖合に碇泊したまま、しきりに破損個所の修理を急いでいた。

七ツ島の遠見台では英艦の一挙一動に注目していたが、午過ぎ、英艦が錨を抜いて、

東北の間に針路をとりつつ、日向沖の方向に向って、立ち去ったと分ると、狂喜の声をあげた。

そして、狼烟があげられた。

「敵艦は敗走したぞ」

この報らせは、たちまちにして、城下の隅々まで、ひろがった。

既に雨も風も砲声もやみ、海の上にも陸の上にも、しずかな青空があった。藩士たちの緊張は一瞬とかれ、もはや戦いは終ったのかと、がっかりした表情が誰の顔にも来て、何か戦い足りぬ気持だった。敵の大砲（新式アームストロング砲をこの時はじめて使用したという）より放つ尖弾と、味方の旧式洋砲より放つ円弾の撃ち合い、それだけで戦いが終ったのである。遂に白刃を交え得なかったのが、残念だと、皆思ったが、とにかく敵艦は逃走したのだ。

「勝った。攘夷の実を示した」

という気持は、誰も持つことが出来た。旧式砲を用いながら、敵兵を一歩も上陸せしめなかったのである。味方の死人、手負人は思ったよりすくなかったのにかかわらず、波打際に漂着して来る紅毛の死体の数は、けっしてすくないとはいえない。

まず以って、遺憾なく戦ったのである。しかも遂に他藩の援助を請わず、薩摩一藩の自力によって、戦い得たのである。このことを、皆はひそかに誇った。

藩では直ちにこの戦いの顚末を朝廷に上申した。

主上は深くこれを賀賞あらせられたという。

「去二日、英船渡来の処、発砲血戦に及び候処、達叡聞候、布告の奉御主意、無一心攘斥候段、叡感不斜候、弥勉励之有、皇国の武威海外に可輝候様御沙汰候事」

薩摩は大いに面目をほどこし、その威はますます揚った。

しかし、薩摩では徒らに戦捷を慶祝していられなかった。敵艦の再襲が予想されたので、それに備えねばならなかったのだ。

まず、破損した砲台を修理する外新たに神瀬の砲台の構築に着手した。

なお城を大隅国、国分郷浜市に移そうという意見が、重臣間に行われた。しかし、これは、造士館の教授らの建言によって、中止した。その理由は、

「今日居城を他に移すが如きは、大いに士気を沮喪せしめるであろう」

と、いうのであった。久光、忠義両公は本営の千眼寺を去らず、そこで軍政務を裁決していた。帰城したのは七月二十五日であった。遂に敵艦は再襲しなかったのである。

「怖れたのであろう」

と皆思った。恥を知らぬ群英めと皆笑った。

たしかに、クーパー以下英吉利人は薩摩を怖れたのだった。が、それには才助の弁舌も大いに与っていたことを誰も知らなかったのである。

沖永良部島にあって、ひそかに脱島を計画していた西郷は、英艦隊が撃退されたという噂をきいて、もはや脱島の目的も失われたと、遂に沖永良部島に止まったが、鹿児島

の戦禍が気にかかるので、徳之島代官へ左のような戦況照会の手紙を書いたという。

一、山川口にては防戦如何の向にて御座候哉。火急の事にて全く仕応せざるものにて御座候哉。

一、艦何十隻乗込候哉。何月何日の戦にて御座候哉。御台場（砲台のこと）諸破損の向に来り候処、一方何ケ所破損に及び候哉。

一、英艦桜島の御台場より一艘は御打留相成たるとの向に御座候、何艘御打留相成候哉。

一、英艦速に引取候故、又は江戸表抔へ乗廻し候歟、本国の方へ引払候哉。

一、上下町は御焼払に相成其余烟御城まで相及候との趣も申触れ候、実事に御座候哉。

一、琉球船二隻、大和船四五隻、相損じ候向に御座候。何方へ繋居候而及損失候哉、且小船は数十隻破損との向に御座候、波止場に有之候船に御座候哉。

一、戦死の御方々大人数被為戦候御様子に御座候哉。

一、上下町人、何方之相延候哉、又は武家童女方、如何に御所置相付候哉。

一、近国並に長崎御奉行抔早々御援兵として被差入御向に御座候哉。

西郷の藩を想う切情がありありとうかがわれる。

通説によれば、西郷の耳には、鹿児島は全焼したと一時伝わり、さすがの彼も顔色を変えて、

「なに？　鹿児島はもはやごわはんとか？」

と、驚いたという。

恐らく西郷にしても、また誰にしても戦況の真相を知るまでは、かくも薩摩が善戦するとは、思わなかったであろう。勝目のない戦さと思ったのが、正直なところであった。しかるに、薩摩は世界一を誇る英吉利艦隊を向うに廻して、一歩も譲らなかったのである。

しかも、勝負はよしんば五分五分だったとしても、英吉利艦隊は拭うべからざる大失態を一つ演じている。すなわち、パーサス号の錨を鹿児島湾に捨てたまま、逃走したことがそれだ。

英吉利海軍にとっては不名誉この上もない醜態であった。つまりは英吉利海軍の歴史は、永年その無敵を誇称していたのにもかかわらず、ひょんなところでひそかに汚されていたのである。

日英戦史上記念すべきこの錨は、その年の暮薩英談判の成立した時、不用意にも無償で英吉利側に渡したと、「近世紀聞」に見えている。

生と死

桜島の煙が見えなくなると、才助はにわかに落涙した。

英吉利の水兵らに笑われては醜態だと、あわててあたりを見まわしたが、倖い誰も気づかず、ただ傍の松木の実に何とも言いがたい悲痛な顔が、ぼうっと霞んで眼に来た。

松木もまた落涙していたのである。松木は太短い親指の先でしきりに眼をこすりながら、

「薩摩ももはや見収めでごわんそかい」

と、しょんぼりした声で言った。才助はうなずいて、

「不覚じゃ」

弱く笑った。

もはや、生きて薩摩の姿を見ることもあるまい、その感慨だった。ひとつには、死のう、死のうと思い続けて来ながら、もう一歩というところで何度も死に損なった、度重なってむしろおかしいくらいのそのいまいましさが、熱く眼に来ていたのだった。

「死ぬということも、案外思うに任せぬものだ。思えば、長崎でお露に会うた時に決した死だったが……」

才助はひょんなところで、お露を想いだした。暗がりの大波戸で見た白い顔がふっと泛び、異国の強烈な香料があたりに漂うようだった。むげに振りつづけて来たことが、まるでわけがわからぬくらい、思いがけぬなつかしさで、つまりは心の弱まりだったろうか。

しかし、お露の俤《おもかげ》は身も蓋もない素早さで、途端に消えてしまった。そして、ガラバーの生毛だらけの赫い顔が、かわって泛んで来た。湯気を吹きだしている、いやらしい生毛だったと、才助は生々しく想いだし、なにか胸がチクチク痛んで来るようだった。思っていることは直ぐ言葉になる。才助は口をひらいた。

「松木、僕はこれまで失敗ちゅうことを知らなかった男じゃったが、あの時、英吉利の軍艦が長崎へ寄港しなかったのが、僕の運命のつまずきの始めでごわんそかい。あの時、立派に死ねもしたものを、いま、こげん生恥さらしている。結局、何いごわすな。成功の岐るるところは、真実一歩の差じゃなかか」

松木はそれを、才助が戦争を食いとめ得なかった愚痴のようにきいた。松木は言った。

「いや、僕はやっぱい戦った方がよかったと思《おめ》もす」

低い、ひとりごとめく声だったが、才助はきいて、唸った。

松木は幼少の頃より、蘭医八木昇平について蘭学を学び、万国世界の情勢にもかなり通じていた。だから、こんどの戦争もなるべくなら未然に防ぐべしという、才助と同じ意見をもっていた筈である。また、多少鴃舌の語を解するという点を買われて、久光公より英吉利の実力に就いて諮問をうけた時にも、その旨献言したという。しかるにいま、このようなことをいうのは、一体どうしたわけかと、才助は思わず、

「そら何故《ないごて》でごわすな？」

と、訊きかけた。が、咄嗟に才助は野暮な問いだ、と思い止まって、

「僕もそう思《おめ》もす」

そう言った。

とにかく、攘夷は一度は決行しなければ収まらなかったのである。国内の与論はこの半年の内に加速度的に一途攘夷に傾いて行き、いかな開国主義の幕府といえどもこの与

論を無視できないような情勢であった。すなわち、幕府は恐らく渋々であったろうが、五月十日を以って攘夷期限とする旨、上奏し奉ったのだ。よってまず最も過激な攘夷派であった長藩は、間髪をいれぬ当の十日折柄馬関の沖を通過する夷船を砲撃し、攘夷の範を示した。そして次にそれをやったのが薩藩なのだ。公武合体論の熱心な主唱者である久光公を戴いた薩摩は、急激な攘夷実行論には長州藩ほど熱心にはなれず、むしろそれを抑えに掛っているくらいであったが、しかし、勢いのしからしむる所、また生麦一件の行き掛り上、やむを得なかったのだ。それに、薩摩は武士道を吟味するところであった。そして戦うや、長藩とはうって代ってよく戦い、屢々《しばしば》紅毛の心胆を寒からしめた。が、同時に外国の文明武器の怖るべきこと、海辺の備なき攘夷決行の無暴なることを、悟った。それだけでもたしかに戦った意義があるではないかと、いう松木の言外の意を、才助はさすがに素早く読み取ったのである。

「いたずらなる議論よりも、戦ってみて、皆はじめて開国の必要を感じたことでごわそう。いままでは、うっかい開国論を言えるもんではごわはなんだが、いまごろは皆僕の先見の明に舌を巻いとるこっでごわんそかい」

才助はそう我田引水した。「いたずらなる議論よりも」に松木は微笑した。才助のいわゆる「いたずらなる議論」は実に才助の持芸であったからである。

「五代もまたはじめてそれに思い当たったわけか」

と、松木はおかしかった。が、才助は松木がそう呟いた時、既にその持芸に自ら酔いしびれていた。

即ち、才助は大いに論じ出した。――幕府を倒すための口実として、攘夷を唱えるのは、無論一理ある。しかし、血気に逸った攘夷決行はかえって国を誤るものだ。なるほど夷狄《いてき》は討たねばならぬ。が、関ケ原役時代の種ケ島では、軍艦は沈めることは出来ぬ。世界は今や大戦争の最中だ。その中へ何を持って日本は飛び込んで行くというのか。外国の実力は簡単に攘夷し得るような生易しいものではない。一長藩、一薩藩の力のみを以ってしては、到底攘夷は不可能だ。夷狄を攘《はら》うためには、まず夷狄の実力を知り、それにうち克つだけの実力を備えなくてはならない。その実力をどうして備えるか、即ち開港交易、富国強兵だ。が、今の幕府の屈辱的な、しかもひとり肥えんとする開港交易では駄目だ。そしてまた、いかに実力があっても、これを挙国一致して動かさねば駄目だ。幕府には到底その力もそれだけの信望もない。これはどうしても天子様を戴く挙国一致でなくてはならない。いわば、攘夷は倒幕、王政復古、開港、富国強兵の次に来たるべきものだ。勤皇倒幕の手段として、攘夷を唱えるのはよいが、しかしその決行は時期尚早だ云々。そして、才助は、

「僕の開国論は怖夷崇外の国辱ごと意見のようにかやすが、しかし、せんじ詰めれば、僕の開国論は新しか攘夷説じゃなかか。如何《いけん》もんでごわすか」

と、松木の意見を叩いた。

「まことにその通りじゃ」

感心癖のある松木はほとほと感にたえて言った。

開国の必要については、むろん今更あらためて、きく必要はなかった。才助から耳にたこが出来るほどきいているどころか、松木自身もまたその演説の度数において、才助にひけをとるものではなかった。が、「開国論は新しい攘夷説だ」という言葉は、松木にはいまはじめてだった。

「うまい言葉を言ったものだ」

と、松木は感心した。対立する開国、攘夷の両論を結局緩急の差にせんじつめることによってうまく結びつけた才助をさすがだと思ったのである。その巧妙さは殆んど詭弁かと思われたくらいであった。

「しかし、詭弁じゃあるまい。巧言令色でもあるまい」

開港を説くあまり、遂に夷狄かぶれしかけていた才助に、攘夷の念が強く湧いて来たためなのだと、松木は信じた。こんどの薩英戦争の生々しさを身を以って体験したことが、才助をしてこの言葉を言わしめたのだ、それに違いあるまいと、松木は思った。そして、同じ想いの自分の心を覗いてみるように、

「開国論者ちゅう一寸の虫にも、攘夷ちゅう五分の魂はごわすとじゃ」

と、言った。

「そうじゃ。途は一つ、皇国の御為でごわすぞ。仕事はこれからじゃ」

言って、才助ははっとした。いきなり、容易ならざる考えが閃いたのである。

「いま、死んではならない。生きていよう。おれには未だ成すべき仕事は多い筈だ」

この考えだった。つまりは、思いがけない生への執着が来たのである。この半月、まるで死に場所を探し求めて来て、しかも今、突然、生きたいと思うのはなんとしたことかと、才助はわれながら驚いた。

「松木、僕は生きていたい煩悩を感じもす」

わざと松木の顔を見ずに言って、才助は白い波に視線を落した。

「えッ？」

かすかに声をあげて、松木も波を見ていた。才助は松木の「馬鹿ゆな。そげな弱気でどうすッか」という声が来るものと、待っていた。が、瞬間松木は黙っていた。

暫らくして、松木はやっと口をひらいた。

「五代、君は容易ならざることを言うたぞ。生きるのは大事じゃ。死ぬるのは楽な道ごわすぞ。海へ飛び込めば、そいでよか。男子必死の時に当たって、こげん容易《たやす》か道はごわはん。しかし、生きるのは苦しい道じゃ。生きるのは大事じゃ。苦労もせずばなりもはん。笑われることも覚悟せずばなりもはん。けっして煩悩じゃなか」

松木は瞬間三つ年上の顔だった。

「判いもした。苦労しもそ」

才助は言った。

「うん。苦労しもそ。いたずらに死に急ぐ時じゃなか」

松木は声をひそめて言い、素早くあたりを見まわした。

二人は眼で知らせ合って、船室へ戻った。直ぐ脱走の相談が始まった。

「横浜へ着くまでに、脱走せねば……」

と、まずきめた。

艦が横浜へ着いてしまえば、何かにつけてこと面倒だし、それに、人質にされて薩摩や幕府との交渉に利用される惧れがあった。

「途中どこかの港にはいった時に……」

脱走しようと、二人はひそかにその機会をねらった。

しかし、艦は横浜へ、横浜へと航路を急ぎ、二人の予期に反して、どこの港にも寄らなかった。

空しく脱走の機会をねらっているうちに、やがて横浜が近づいた。

艦が横浜湾へはいる直前、クーパーはなに思ったのか、これまで二人に許していた甲板の散歩を厳禁し、いきなり船室に閉じこめてしまった。扉には錠がおろされ、一歩も船室の外へ出ることは出来なかった。

「やっぱい人質にするつもりじゃ」

横浜へ着いた途端に釈放されるなどとは、むろん夢にも思っていなかったが、そんな風ににわかに待遇が変ったのを見ると、やはり人質のことを思うより外はなかった。

「そいならそいで、こっちにも考えがある」

脱走が殆んど不可能ないまとなっては、むろんそれは自害以外にはなかった。生きようと誓ってはみたが、所詮それも空しかったのかと、二人は再び死の覚悟を決めた。

黄昏前、急にエンジンの響きが熄《や》んだ。錨がおろされたらしい。船室の窓から横浜の町がすぐ眼の前に見えた。

「横浜も開けた」

という気持が、ふいに胸に泛んだ。

やがて、上陸用のボートをおろすらしい音がした。出迎えのランチも来たらしい。水兵の鼻歌がにわかに高い。

二人は胸騒ぎ、

「ニイルが上陸すれば、すぐ幕府との交渉をはじめるだろう。その前に……」

と、死を急ぐ眼を慌しく見合った。

死から生、生から死へと、一瞬にして変転する気持を、おかしいとも不思議とも思う余裕など、ぎろりとした視線の中にはむろんなかった。まるで将棋の駒の香車のように、まっしぐらに死を急ぐ姿勢だけが、お互いの眼に映っていた。

香車といえば、二人にとっては、死は香車で歩を払うように、至極簡単なことであった。何の未練も、臆するところもない「容易《たやす》か道」であった。が、ただ一つ、腹を切る武器のないことが心残りだった。

舌をかみ切ったり、首をくったりするのは、醜態だと思った。矢張り、士らしく腹を切るか、せめてピストルで死にたかった。

二人は夜を待った。夜になれば、水兵が洋燈を持って来る。そのピストルを奪って、と考えたのである。

しかし、夏で、日の暮れるのがおそかった。それがもどかしかった。松木は詩吟をはじめた。彼は美声だった。これが吟じ収めになるのだと、彼は知る限りの詩を、あらん限りの声をしぼって、吟じた。才助はこれがきき収めだと、しんみりきいていた。しかし、眼は扉を離れなかった。松木の詩吟にひきつけられて、あるいは聴きとがめて、誰かがはいって来るだろうと、身構えていたのである。それに、だんだん部屋の中も暗くなって来ていた。そろそろ洋燈の来る時刻だ。才助はますます眼を光らせた。

いきなり、松木の詩吟が熄んだ。靴音が近づいて来たのである。

才助は扉の方へにじり寄った。

靴音は扉の前で停った。鍵をねじこむ音がした。洋燈の灯が隙間からはいって来た。

才助は声をのんだ。

扉があいた。

いきなり、飛び掛かろうとして、才助ははっと身を退いた。水兵のうしろにひょろひょろっと立っている英吉利人の顔を見たからだ。

「おお、ガオール」

「おお、五代さん」

同時に声が出た。ガオールはすらりとした長身をかがめてはいって来ると、あっけにとられて、棒をのんだように突っ立っている才助の手を、ふいに握った。

水兵は洋燈を置くと、出て行った。才助が眼で合図したので、松木も飛び掛かるのを控えた。

「魂消《たまげ》たでしょう？」

ガオールは九州訛の日本語で言った。

「こげん魂消たことはごわせん。まさか貴方が来るとは、思いも掛けなかったでごわす」

才助が言うと、ガオールは、

「私も魂消ました。外字新聞で貴方がユーリアラス号にいることを知って、驚駭しました。大急ぎで長崎からやって来ました」

と、言った。才助は苦笑した。が、苦い想いは殆んどなく、ガオールが来たからには、前途の明るさが見えた想いだった。

「紹介しもそ」

才助はガオールと松木をそれぞれ紹介した。

「私、英吉利の長崎領事、ガオールです。五代さんには長崎で親切にしていただきました」

ガオールの日本語に応えて、松木は、

「貴下の噂は五代にきいていました。お眼に掛かる機会を得たのは、喜びです」

と、英語だった。松木の緊張も既にとけていたのである。

挨拶が済むと、ガオールはにやにやしながら言った。

「私が何のためにここへ来たか、お判りですか」

「僕らを自由にしてくれる為でごわそ」

才助も微笑しながら言ったが、しかし、眼だけ笑わなかった。

「そうです。クーパーに会って宜しく話してみるつもりです」

「ありがとごわす。しかし、ガオールさア、僕はもはや死ぬ覚悟ばきめもした。自由に成りたい気はごわはん」

「ノー、ノー」

ガオールは大袈裟に手を振って、

「あなたは自由になるべき人です。すぐ上陸できるよう、斡旋しましょう」

「クーパーが承知しますまい」

「何故?」

「万一、僕らが上陸できるとしても、クーパーには条件がごわんそかい。どぎゃん条件にせい条件つきの釈放を求むるくらいなら、腹切って死んだ方がよか。条件なしの釈放をクーパーが承知するとは、思《おめ》もはん」

才助が言うと、松木もでかい声の英語で、

「無条件釈放か、しからざれば死です」

と、呶鳴るように言った。

ガオールは変な表情で暫らく手をひろげていたが、やがてちょっと才助を抱く真似をして、

「よろしい。御希望はクーパーに伝えましょう」

と、出て行った。そして、直ちにクーパーを司令長官室に訪れた。

「無条件釈放など想像も出来ない。ガオール君、君がそんなに欲の無い人とは知らなかったね」

クーパーは英艦敗退の報が横浜で発行されている外字新聞に出ているのを、読んでいるところだった。頗《すこぶ》る機嫌がわるかったわけである。

「しかし、あの二人は無条件釈放が許されなければ、自害すると言っている」

ガオールが言うと、クーパーは、

「構うことはない。それも良いだろう」

と、突っ放した。

「いや、良いことはない」

横合いからニイル公使が口をはさんだ。

「いま、二人が自害するようなことがあれば、如何なる悪い結果を招くか、貴方は知っているか」

ニイルは薩摩行き以来すっかり臆病になっていた。艦のなかにいてさえ、薩摩の士が怖かったのだ。しかるに、彼は明日からもと通り、武備の乏しい公使館のなかで起居しなければならぬ。五代らが死んだとわかると、薩摩の士たちは復讐のために何をしでかすか判らない、全く前例がないわけじゃないと、ニイルは文久元年五月二十八日の芝高輪東禅寺の英吉利公使館襲撃事件などを想いだしながら、びくびくしていたのである。

「貴方は怖れている。悪い結果とは一体なにを指すのか？」

と、クーパーは皮肉った。痛いところを突かれて、ニイルはむっとした。

「私の言っているのは、外交のことだ。薩摩との戦争はうやむやに終ったが、生麦談判の交渉は終っていない。私は代理公使として、その交渉を継続する義務をもっている。交渉を成功さすためには、あの二人を殺すのは不利だ、と言っているのだ」

この言葉はクーパーにとっては、頗る不愉快なものだった。まるで、交渉が未解決のままになっているのは、敗戦すなわちクーパーの責任であると、責めているように、聴かれたのである。クーパーもむっとした。

「それなら、いっそあの二人を人質にして置く方が有利ではないか。外交官たる貴方がそれに気づかないのは、不思議千万だ」

「御忠告はありがたい。しかし、古来、屍の人質というのは、余り聴かない」

空気が険悪になって来たので、ガオールは今日は駄目だと諦めて、早々に引きあげた。

翌日、再びクーパーを訪れると、すっかり風向きが変っていた。

「あの二人は実に幸福だ。君はこうして熱心に頼みに来るし、ニイルも独自の見地から釈放を要求している。その上、エルダーからも同じことを言って来ている」

と、クーパーは言った。

「エルダーが何故またあの二人を……?」

「私も知らない。エルダー自身もその理由を何故か言わなかったからね」

エルダーは言えなかった。武官クーパーに浪漫的な小説好みの話をしても始まらぬと思ったし、それに恥かしくもあった。

小説好みとは、すなわち、エルダーは才助らの釈放を「お露さん」に頼まれたというわけである。お露はいつの間にか横浜へ帰っていて、才助らがユーリアラス号に幽閉されていることを知り、執拗《しゅうね》くエルダーにその釈放運動をせがんだのである。それが余り熱心だったので、エルダーはふと不吉な想像をしたくらいであった。まず以って、クーパーには言えない話だった。

「しかし、とにかく、三人の依頼だ。釈放することにしよう」

クーパーは渋い声でガオールに言った。実はクーパーにはエルダーの言をむげに拒《しりぞ》けられない義理があったのである。あからさまに言えないが、エルダーから屢々賄賂をとっていたのだ。

ガオールはいそいそとして、才助らのいる部屋へやって来た。

ガオールは上機嫌だった。実は彼が才助の釈放についてそんなに熱心だったのは、長崎のガラバー商会からその旨頼まれたからであった。ガラバーにとっては、才助は弗箱であったわけだ。ガオールは釈放運動が成功すれば、ガラバーから貰うべきものは貰うという約束で、それをひきうけた。いそいそとしたのも無理はなかった。

「五代さん、貴方がたは釈放ですぞ」

ガオールは才助に抱きついた。才助はそれに辟易しながら、

「条件は……？」

と、顔をしかめて言った。

「条件？　条件、条件、五代さんは条件一点張り。あはは……」

ガオールはへなへなと飛びまわりながら、異様な笑い声を立て、

「条件、もちろん有ります」

と、はしゃいだ言い方をした。

「えッ？」

才助の顔は急にしゃきっとした。ガオールはなおも笑い熄まず、

「条件、一つ、只今すぐこの艦を出ること。一つ、お二人は別々に上陸すること、五代さんは神奈川、松木さんは横浜へ上陸して下さい。そして、当分別々に行動して下さい。一緒に上陸すると、眼立つからいけません。公然と釈放するのではなく、黙許するというわけですから。クーパーもなかなか話のわかる男ですね。あはは……」

ガオールの笑い熄むのを待って、才助は言った。

「ほかに条件はごわはんか。それだけでごわすか」

「イエス」

才助は黙ってガオールの手を握った。松木もそうした。

「生きた」

と、思った。が、その喜びのわりに、何故か心が浮き立って来なかった。はしゃいでいるのは、ガオールだけだった。

黙許という形だったから、クーパーやニイルへの挨拶もなく、また、支度といっても何もなく、直ぐボートに乗り移ることになった。

取り上げられていた腰の物を、水兵が船室へ運んで来るまでの短い間、才助と松木は言葉すくなく別れを惜しんだ。

「五代、生きるのは煩悩ごわせんぞ。大事じゃ」

松木が言うと、才助は、

「うん、犬死はしもさん」

と、言った。やがて、ボートの用意が整った。

「長崎で会いもそ」

しかし、それはいつの日かと、遠い想いを胸に落して、それぞれのボートに乗った。

才助のボートには通辞の清水卯三郎が、松木のボートにはガオールが同乗した。日が暮れ落ちた。

二つのボートはみるみる右左へ離れて行った。二人はいつまでも手を振っていた。

松木のボートが横浜の波止場についた時、一人の洋装の女が駈け寄って来た。

「おお、お露さア」

「松木さん、五代さんと御一緒じゃなかったとですか」

お露の顔はすっかり蒼ざめていた。

放　浪

神奈川の波止場に降り立つと、夜が待っていた。

「これからの当ては……?」

と、清水卯三郎がきいた。清水はユーリアラス号に通辞として乗り込んでいて、才助らの苦衷に深く同情していたので、神奈川まで送り届ける役がすんでも引きかえさず、才助と一緒に上陸して、暫らく面倒をみるつもりだった。

「ともあれ、江戸へ行こうと思いもす」

才助が答えると、清水は、江戸は危険だと、あわてて制《と》めた。

「幕臣の私の口からいうのもおかしいが、薩摩はいま公儀からにらまれている。無断で英艦と交戦したのは、理由の何たるかを問わず、ともかく公儀の意志を無視した行為だというので、甚しく忌諱にふれているわけです。それに新徴組浪士隊が江戸へ流れ込んでいる。この連中は幕府お抱えだが、根は攘夷一点張りだから、一層うるさい。貴方の命も無論ねらわれているでしょう。江戸へはいられるのは、思い止まれた方がいいでしょう」

才助もむろんそのような危険を思わぬわけでもなかった。が、ともかく江戸へ行って、国元の噂を知りたかった。自分のことをどう言っているか、まずそれを糺《ただ》す必要があると思ったのだ。といって、まさかのめのめと藩邸へ顔出しもならなかった。が、長崎以来の友人、松本良順が芝新銭座で外科を開業するかたわら、蘭塾をひらいているときいていたので、それを訪ねようと思っていた。松本は薩摩の者ではないが、薩摩江戸屋敷の者とも往来があり、噂もきけるだろうとその旨清水に言うと、清水は暫らく考えていたが、やがて、では、私も一緒に江戸まで行こうと才助の意に従った。

「江戸も危険だが、神奈川もやはり危険です」

夜道を急いだ。

神奈川には過激な攘夷党が、ひそかに成すところあろうとして、不穏な徘徊をしているかも知れない。英艦から出て来たという手前でも、それらの連中の眼も避けねばならず、ともあれまず神奈川の土地を速《すみや》かにはなれることだと、清水は考えたものである。

神奈川から川崎まで二里半。

船には馴れている才助だったが、さすがに久し振りに踏む土はなつかしかった。夜露に濡れた道を、濡れる想いで辿った。

むろん、追われている気持の暗さはあった。が、松並木の隙間からちらちら見える百姓家の灯は、生きているという気持を、ふと、才助の心にも点した。

川崎から品川まで二里半。

喋りながら歩くと、そんなに疲れなかった。

「べんべんと生きたいために、英艦を出たのではごわはん」

そう前置きして、才助は理想を語り、言葉に酔うた。

いつの間にか夏の夜はほのぼのと白らんで来て、品川から日本橋までの二里の道は、爽々しい朝だった。

すぐ芝新銭座を訪ねようという才助を、清水は、

「夜にした方が良いでしょう。日中は江戸の町を歩かぬのが得策です」

と、制めた。

日本橋の近くに「はこべ」塩歯磨粉屋があった。そこの主人がかねてより清水と懇意にしていたのを倖い、二人はひそかにその店先を訪れた。

「日の暮れるまで、店を貸していただきたいのだが……」

と、清水が頼むと、主人は詳しく事情をききもせず、承諾してくれた。

昨夜から一睡もしていなかったので、落ちつくと、にわかに睡気が来た。二階の一室に寝床をとってもらい、横になると、途端に両人とも鼾をかきだした。

清水は才助のひどい歯ぎしりにおどろかされて、屢々眼をさました。傍にぐったりと長くなっている才助を見て、清水は、

「この人は一刻も心気の休まる間もないのだろう」

と、神奈川から江戸までの夜道を、まるで憑かれたように喋りつづけていた才助の熱っぽい眼などを、想いだしたりした。

びっしょり汗をかいて、才助が眼をさますと、もう部屋のなかは暗かった。清水はまだ眠りつづけていた。声をかけて起すのも、はばかられたので、才助は部屋の隅にぽつねんと坐ったまま清水の起きるのを待った。部屋のなかの闇をいだくようにしていると、いいようのない淋しさが胸に来た。才助はいま見た夢を想いだした。

上海へ船を買いに行った時の夢である。思えば、あの時がおれの一番華やかな時だったと、才助はふと今の境遇が情けなかった。

「上海へは長州の高杉晋作も来ていた」

と、才助は呟き、その時かわした会話を想いだしたりした。

「五代君、君は景気が良いな。薩摩がそんなに金があるとは知らなかった。なんでも、昔は薩摩ときくと、道中の人足は動かなかったというじゃないか。薩摩の殿様は二百五十万両の借金が怖くて、大阪に宿をとることも出来ず、西の宮で泊ったという話だが……」

「これも先主斉彬様と、調所笑左衛門様のおかげでごわす」

「斉彬公はえらかったな。薩摩には電信や瓦斯まであるというが、本当か」

「本の事ごわす。地雷水雷も研究中ごわす。嘉永五年には反射炉も出来もした。斉彬公は万国世界の情勢に眼を開きござった偉い人ごわす。が、調所様も偉い方ごわす。調所様ははじめ茶坊主でござったが、琉球の密貿易をはじめられたほか、藩の国産品を大阪へ廻送して売り捌き、藩の財政を立て直しされた偉い方ごわす。密貿易が幕府へ露見して、責めを負うて自害なされたがその時は誇張言《ふと》うたら、藩には四百万両の非常金が出来もしていたちゅうことでごわす」

「なるほどね、大した景気だ。『米沢の筆、長門の傘、鍋嶋の竹子笠、秋月の印籠、小倉の合羽の装束のごとき、みな下々細工にいたし、第一それに精をいだし、博奕する隙なく、第二に身持形気になり、仕置も致能候』と諸藩の士の貧乏は今時の通り相場だが、薩摩は調所のおかげでまず夏の蚊帳は買えるというわけだね。あはは……。こりゃ、薩摩は油断ならぬ。幕府の敵は長州じゃなくて、薩摩の金だ。調所は偉い男だね。なるほど、貿易と船か」

しきりに感心していた高杉の言葉を想いだして、才助は、そうだ、とひそかに呟いた。「おれは第二の調所笑左衛門になろう。調所どんは薩摩の富をつくったが、おれは日本の富をつくろう。調所どんは琉球貿易をやったが、おれは世界相手の貿易をやろう」

もう才助は淋しくなくなった。才助は、うん、うんと気合を掛けながら、しきりに興奮した。

やがて、清水は眼を覚した。二人は直ぐ「はこべ」塩歯磨粉屋を出た。

数奇屋橋まで来て、二人は別れを告げた。二人づれでは目立つし、それに危険が清水の身にまで及んでは申訳けないと、才助が無理に清水を説き伏せたのである。

　瘦せた背中を猫背にまるめて、暗闇のなかへ消えて行った清水の後姿を、胸に温めながら、才助は松本良順を訪れるべく、ひとり芝新銭座への道を急いだ。

　良順は侍い在宅していた。折柄塾生を相手に講義中だったが、才助が来たと知ると、直ちに講義を中止して、自ら玄関へ出て来た。

「一緒に出よう」

　良順は玄関に突っ立っている才助をそのまま、最寄りの鰻屋へ伴った。

「ここなら安全だ。実は、おれのところはいろんな奴が出入りするから、下手にみつかるといけないと思って……。さっきも新徴組浪士隊とか言って、物凄い奴が一人やって来た。いや、なに、おれを斬りに来たわけじゃない。尻に根太をこしらえたので、おれにみてくれと、それこそ文字通り尻を持ちこみよったのさ。いったい、新徴組などと申すやからは不衛生でいかん。豚を飼えと薦めてやると、変な顔して帰って行ったよ。あははは……」

　鰻屋の二階の一室に落ちつくと、松本はそう言って、笑った。

「ときに、あんたの駆黴法の研究は……」

　と、才助が言うと、松本は、

「いや、それよりも、君の話をきこうじゃないか。久しく会わなかったから、随分話がたまっている。が、まず、手近かなところから、こんどの薩摩と英吉利の戦争について、やってくれ」

　そう言って、才助の盃に酒を注いだ。才助はまず酒で唇をうるおし、そして、長崎で英艦を待っていた時からの経緯を、一気に語った。

「あんまり大きな声を出すな」

と、良順は注意した。

「新徴組ごわすか」

　才助は苦笑した。

「いや、危険なのは新徴組だけではない。薩摩の少壮派も騒いでいる。吉井幸輔などという連中は、五代を見つけ次第斬ると言うているらしい。五代が来たら知らせろと今朝も脅かしに来た。芋ばかり食うとらずに、薩摩屋敷で豚を飼わんかと、言ってやったが……」

　予期していたことだが、才助はさすがに唸《うな》った。

「藩船三隻を失い、英艦の捕虜になっただけでもけしからんのに、しかも、命乞いのために薩摩の国情を英吉利の奴らに洩らしたのは、言語道断だと、言うているらしい……」

「そげな噂が……」

　立っているのかと、才助は呆然として、暫らく口も利けなかった。涙がにじんで来た。冷たくなった酒をぐっと呑み乾して、

「なるほど、頑迷固陋《ころう》の藩の奴らには、おれの苦肉の策はわかるまい」

という想いを、にがく胸に落した。

鰻が焼けて運ばれて来た。

「五代、まあ、そうしょげるな。誤解や非難というものは、こんな混乱した目まぐるしい時世にあって、なにか仕事をしようとする者には、つねにつき従うものだ。誤解を怖れていては、なにも出来ない世の中だ。勤皇といい、倒幕といい、佐幕といい、公武合体といい、攘夷といい、開港といい、いろいろと騒いでいるが、佐幕派にも勤皇派はあろうし、攘夷派にも佐幕派はあろうし、十人十色だ。同じ党にも幾組も意見がわかれ、同じ藩にも幾組もの対立がある。早い話が攘夷派の清川八郎が幕府の浪士募集に応じて、新徴組をつくり、それを暗殺した近藤勇の一派が諸侯の間に勤皇を説いて廻っているという時勢だ。ことに君は才人だ。才気の発するところ、藩の連中からねたまれ、誤解され、また非難もされるのは、君も覚悟の前だろうじゃないか。日頃の君の強気にも似合わんぞ。悲観するな、悲観するな」

「悲観はせん」

いきなり才助は昂然と言った。

「正しか事をして、どぎゃんして悲観しまッすか。あはは……」

はじめて笑い声を立てると、良順は、

「よし、それで五代らしくなって来た。が、あまり強引に才をふるって、憎まれぬようにしろよ。忠告めくようで、大人気ないが、とにかく、人には好かれるに越したことはない。ところで、好かれるといえば、君は長崎で随分惚れられていたじゃないか。何故そんなにもてたか、今もって不思議とするところだが、それ、丸山の、なんとか言ったな……」

「お露ごわすか」

才助は鰻の串焼きをつつきながら、言った。

「左様。お露さん。さすがに君は覚えている。あれ、どうしているかな」

「知りもはん」

言って、才助はふと、どうしているかと、遠い長崎の想いにふけった。江戸と鼻の先の横浜へ帰っているとは、むろん知らなかった。

「知りもはんか。相変らずお露は君に振られていると見えるな。変な奴だな、君は。女人の情を解さんのか。西郷を見ろ、西郷を。あいつはすました顔をして、よかお御《ご》嬢《じょ》を見れば、でかい眼を細めとるというじゃないか」

良順は酔うていた。

「西郷は西郷、五代は五代でごわす。むろん五代は木石ごわせん。お露さアも可愛かごわす」

「そんなら、何故可愛がってやらん、腋臭でもあるのか。あはは……」

「いや、その暇がなかったのでごわそ。五代は忙しか身体ごわしたで……」

と、才助はお露に向って弁解する気持で言った。

「それに、五代はお御嬢の膝の上で首ば斬られたく無かです。そげん目に会うのは、終生の恥ごわんそ」

「見栄坊じゃ、君は……」

良順はますますからかった。すると、才助は急にしゃんとして、

「馬鹿言うな。五代には五代にしか出来ん新しか仕事ごわす。いまはお露どころの騒ぎやごわせん。なるほど、英艦に捕われて、僕には未だ仕事がごわす。五代には五代にしか出来ん新しか仕事ごわす。いまはお露どころの騒ぎやごわせん。なるほど、英艦に捕われて、のめのめ生きているのは、武士道を吟味いたさぬ行為ごわそ。しかし、今は狭義の武士道にとらわれている時ではごわはん。士は腹を切るだけが能じゃなか。僕はたとえ両刀を捨ててもよか、商人の真似をしてもよか、藩の、ひいては皇国の富強のために、一働きすれば、それでよかと、思いもす。これもまた士の道ごわんそかい」

冗談にお露をもちだした良順は、才助がそんな風に話をもって行ったので、些か辟易し、

「相変らずの五代だ。むきになり過ぎる。もう少し圭角がとれると、人に好かれるのだが……」

と、思ったが、しかし、やはり、才助の熱っぽい口調はそのまま良順の胸にも伝わって来た。

「よし、分った。ところで、仕事は仕事として、差当たっての問題だが、君は……」

どうする積りか、恐らく江戸に身を匿すところはあるまいと、言い掛けて、良順は別室からきこえて来る歌声にふと耳を傾けた。

おごじょコラコラ
足袋の緒が解けた
かごんで結びやれ
顔見もそ
　アリャセー
　コリャセー

長崎で才助からしばしば聴かされた歌だった。たしか鹿児島のはいや節とか言った。

「薩摩の連中が来ている」

良順は声をひそめて言った。

「うん。藩の奴らごわす」

才助は盃を置いた。

「どうする？　見つかるとうるさい。逃げろ」

良順が言うと、才助はうなずいて立ち上った。

「あんたに迷惑が掛っては、申訳けごわはん。僕ひとりともあれここを出ることにしもそ。いずれ、また……」

会おうと、素早く廊下に出た。

「達者に暮らせ」
と、うしろから良順の声が来た。
「あんたも……」
それで別れの挨拶になった。
お前さんとなら
わしゃどこまでも
からすおらばぬ
国までも
　アリャセー
　コリャセー
歌声はすぐ耳の傍にきこえた。才助は眼を光らせながら、段梯子を降りた。
表へ出て、「はこべ」塩歯磨粉屋で貰った編笠を被り、ふと空を仰ぐと、網の目に月が掛った。犬の遠吼え、按摩の笛の音、江戸の夜もいつか更け、夏にめずらしい露さえあった。
寝静まった武家屋敷町を歩きながら、才助はふと、
「松木洪庵はどうしているだろうか」
と、呟いた。

「やはり、このおれのように、こうして人眼を忍んで、どこかの夜更けの道をとぼとぼ歩いているのだろうか、当てもなしに……」

にわかに孤独が来た。

「松木、死ぬな」

才助は声にだし、それが夜霧のなかに消えて行くのを、しんみり聴いた。

「士は死ぬだけが能じゃなか」

そう呟いたが、もはや、今さき良順を相手に喋った時ほどの興奮は無かった。酒の酔いもいつかさめていた。才助の歩調はだんだんゆるやかになった。腕を組み、

「おれは松本良順にああ言ったが、あれは詭弁じゃなかったか」

思い掛けぬそんな反省が来た。「才助は議論なら人に負けぬ男だが、要するに弁舌の徒にすぎん」と、日頃藩の連中から悪しざまに言われていたことなども、ふと思い出された。

「……その証拠に、おれは二、三日まえまでは、やたらに死ぬことを考えていた。死ぬのが立派なことだと思っていた。ところが、今はしきりに生を欲している。つまり、おれは、自分で自分の考えを平気で否定し、得々と松本を相手に弁じていたのだ。これが詭弁でなくて何であろう」

われにもあらず弱気になった才助は、松本の手前恥かしくなって来た。圭角のとれた良順は「君は才人だけに一層己を慎まなくちゃいかん」という意味の忠告を、冗談まぎ

れのおだやかな調子でしたが、いま才助はそのことも思いだした。

「松本はおれの弁舌を大人気ないと思っているだろう」

才助は妙に気が滅入って来た。

しかし、二町も行くと、もう才助はうなだれていた顔をきっとあげていた。

「才助、お前は女々しいぞ。そんな風に他人の思惑を気にしていて、何が出来る。詭弁ではない。昨日の誠を貫くために、今日の嘘をつくってはならない。おれは正しいのだ。誰に気兼ねをすることやある。詭弁だと嗤う奴は嗤え。問題は士の道がどうのこうのというような、そんな生易しいことではない。五代には五代にしか出来ん仕事がある、それをやり遂げるかどうか、という点にある。だから、おれは生きるのだ。今日の誠はこれだ」

乱暴なくらいの自信が、にわかに甦って来たのである。

「五代に死ねという奴はどいつだ？　五代を斬る刀があれば斬れ。五代が死ねば、国家の損失だぞ」

才助の足は急に早くなっていた。が、急いで何処へ行くというのか。その当てはまるで無かった。ただ、とにかく江戸を離れること、それだけが分っていた。

昼間ぐっすり眠っていたので、少しも眠くはなかった。それに旅宿に泊るのは、危険だと思われたし、所持金も殆んど無かった。あわてて鰻屋を飛びだして来たので、松本に借りる暇もなかったのである。才助は宿もとらず、夜通し歩き続けた。

何処をどう歩いたのか、いつか江戸の町を外れ、やがて夜が明けた。江戸を離れてしまうと、もう急ぐ旅でもなかった。どこへ行くという当てのある旅でもなかった。ただ、刺客や目明かしだけを避ければよかったのだ。径があれば径を行き、往還筋に出れば往還筋を行き、街道にはいれば街道を行き、心の向くまま、足に任せて、才助は夏の日を放浪し続けた。

茶店で安い飯を二度食べると、もう餅を買う金もなかった。草鞋が擦り切れたが、買えず、跣足のまま火のように焼けつく小石を踏み、土を踏み、砂埃にまみれて、一層空腹がこたえた。

夜は木の根を枕に、野宿した。平安、鎌倉、室町の時代は一般の旅宿がなく、旅人は乾飯《かれいい》を携行して、草に枕して寝たという。はるばる来た京を想うて、涙をこぼすと、乾飯がほとびてしまったという昔の歌などが、しのばれた。が、才助にはその乾飯さえ無かったのである。

夏のこと故、野宿は楽だというものの、蚊や虫に刺されるのに閉口した。才助は一策を案じてぼろぼろになった袴をとり、それを袋のようにして顔に被り、蚊や虫を避けたが、そうすると息苦しく、また蒸暑くてたまらなかった。

「文武というて、夜も眠られずッか」

才助は執拗にたかって来る蚊に、夜通し舌打ちしていた。時にははね起きて、あたりの暗がりをかっとにらみつけたまま、暫らく坐り込んで、肩で息をしていた。

寝苦しい夜が明けると、意味もなく、目的もなく、また歩き続けるのだった。

オロシャの国では、囚人を苦しめる手段として、毎日意味も目的もない単調な労働の繰り返しを、執拗に強いるという。一定の場所に積んだ石を籠に入れて、ある場所まで運んで行き、そしてそれをまた元の場所まで運んで帰る、そうしたことを毎日何百回となく繰りかえすのだ。年中、明けても暮れてもそんな残酷な、無意味な仕事を続けていると、余程強い神経をもっている囚人でも、しまいには気が狂いそうになって来ると、才助は長崎の蘭人からその話をきいたことがあった。

「おれの放浪も丁度それと同じだ」

才助は苦々しく呟いた。

行けども行けども道はあり、何の目的も意味もなく、空腹をこらえ、暑熱とたたかい、疲れた足をひきずりながら、とぼとぼ歩き続け、歩き続ける……、こんな莫迦げた旅があろうかと、才助は声をあげて叫びたくなって来た。

薄汚く、だんだん乞食じみた恰好になって来たことも、さすがに情けなかった。日に焼けた真黒な顔に、泥や埃をへばりつけ、眼ばかり異様にぎょろつかせながら、焼けだされたような恰好で、ひょこひょこ歩いていると、すれ違う人々の眼が、いくつもじろじろと来た。

薄汚い恰好のせいばかりとも思えず、才助はそれが侍であると、刺客ではなかろうかと警戒し、また目明かしらしい男がすれちがうと、途端に緊張したが、だんだんにそれも面倒くさくなって来た。いや、むしろそういう警戒をすることが、腹立たしくなって来た。

「殺すなら、殺せ。五代を斬る刀があれば、斬れ。盲目千人が一人の目あきを、こんな目に会わせているのだ。莫迦！　莫迦！」

才助は気が狂いそうな憤怒を感じていた。

「えい、もうどうともなれ！」

大地の上に寝転んでしまいたい衝動が来て、感覚が動物じみた。

いつか武州幡羅郡熊谷在の奈良村にさし掛かり、やがて日が暮れる。

「今夜も野宿か」

蚊や虫に悩まされることを想うと、才助は思わずかっとなって来た。

「莫迦、莫迦、莫迦者たち！」

いきなりそう叫んだかと思うと、才助は無意識に刀を抜いていた。

「斬れ！」

叫んで、才助は道傍の松の木に斬りつけた。陰に籠っていた鬱憤のように、枝がばらりと落ちた。もはや、才助は動物めいた感覚にすっかり身を委ねてしまった。

「斬れ！　莫迦！」

と、叫びながら、次々と枝を斬り落して行き、その挙句、宙間に刀を振りまわしはじめた。気が狂ったのではないかと、自分でもふと思ったくらい、狂暴に振りまわした。野良帰りの村の人々は、見て驚いた。子供がわっと泣きだした。才助は夢中になって、刀を振りまわしていたが、不意に泳ぎ倒れた。力が余ったのである。

才助はにいッと笑いながら、立ち上った。

「笑ったぞ。笑ったぞ。狂人だ」

とわかると、日頃村相撲で良いところを見せていた男が、小石を拾って、才助の背中に投げつけた。

才助は振り向いた。

「無礼な」

と、思ったが、黒い、汚い顔で、ただ薄く笑っただけであった。そんな自分がふと浅ましく、才助は急に声をあげて、からからと笑った。何がなんだか、自分でもまるでわけがわからぬくらい、大きな笑い声だった。それがいよいよ狂人じみて来た。

「狂人だ。狂人だ」

子供ももう泣かなかった。そして、石を投げつける仲間入りをした。

「こらッ」

呶鳴って、そこらじゅう暴れながら、ふと、何たるざまかと、涙がにじんで来た。

「こんな大人気ない、狂人じみた真似をするために、わざわざ生きているのか」

そう思うと、狂暴な血が急にひいた。

才助は眼を伏せると、しずかに刀を納めた。そして、虚ろな気持で、とぼとぼ歩きだした。興奮の去った眼に、夕陽が眩しかった。

「もし。もし」

急に呼び止められた。才助は黙って振り向いた。

「卒爾ながら、お伺いいたしますが……」

貴方は薩摩の方ではないかと、寄って来たのは、夏羽織をひっかけた、小ざっぱりした服装の老人で、奈良村の豪農吉田六左衛門だと、あとで判った。

才助帰藩す

武州熊谷在の冬は薩摩より一月早く来た。

吉田六左衛門の別宅にかくまわれて三月、はや奈良村の朝々は霜の色に白く、文久三年の暮れを急ぐ慌しさに、才助の心はしきりに騒いだ。

来年は才助も三十歳になる。思えばこの年は才助にとっては、二十代の最後の年にふさわしい、多事多端かつ苦難の一年であった。文字通り死の周囲をさまよいまわることしばしばに及び、揚句は無気力な放浪を続けて、全くの犬死にともいうべき餓死を待っていたとは、われながらぱっとしなかった。

そこを六左衛門に救われた。六左衛門が単なる一平凡な豪農ではなく、所謂時勢に眼ざめた新しい思想の持主であったことは、全く才助にとっては幸運な偶然であったが、しかし、ふと出会った武州の一豪農がひそかに勤皇思想を抱いていたということは、当時の一般情勢から見れば、けっして偶然でも、また不思議とするにも当たらなかった。

ここ数年来、勤皇浪士の地方遊説がさかんに行われた。平野次郎、清川八郎の一派がそれで、彼等が特に遊説の対象としたのは、いわゆる地方の豪農であった。「百姓は死なぬように生きぬように合点致し収納申し付けよ」という東照宮上意にもとづいて、永年虫けらのように取扱われて来た上、近年急にひどくなった代官の御用金請求に悩まされている彼等には、勤皇倒幕の大儀名分説をうけいれるだけの下地はちゃんと出来ていたからである。だから、この地方遊説は成功した。これらの地方廻り浪士が去ったあとには、天子様の御世を渇望する声が豪農、百姓の心に強く植えつけられたのである。武州の豪農で時勢に眼覚めたのは、単にひとり榛沢の渋沢栄一に止まらず、六左衛門もまたその一人であったのも、故なきことではなかった。偶然といえば、六左衛門と清水卯三郎とは薄い親戚であった。才助の薩摩訛りにふと心を惹かれ、呼び止めて、一宿一飯を与えるつもりで、自宅に伴っていろいろ話をきいているうちに、そのことが判ったのである。才助も喜び、六左衛門も喜んだ。才助の心が勤皇にあること、そして、狂人ふるまいは単なる発作にすぎず、実は若くして船奉行副役の位に上ったほどの有為の青年であると判ったこと、それだけでも六左衛門の心を動かすに充分だった上に、その偶然があったのだから、一も二もなく、六左衛門は才助をかくまうことにしたのだった。

「わしは攘夷、あんたは開国、意見はちがうが、しかしお互い勤皇の心には違いはない」

六左衛門は才助をその別宅にすまわせた。そこで才助は塾をひらき、村の弟子を集めて、文武両道を教えることにした。剣は真影流の達人川上某に習い、儒学は藩の儒官で、かつて頼山陽をも心服せしめたことがあるというほどの父に学び、なお長崎留学生として蘭学についても学ぶところが多く、村の子弟を教うるにこと欠かぬほどの教養はあった。

六左衛門もまた養子二郎と共に、時に才助の弟子であった。彼はしばしば南蛮紅毛の珍聞に就いて、好学心に富む愚問を発して、才助を苦笑せしめた。二郎は傍でその問答を丹念に筆記した。

父六左衛門問て曰く。紅毛人は天質跟《かがと》なしといい、尿するに臨んで片足をあぐること犬の如しと世の人噂する事なり。実に然るや。

師答えて曰く。此の妄説何によりて起れるや。跟は一身の基立するところ、跟のうして何を以って起行すべきや。恐らく紅毛人の靴というもの履きて、跟かくれたるを見しより、かく噂する所ならん。また、彼人尿するに臨んで片足をあぐること犬の如しというは、余これを実見せしことなし。一向取挙ぐべき様もなき妄説なり。

父六左衛門問て曰く。紅毛人食料は如何なるものにや。世に悪食するものを唐人の如しと言う。

師答えて曰く。異国人は牛豚の類を常食にすると言うより起れる言なるべし。是は支那和蘭に限らず、外国にては皆食料となすものなり。我邦は四方に海を受けたる国故、海に産するものにて自由の足る故に、山の物は昔より用いぬ事と見ゆ。もっとも、余の友人にして外科松本良順なる御仁は、近年しきりに豚の常食を薦めおるなり。

無論六左衛門が問い、才助が答えたのは、このような馬鹿馬鹿しい瑣事ばかりではなかった。いわばこれらの紅毛南蛮に関する珍聞より説き起して、才助は徐々に万国世界の情勢を論じ、時に自ら地図を描いて、彼の子弟たちを啓蒙して行ったのである。

「わたしもこの年になって、到頭開国論者になってしまいましたよ」

攘夷で凝り固まっていた六左衛門が言うくらいだったから、多感な村の青少年たちは、一人のこらず才助の開国富強説に心酔してしまった。

なお、才助は弟子たちを喜ばせる手段として、若かりし日の「才助どんの講釈」を手振り身振りおかしく復活したから、たちまちにして全村の尊敬があつまり、村の人気者になってしまった。当然のこととして、よくあるように村の娘たちの憧れるところとなった。美男というほどではなかったが、じっくりと見ると精悍な美しさがあり、それに彼の声は随分魅力があった。薩摩訛のために、いくらか言葉が判りにくいということも、案外若い娘たちを惹きつけた。しかも、彼はどこからかふとまぎれ込んで来た他所者である。いわば謎に富んでいた。騒がれるのも、満更故なきことではなかった。

六左衛門に娘があれば、当然問題となるところだったが、生憎無かった。しかし村には美しい娘が全くいないわけではなく、就中お末という娘が綺麗だと、才助にもすぐわかった。

「可愛かお御嬢じゃ」

才助も退屈していた。つい、沖永良部島の西郷吉之助の驥尾《きび》に附しかねまじき心が、勃々として動き、年などを訊いたりした。何思ったのか急に、

「おい」

と、怖い声で呼んだりして、お末をおどろかせ、かつ喜ばせた。

だが、才助の心は全く気楽であったわけではない。次々とこの奈良村にも伝わって来る天下の情勢の変化や、突発的な事件の噂は、やに下っている才助の心をその都度鞭打った。

文久三年という年は、ひとり才助の身にとって多事多端であったばかりではない。天下の形勢もまた恐らく日本有って以来の混乱を来たした。まるで端睨すべからざる種々の事件が矢継ぎばやに突発し、世態は急転直下の激変のさなかにあった。

才助の知る限りでも、一月には将軍後見一橋慶喜、政事総裁松平慶永等幕府首脳部が公武間の斡旋、攘夷問題の解決のために入京し、二月には、伊予人三輪田元綱、江戸人師岡節斎等が洛東等持院の足利尊氏以下二将軍の木像を斬りとって、三条河原に梟し、

「此大皇国の大道只々忠義の二字を以って本とす……賊魁鎌倉世に出で朝廷を悩まし奉

り……今や万事復古し、旧弊一新の時運、追々不臣の奴原罪科を糺すべきの機也。故に我々申合せ、先ず其巨魁の大罪を罰し、大義名分を明さんが為……」と暗に幕府の罪状を諷刺した貼文を添え、やがて近い将軍家茂の入洛への思い切った示威を行った。

三月四日には将軍家茂は三千の兵に護られて入洛し、十一日には天皇は攘夷御祈願のために賀茂神社へ行幸遊ばされた。関白以下百官を始め、家茂以下十数藩の諸侯の供奉燦として、遠近より集まって来た四十万の草莽は二百年間絶えて久しかった盛儀を路傍に跪拝して、感泣せざる者は一人もなかったと、才助もきいていた。

四月には、石清水八幡への行幸があり、この時家茂は病いと称して供奉を拝辞し、将軍名代の慶喜また社頭で攘夷の節刀を賜ることを畏れて、にわかの腹痛に托して登山しなかったが、四月二十日ついに朝廷の御沙汰をこばみきれず、五月十日を期して攘夷の期間とする旨奏上した。

よって、長州藩は五月十日の期限当日、折柄下の関を通った米船ベムブローグ号を目がけて砲撃を開始し、次いで二十三日には仏船キャンチャン号、二十六日には蘭船メジュサ号、六月一日には米国軍艦ワイヨミング号をそれぞれ砲撃、六月五日には仏国軍艦セミラメス、ダンクールト号と応戦した。

六月十四日には、堺守衛の鳥取藩士が大阪湾を通る英船一隻に、砲口を開いた。

七月には薩英戦争があった。

そして、その戦争の結果、才助が奈良村にひそむようになってから間もなく、即ち八月十四日には中山忠光、吉村寅太郎、藤本鉄石等の天誅組が、身を挺して陳渉、呉広ならんとして、攘夷御親征の先鋒を唱えて大和に蹶起し、十七日には五条の幕府代官を襲うたが、朝議一変のために遂に志ならずして破れ去ったこと、十日には平野次郎等が生野に天誅組に呼応して兵を挙げたが、これも失敗に帰したことなどの噂が、どこからどう伝わって来るのか、この僻村にもはいって来て、才助の心を騒がしたのだ。

「ことしは一体何という騒がしい年でしょう。なにがなんだか、さっぱり見当がつきません」

六左衛門もしきりにそんな風に言い言いした。それほど、世相は混沌として来たのである。

一口にいえば、ペルリ来航以後、ことに安政大獄以後急速にたかまって来た攘夷熱がその絶頂点にまで沸騰し切った年であり、また、討幕を裏にかくした攘夷決行の年であったが、しかし、そう簡単に言い切ってしまうには、世態は余りに複雑微妙を極めていた。

例えば、天誅組の五条襲撃のあった翌日即ち八月十八日には、朝議一変して攘夷御親征の大和行幸御儀は急に御取止めになり、少壮過激派の公卿を動かして攘夷御親征をみだりに唱えた長州藩は禁門警衛の任を免ぜられて、会津、薩摩の兵がこれに代り、長州派の七卿が都落ちをしたと、奈良村にも伝わって来ている。天誅組の壮挙が失敗したのも、生野の義挙が成らなかったのも、いわばこの八月十八日の政変のためであった。即ちこの政変は攘夷討幕派の勢力が京都から一掃され、公武合体派が朝議を支配するに至ったことを意味するもので、これを藩の勢力争いから見れば、いわゆる革新的な長州に代る、穏健な改良派の島津久光を戴く薩摩の勢力の擡頭である。つまりは、文久三年の前半、加速度的にたかまって来た攘夷討幕運動は、一挙にことを決しようとしたその年の後半になって、途端につまずいたのである。政治的にも幕府の勢力はやや盛りかえして来た。

「勤皇討幕はもう駄目になったのですか」寒さのために鼻の先を赤くした六左衛門は、もやもやして来る頭をたたきながら、才助に訊いた。

「左様なことはごわすまい。公武合体ちゅうても、いまは公主幕従のほかはごわすまい。久光様は公武合体を唱えてござっても、肚は勤皇討幕ごわす。討たいでも、いずれは亡びるべきものは亡びるちゅう、お考えごわそ」

詳しい京都の情勢は分らなくても、才助は薩摩には公武合体などの穏健説に甘んじ得ない少壮過激派がいることを知っていた。

「また、攘夷そのものが急に中止されるもんでもなか。ただ、無暴な、攘夷を文字面だけで解した攘夷決行は得策じゃなか、それよりも公武合体にてもよか、おもむろに日本の実力を強くし、然る後に攘夷を断行すべしちゅう意見でごわんそ。長州が京都からしりぞけられたのは、国の大体も見ずに、一藩だけでことをやらかそうちゅう、虫の良か考えを抱いとったためでごわそ。長州一藩どげん強かこと言うても、攘夷はなりもは

「いや、僕の意見はもっと先走った新しか意見ごわんそかい。そのため、こげんして貴方の厄介になりもしているとでごわす」

「すると、京都の御意嚮はだんだん先生の日頃の御意見通りになって来たわけですね」


ん」


　才助はむしろ昂然として言った。

　ともあれ、過激な攘夷論が真の叡慮にあらずと、朝議からしりぞけられ、急激な攘夷決行が未だその時期にあらずと、見合されたことは、たとえそれが曲りなりにもやっと目鼻のつきかけた勤皇討幕の表面の運動の頓挫を意味するにしても、そしてまた、そうかといって情勢が急に開国に傾くとは思えないにしても、才助にとってはひそかに歓迎したいものであった。

　それに、姉小路公知の暗殺事件以来遠ざけられていた薩摩が、いよいよ京都に乗り出して来たことも、むろん他人ごとではなかった。もはや、武州の片田舎にひそんでいるには、天下の形勢は余りにも誘惑的である。

「乗り出して行くのは今だ」

　才助はもうじっとしていられなかった。お末はそんなこととは知らず、才助の態度が急にそっけなく、また気まぐれになって来たのを見て、涙を流す日々が多くなった。やがて来る正月の気がちっとも浮わついて来ず、朝夕の寒さがにわかにお末の身にしみるのだった。

そうして、文久三年は才助の心をしきりに騒がせながら、暮れて行った。

元治元年（文久四年は二月に元治と改める）の正月が来た。

生麦一件に関する薩摩と英吉利の談判が成立した、という噂が松之内を過ぎて間もなく、才助の耳にも伝わって来た。

「被害者の遺族の孤独憐れむべし。よってその養育料として……」二万五千ポンドを、薩摩より英吉利側に支払うことによって、談判が全く結着したのは、去冬十一月一日のことであった。すなわち、そのことが奈良村へ伝わって来るには、ざっと七十日近くも掛ったわけである。

そんなに掛ったのは、むろん新聞などのないためではあったが、ひとつには薩摩がこの談判成立についての公表を差し控え、あくまでこれを世間へ秘密にして置く建前をとっていたからである。

それも無理はなかった。八月十八日の政変があったからとて、けっして攘夷の思想そのものは衰えたわけではなく、例えば幕府といえども公然と開国を主張できないどころか、鎖港談判のための使節を海外へ派遣しなければならなかったような情勢であった。つまりは、八月十八日の政変は攘夷準備のための政変だといえばいえるわけで、攘夷の国是であることは毫も変りはなく、だから薩摩もさすがに公然とは談判成立は口にできなかったのである。

事実また、薩摩自身も好んで談判する肚もなかったのだ。

「いまや我藩は英艦を撃退して、中外に武威を轟かしたばかりか、このたび毛利藩に代って禁門警衛の任につき、ますます天下の声望を得ている。しかるに、もし養育料を支給して、講和談判ごときものを締結すれば、我藩の声望は地に墜ち、幕府の失態同様視されるだろう」

という説が行われた。ことに戦争の実況を目撃しなかった者は、一斉に強硬であった。

「もしエゲレスが再襲して来るというなら、もっけの倖い、彼等醜夷を攘う絶好の機ではないか。断じて再戦すべし」

しかし、実際戦いに当たってみて、外国武器の侮るべからざるを痛感していた連中の過半数は、

「もし再び戦いを開かば、鹿児島は悉く灰燼となり、城下は恐らく無人の境に変じ、薩、隅、日の三ヵ国は遂に海賊英国によって、印度と同じ運命になる惧れがあろう。こはひとり御当家のみならず、皇国の一大事なり。故にまず養育料を支払いて、徐《おもむ》ろに国力を養い、以って後図を為すに若《し》かずと考える」

と、極端な杞憂すら抱いていた。

両者互いに譲らず、強硬派の一人、江戸藩邸の側用人吉井友実のごときは、朱鞘の大刀を帯びて横浜に入り、英人居留地附近を徘徊して、幕吏を驚かした。

藩論が対立した時、妥協論を持ちだすのは、つねに大久保一蔵である。

「英艦の薩摩来襲は五代才助の言によれば、幕府策を以って夷人を動かしたとでごわす。されば、生麦一件の償金は幕府より借用して支払うが至当と思いもす。つまりは、御当家が支払うのではごわはん。畢竟、幕府が支払うということになるのでごわす。さすれば、御当家の財政も痛まず、また体面も立ちもすと思いもすが、如何んごわんそかい」

これで決った。わりに強硬であった小松家老もうなずいた。そこで、大久保一蔵は久光公の内命をうけて、江戸へくだり、かねて談判のために出府していた重野安繹らを伴って、老中板倉勝清の邸を訪れて、七万両借入を申し出た。

「年は痛く押し詰まったが、幕府の財政も押し詰まっている」

と、板倉は逃げた。全く幕府は貧乏だった。将軍上洛の費用だけでも二百万両掛っている。

「七万両は公儀にとっては、尠なか金額ではごわせんか。もしあくまでお貸し下さらぬとでごわせば、是非もなか、われわれはこれより直ちに横浜へ行き、英国代理公使を斬って、切腹しもすより道はごわはん」

重野はそう言って、板倉を脅かした。

「しからば、これより登城して、此の事を計り、しかる後に三井に交渉して、為替金を届けることにしよう」

幕府は弱かった。代理公使が斬られたら、七万両では済まないのである。

――そんな詳しい事情は、むろん才助の耳にははいらなかったが、とにかく薩摩が賠償金を支払って、生麦事件が落着したということだけは、分ると、才助は興奮した。

「五代には先見の明があったと、今頃国許の奴らはやっと気がついたことだろう。おれの嫌疑はこれでとけるにちがいない」

すくなくとも藩論は緩和するだろうと、才助は思った。

「こげんしちゃ居られん。今をおいて奈良村を出て行く時はごわはん」

そう六左衛門に言うと、六左衛門も強いて止めなかった。

「先生はいつまでもここに居るべき人じゃありません。私もお止めはしません。その代りお願いがあります。二郎を連れて行ってやって下さいませんか」

二郎も頼んだ。

万一危険があってはと、才助は一応断った。しかし、

「こんな田舎にくすぶっている時勢じゃないと、二郎にまで言わせるようにお仕向けなすったのは、誰方ですか。先生御自身じゃありませんか」

と、言われてみると、さすがに断り切れなかった。

翌朝、才助は二郎を伴って、雪を踏んで奈良村をあとにした。お末が泣きながら見送ったのは、むろんのことである。赤切れした手をいつまでも振っていた。

始めて世の中へ出て行く十七歳の二郎は、興奮の余り旅宿の飯もろくろく咽喉へ通らぬくらいだった。

「宿の飯は不味かとか。江戸へ行けば、豚を食わせてやるぞ」

江戸につくと、才助は直ちに松本良順を訪れた。良順は再会を喜び、才助の求めに応じて、豚の手料理を馳走した。

「先生、美味いです」

二郎は新しい空気に触れるのはこれだと、無理矢理、たらふく食べた。その夜から、二郎はひどい下痢だった。

「豚児勇なりといえども、遂に豚にくだるか」

と、笑いながら、良順はお手のものの蘭薬を服用《のま》せてやった。

才助はふと思いついて、

「御迷惑ごわすが、暫らく二郎を預ってたもし。いずれ迎えに寄越しもすから……」

と、二郎のことを良順に頼んだ。良順は承知した。

「病気じゃちゅうて、残して置くのではなか。いずれ迎えに来てやる。それまで松本先生について、蘭学を修業するとよか」

才助は二郎にそう言いきかせて、その夜のうちに、江戸を去り、良順の僕川路要蔵と変名して、ひそかに東海道を経て、長崎へ向った。

長崎へつくと、才助はかねて親しくしていた幕臣酒井三蔵の宅を訪れた。酒井は早くから長崎で外国応接のことに当たっていたので、才助とは思想もよく合っていたのである。

酒井は才助を見て、驚いて言った。

「よく、無事でここまで来られたな。君の思っているほど、藩論は緩和していない。いや、償金を払ったというので、かえって激昂している向きもあるくらいだ。口惜しがっているのだ。だから、当分おれの家にかくれていて、外出は慎んだ方がよいぞ」

「そら本の事でごわすか。そげな情勢ごわしたか」

才助は呆然とした。

酒井のきいたところでは、重野安繹らはたとえ久光公の内命によったとはいえ、談判に直接当たったという理由で、攘夷派を憚って、在京の久光公への復命もそこそこに京都を引きあげて、帰国したといい、また大久保一蔵も帰京後、藩邸への出勤を暫らく見合せて、謹慎していたという。

「やはり、攘夷でなければ人士にあらずという情勢は変っていないのだ。それに、講和談判の時、英吉利の公使らが君のことをほめていたということだ。それで、五代はますます以って怪しいということになったのだ。君をねらっている連中は、まだまだいるぞ」

と、酒井は話した。

「そいじゃ、僕は馬鹿げんの見込み違いなしていたのか」

才助はがっかりした。これでは何の為に長崎まで出て来たのか分らぬではないかと、情勢を甘く見ていた自分がむしろおかしいくらいだった。何か自尊心が傷ついたような

気持もあり、酒井の手前気恥かしかった。だから、才助は、

「久し振りの長崎で、あちこち顔も出したかろうが、当分は出歩かん方がよいな」

と、重ねて言われると、かえって天邪鬼に出歩いてみたくなった。刺客の目を怖れてひそんでいることも、思えば随分久しい。酒井の言葉を守って、ぽかんとひそんでいるのは、もう我慢がならなかった。匿れるくらいなら、わざわざ長崎まで出て来るにも及ばなかったのだ。

「危険だ」

と、制めるのを、

「御心配には及ッもはん。長崎は江戸じゃなか」

と、わざと人眼につく場所を出歩いた。

「おれを斬るのが国家のためだと思うなら、容赦なく斬れ」

捨鉢な強気さだった。また、

「まさか、おれが斬れるもんか。有馬新七を斬る刀があっても、おれを斬る刀はあるまい」

そんな自信でもあった。

案の定、誰かの目に止まったのか、翌日、酒井の宅へ在崎中の薩藩の御小姓役川村純義が従者四名を連れてやって来、才助に面会を求めた。

「どうする？　匿れた方がよいと思うが……」

と酒井は言ったが、才助は、

「いや、会いもそ」

そして、わざと刀を帯びず、丸腰で川村らの待っている部屋へ現われた。

「五代、おはんは士の心失うたか。刀はどぎゃんした？」

川村が言った。川村は御小姓役という役目から、想像されるような、柔弱な感じの男ではなかった。才助も身なりは構わぬ方だったが、川村はそれよりまだひどかった。殿の側近に伺候するのだから、少しは身のまわりを小綺麗にしろと、美男でお洒落の小松帯刀から屢々注意をうけたくらいである。武道も達者であった。

「なんの、士の心は失いもはん。じゃが、殿の上意な受けて斬りにおいやったおまんさアに刃向いはなりもはん。勿体なかことでごわす。そう思て、こん丸腰で出て来もした。川村さん、おまんさア上意な受けておいやったのでごわんそ」

「上意ではなか」

川村はからかわれたように思った。

「そいじゃ、おまんさア一人の了見で、五代を斬りにおいやったか」

「そうじゃ」

「そりゃ、川村さア、止めた方がよか。おまんさアには僕を斬る理由は毫もなか。理由もなかことで、人を斬ることは野蛮ごわす。しかも、僕を斬ることは藩の損失ごわす。止めた方がよか」

川村はその不逞な自信にあきれてしまい、

「こんな奴と喋っていると、もう何を言い出すか、分ったものではない」

問答無益、黙って斬るより外はない、と逸ったが、といって、丸腰の儘の才助にいきなり斬りつけるわけにもいかなかった。

「そげん太か口利いても、才助、おいにはおはんを斬る理由は大いにあるぞ」

川村が言うと、才助は、

「英吉利の艦に捕まったこと、英吉利に内通したことでごわしょう」

と、かえして、そして徐ろにその真相を述べて行った。ニイル、クーパーと刺し違える積りでわざと英艦に捕われたこと、薩摩の兵力について大法螺を吹き、英艦を退去せしめたこと、などをありていに語ると、川村は、

「そら本の事か」

と、唸った。

「嘘は言いもはん」

才助は腰につるした煙草入れを外しながら、ゆっくり言った。そして、もはや川村はおれを斬れまいという自信を、すぱすぱ吸いはじめた。万一、斬りつけて来た場合、煙管で防げるとも、思っていた。

そんな態度を見ると、川村は妙にげっそりした。

「おれはこのまま、すごすごと引き下らなくてはならないのか」

そう思うことはやり切れなかった。だから、川村は、なに引き下るもんかと、一層気負った姿勢になり、

「なるほど、きけば満更内通したとでもなか。しかし、五代、余計な小細工は藩の恥辱じゃぞ。何故《ないごと》戦争を止めたッ」

と、改めて食って掛った。

才助は煙管の音を立てた。

「じゃ、きこう、我が藩は何故償金な払いもしたか。川村さア」

川村はちょっと詰まった。才助は続けた。

「戦争は避けるためとじゃごわせんか。川村さア、僕は皆んなが今頃になってやっと気づいたことを、当時やりもしたまででごわすぞ。川村さア、何の為イ長州が京都からしりぞけられたか、お判いごわはんか。単に一長州の野心、浪士の暴挙を防ぐためじゃごわはんぞ。すなわち、去年五月の長州の夷艦砲撃、七月の薩英砲戦によって、諸外国の実力は、攘夷の掛け声だけで簡単に攘《はら》えるごと生易しかもんじゃなか、と分いもしたためではごわはんか」

「そいじゃ、おはんは攘夷は不可《いか》んちゅのじゃな」

「いかんとは言いもはん。攘夷は時期尚早じゃと言いもしたのじゃ。国の大体、世界の情勢も知らずに、また、攘夷と言うても、一体どこから手をつければよかちゅうことも知らいで、騒いでも無益な事《こッ》でごわす。攘夷は一攘、一幕府の力のみでは、どぎゃん力

んでみても成就しもはん。まず、日本の政治を一新し、おもむろに国力の増進を図り、しかる後に日本全土一致して諸外国に当たりもさねばなりもはん。一薩摩、一長州の抜駆で攘夷はなりもはん。国を挙げて当たらねば、所詮生兵法ごわす。そのためには、ともあれ幕府を倒すことでごわす。目下の薩摩の、日本の仕事は攘夷ではごわはん。倒幕ごわす。それまでは一兵と雖も、一弾と雖も徒らに消費してはなりもはん。しかも、去年七月英艦が薩摩へ来襲したのは、幕府策を用いて差向けたとの風聞ごわした。川村さア、倒幕のためにどげんあっても足りなか薩摩の兵を、みすみす幕府の策と知りつつ、無駄に殺してもよかとですか。いや、一人と雖も殺してもなりもはんぞ」

川村は殆んど沈黙させられていたが、最後の一句にやっと引っ掛かりをつけることが出来た。川村はにわかに笑い声をたてて、

「一人も殺してもなりもはんぞ、か。おはんらしか言い方じゃ。あはは……。やっぱア命は惜しかと見える。――なるほど、おはんの言うたことにも一理はある。しかし、五代、理屈は理屈、士の道はまた格別ごわすぞ。たとえ、どぎゃん考えなあったにしろ、おはんは真実捕虜になったのではなかか。しかるに、敵艦からこそこそ脱れ出で、こげんのめのめ生きちょるとは、おいにはちと合点ないきかねる事《こッ》じゃ。そげん命は惜しかもんでごわすか」

「惜しか。真実惜しか。君の御前で討死にするばかりが能じゃなか」

「そいじゃ、なんが士の道じゃ」

川村は詰め寄った。

「仕事ごわす。死ねば仕事はできもさん」

「仕事？　どげな仕事？」

「左様、まず外国交易ごわそかい」

「なに？　交易？」

川村は興奮の余り唾が唇にあふれて、不覚にも吃った。

「そ、そいじゃ、お、おはんは開国派の一味じゃな」

「一味かなんかは知りもはんが、僕の開国論は今に始まった事ではごわはん。久しか前からかくれも無か事でごわす。上海へ行きもした時……」

「上海の事なぞきとうなか。五代、うぬぼれるなッ。上海で夷国の船ば安か値で買うて来て、殿にほめられたちゅうて、それが何の自慢になる？　そげん商人ごと弁は聴きとうなか」

川村は皮肉った。

「これからの世は、商人も馬鹿になりもはん。金は力ごわす。我が藩の志士たちが大威張りで勤皇運動出来るというのも、藩に非常金があるためではごわはんか。その非常金は誰がこしらえもしたか。調所笑左衛門さアじゃごわはんか」

才助は嘯いた。皮肉がちっともこたえないのを見て、川村はすかされた気がした。が、むろんそれで川村は黙ってしまわなかった。川村はちょっと考えて、そして言った。

「よか。おはんが商人ごと口を利くというなら、おいも一つ訊きたいことがあるぞ。五代、いま米の値がどげん成っちょるか、判らんか。安政三年一石八十七匁の米が、いま三百二十五匁している。四倍のこん物価騰貴は何のためいか、判らんか。みな、開国交易の罪じゃ。そのため庶民はどげん苦しんでいるか」

苦しんでいるのは、一般細民ばかりではなかった。微禄の下級藩士たちもまた、この物価騰貴には弱っていた。「貧窮の士は夜間食を市に乞い、又は内職に鳥籠、団子串等の手細工物を鬻《ひさ》いで露命をつないだ」と当時の書物の記事はあながち誇張ではなかったのである。五百石、千石の旗本すら夏蚊帳を買い入れる余裕もなかったという。以って知るべきで、そして、この困苦の状態を、幕府の開国策の罪だとする声は、あまねく天下に叫ばれていた。

即ち、外夷は金銀比価の差を利して、わが必需品を領奪し、あまつさえ高価な奢侈品を輸入して、わが金銀を奪去し、ために物価は大いに騰貴し、生民塗炭に苦しむに立ち到ったというのである。洋銀一弗について日本の銅貨四千九百七十六文替、支那では八百文乃至一千文であったというから、たしかに幕府は分の悪い貿易を許していたといわれても、致し方なかった。しかも、このような屈辱的貿易によって生民を苦しめて置きながら、幕府はそれによってひとり肥えんとした。攘夷倒幕思想がまず貧窮の浪人や、微禄の下級藩士たちによって叫ばれたのも、一半はここに原因していたのである。

貿易商もまた幕府と同じように攻撃された。文久三年七月二十三日、京都三条高札場前に梟首と張札が出たのがそれである。

三条東洞院西へ入町　丁字屋吟三郎
室町姉小路下る町　布屋彦太郎
同町　同人父　市次郎
仏光寺高倉西へ入町　八幡屋宇兵衛
葭屋町一条下る町　大和屋庄兵衛

右者共儀、近年幕府私に交易相許し候以来、一己の利潤を貪らんため銅銭蠟絹糸油塩を始め、其外有用の品を買〆、横浜長崎等へ積下し、夷賊共へ相渡し候に付、物価益騰貴し、万民困苦に堪えず、甚しきに至っては、流離、饑渇におよび候者も少からず、実に不便の至り、人心に於て忍びざる事にて、畢竟幕府悪政のいたす所とは申しながら、我大御国の民と生れ来、御国恩万分の一報じ奉る心も無之のみならず、恐多くも上の御趣意相背き、禽獣に劣る幕吏夷賊らを率い、我国を残害いたし候段、言語同断不届至極に付、天下億兆に代り誅戮を加え、梟首せる者なり。

七月二十三日

そしてこれに註して「右の者の外、大阪、長崎、宇治、岐阜、飯田、長浜、西国、東国の奸商ども一々調べ、三族夷滅し、向後交易仕り候者の根を絶し申し候也」とあったので、脅えあがった布屋一統は、その張紙の出された場所へ、交易の非は重々悔悟いたしましたから、命ばかりはお助け下さいと張紙したという。

「そいでもおはんは交易がよかというのか」

まるで才助の十八番を横取りした形で、滔々と弁じたてた末、川村がこういうと、才助はいきなりつんと顎をあげて、

「そうじゃ」

と、傲慢に答えた。両手を兵古帯にさしこみ、才助の喋る順番がまわって来た。

「生民の苦しんでいるのは、僕も分っていもす。しかし、それは幕府の罪であって、交易そのものの罪ではなか。僕の言う交易とは、いま幕府のしているごと交易じゃなか。生民に潤うための交易ごわす」

「詭弁じゃ」

「詭弁ではごわはん。まあ、聴いてたもし」


川村が来たのは、午過ぎだったが、才助が喋り終った時は、もうとっぷり日が暮れていた。酒井ははじめ才助の身を案じて、隣室にひそんでいたが、どうやら危険も去ったらしいと、一安心して途中一旦外出した。そして用を済ませて帰ってみると、未だ才助の高い声がきこえていた。

彼はまず世界の情勢から説きおこして、川村を煙にまき、倒幕手段としての反幕諸藩間の通商を論じ、なお藩の施設改善案にまで及び、その一箇条として、「藩の秀才を選

抜して欧米へ留学せしむべきこと」を藩主に献言するつもりだと、言った。

ただでさえ、醜夷、夷賊とののしっているのに、その国へ留学させろ、という才助の意見の乱暴さに川村は驚いたが、しかしもう川村は怒りも嗤いもしなかった。

「川村さア、おまんさアもひとつ欧羅巴《ヨーロッパ》へ行ってみては如何《いけん》ごわすか」

と、才助に言われて、ただ微笑していた。

暗くなったので、川村は辞去することにした。

「よく分いもした。おはんの嫌疑はこいでとけもしたぞ。今日からは長崎の市街を出歩かれも構いもはん」

「そら、おまんさアひとりの意見ごわすか。それとも藩全体の意見なごわすか」

才助はからかうつもりだった。川村は、

「藩全体の意見とするよう尽力なしもそ」

と、固い表情で言って、帰って行った。

翌日、やはり薩藩の野村宗七が才助を訪れた。

数刻のち野村は、

「おはんのことは小松殿によく釈明な致しもそ」

と、言って帰った。余り皆が感心するので、才助はふといや気がさすくらいだった。

野村は間もなく帰国し、家老の小松帯刀に面会を求めて、才助のことを話した。

小松は才助の才能はよく了解していた。いまは咽喉から手が出るほど人材が要るのだ。

才助が生きているときいて、小松は思わず微笑した。

丁度その頃、久光公は大久保一蔵を随え、八月十八日の政変以後の政局の立役者として、入洛していた。小松は直ちに一書を大久保に送った。

大久保もまた才助の理解者だった。大久保は早速久光公を説いた。

こんどは才助かと、久光公は苦笑した。実は最近西郷吉之助をゆるして、沖永良部島から召喚したばかりだった。

西郷召喚は、薩英戦争以後急激に擡頭して来た少壮過激藩士の歎願によるものである。薩藩には従来穏健な公武合体派と、急進的な倒幕派が対峙しており、寺田屋騒動などはむろん後者によって計画された直接行動であった。しかるに、久光公はそれを鎮圧したばかりか、つねに合体を斡旋せんとして微温的に行動しているので、急進派から見れば、歯がゆくてならなかった。ことに、薩摩が会津と提携して行った八月の政変によって、薩賊会奸の合言葉が唱えられたことには、不平たらたらであった。そこで藩論改革の手段として持ち出したのが、急進派の首領株たる西郷吉之助召喚の要求であった。

この要求を君前割腹の凄い決心で提出された時、さすがに久光公は弱かったが、しかし既にして久光公自身公武合体政策の行き詰まりを感じていた。ややもすれば俊敏な一橋慶喜に引きずりまわされそうになっていたのである。だから、久光公はここで藩論を一変せしむるのも、また局面打開の策だと考え、西郷吉之助の召喚に同意したのだった。

ところが、才助の場合は、些か事情がちがっていた。才助は穏健派でも、過激派でもない、要するに独自の立場に立った徹底的な開国論者なのである。久光公が苦笑したのも無理はなかった。

「西郷とはちがった立場で、御当家のお役に立ちもす男かと存じます」

大久保が言った。久光公はうなずいた。


そうした奔走が続けられている間、才助はぽかんと酒井三蔵の宅にひそんでいたわけではなかった。堀孝之と往来したり、また、ガラバーを訪れたりして、忙しかった。なお、ひそかに松木洪庵の姿も探し求めていた。

川村純義や野村宗七が説いてまわったので、在崎の薩摩藩士たちは、もう才助を白眼で見るようなことはなかった。そうなると、もともと長崎は才助の地盤だ。才助は大手を振って長崎の町を歩き、むろん堀と一緒に丸山を覗いたりした。

ひょっとすると、お露に会えるかも知れぬという気もなくはなかった。満更毛嫌いしていたわけでもなく、会えばやはりなつかしい女である筈だった。

「お露さんはどうしたんだろう。どこにもいませんね」

堀が言うと、才助はいくらか顔を赧らめた。振りつづけて来た女を、今頃ひそかに探しているのも、思えば妙なものだと、照れたのである。才助は話題を転じた。

「お露さんのことはもうよか。それより、堀さア、僕が留学するときは、あんたも一緒に行ってたもし。松木もそれまでに帰って来ると一緒に行けるのじゃが……」

才助は帰藩がかなうものと信じていた。また留学も許されるだろうと、疑わなかった。ガラバーにしきりに会いに行くのは、ひとつには、留学についての予備知識をうけるためであった。また、渡欧用船舶の下交渉もした。堀はそんな才助の自信と、用意の周到さにあきれた。

英・米・仏・蘭の四ヵ国が連合して、昨年五月の砲撃の復讐に長州来襲するという噂が伝わって来た。文久二年賜暇帰国中の英国公使オールコックが、最近日本へ帰って来た途端に、この提案をしたという。幕府の後押しもあるということだった。

才助は長崎の英吉利領事館へどなり込んだ。

「オールコックはけしからん。馬鹿げた事は止めにしろ。やがて倒れる幕府の味方をするとはあきれた馬鹿もんじゃ」

長州には知己が多い。桂小五郎とは文久二年八月東海道金谷駅の旅宿で会い、大いに国事を論じたことがある。生麦事件の報を知ったのはこの時だった。また、高杉晋作とは上海で会い、長崎でもしばしば顔を合わせている。赤間関の回船問屋白石正一郎とは、むろん親しい。いまは薩摩と対峙しているが、そしてまた攘夷で凝り固まっている藩ではあるが、しかし才助は長州に好意を寄せていた。

才助は四ヵ国連合艦隊の長州攻撃を中止せしむるために、しきりに奔走した。が、その奔走が成功しないうちに、彼自身の帰藩運動が効を奏した。

すなわち、久光公は京都の情勢が思うに任せぬのに腐り切って、後事を西郷吉之助に託し、大久保を随えて、四月十八日帰国したが、それと同時に、才助の帰藩はかなったのである。小松帯刀から長崎の酒井三蔵気付で来た手紙には、英吉利へ内通したとの嫌疑のとけたのはむろん、藩船を捕獲された罪も、この度だけは忘れてつかわす、皇国重大の折柄早々帰国すべし、とあった。

才助は長州のことは一時諦めて、とるものもとりあえず、鹿児島へ飛んで帰った。どこできいたのか、才助がゆるされたとの噂を耳にして、松木洪庵が殆んど乞食同然の姿になってふらりと薩摩へ帰って来たのは、一月ばかり後のことである。無論、寺島も許された。

倫　敦

冤罪が晴れて、無条件に帰藩がかなったというものの、しかしこれは天下晴れてというほどのものではなかった。ひそかに開国のやむなきを認める者も、鎖国攘夷の頬かむりでなければ、大手を振って通れぬ天下なのだ。当然、開国論者の生地をさらけ出して、しかも気取った足取りで城下をのし歩いている才助の姿は、

「あいつ未だ生きていたのか」

と、物嗤いの種になった。

しかし、それに屈するような才助ではなかった。また、攘夷論者を憚って「唯用心に用心して夜分は決して外に出ず、凡そ文久年間から明治五、六年まで十三、四年の間と

いうものは、夜分外出したことはない」という福沢諭吉のような恐怖症は、自信家の才助の与り知らぬところだった。才助の弁舌は嗤われれば嗤われるほど、冴えた。彼はまるで喧嘩腰で、開国論を説きまわっていた。松木は心配して、

「開国論を説くのもよか。しかし、徒らに攘夷派を刺戟すッことだけは、よせ。攘夷派にもまた正しか言分はあっとじゃ」

と、忠告した。が、才助は、

「言い分は正しくとも、方法が間違っておれば、何にもならん。それに、僕らの留学を実現さすためには、藩の与論から動かしていく必要がごわそ。それには、まず頑迷固陋の奴らをたたきこわすことじゃ」

と、余程心の弱まっている時は知らず、闘志のさかんな時には、めったに他人の言うことをきこうとしなかった。

もう、そうなれば、物嗤いだけではなかった。

「五代は国賊じゃ。天誅を加うべし」

と、いう声が平岡武夫（後の北畠治房）、児島惟謙、籠手田安定等の口から叫ばれるようになった。就中、平岡武夫は師の伴林光平と共に天誅組の壮挙に参加し、こと破れて薩摩へ亡命しているという、いわばかんかんの攘夷派であったから、もっとも強硬であった。

ある日、平岡は児島、籠手田らと共に才助を訪れた。才助は城ケ谷の生家に家兄徳夫

と一緒に住んでいた。徳夫はこの三人が来たのを見て、珍らしく才助の部屋へ顔を出すと、

「才助、おはんを殺しに来たぞ。いさぎよく死ぬとよか」

と言ったまま、書斎にすっこんでしまった。徳夫は父親譲りの漢学者で、夷狄の学をまなんで得々と開国論を唱えている才助とはもとよりうまが合わず、平常才助とは一言も口を利かなかったのだ。

平岡は才助の顔を見るなり、

「貴公はあくまで開国論者か」

と、一喝し、返答次第では、途端に斬りつけようと、刀を引き寄せた。才助はその顔は見ず、わざと他の児島、籠手田の顔を見ながら、ゆっくり言った。

「僕が開国論者であるか、なかなか、そげん議論がいったい何になりもすか。今の日本は、誰が開国論者であるか、攘夷論者であるかちゅうごと議論ばして、徒らに暮れている時ではごわはん。どげんして、日本を外夷の脅威から救うかを、考える時でごわす」

才助の手はいつもこれだった。まず、ぼんやりと相手の鋭鋒をそらし、しかも、相手の立場に立つと見せかけて、それを自分の方へ引き寄せるための誘いの一石をまず布いて置くというこの巧妙なやり方は、自分でも嫌気がさすくらいであった。

案の定、平岡は乗った。

「黙れ！　外夷の脅威から救うなどという、まことしやかな言葉は、貴公らの口から利

きたくない。夷狄かぶれの開国論者にどうしてこの日本が救えるか。日本の危機を救うのは、ただ攘夷実行あるのみだ」

「むろん、その通りでごわそ。なるほど、攘夷はいつかは実行いたさねばなりもさん大事でごわそ。あんた方の天誅組が兵をあげられたことも、けっして悪かこととは思いもさん。しかし、平岡さア、あんたにききもすが、天誅組は何故高取城の幕吏に負けたのでごわすか」

そして、それはお前らのせいだ、と平岡に口を利かす前に、才助は続けて、

「天誅組の使った大砲が悪かったためとじゃごわせんか。木砲では今日戦はなりもさん。弾丸が樹脂のために飛び出さなかったり、飛び出しても、半町先でドスンと落ちるごと威力では、どげん貴公らが勇敢でごわしても、まず戦国時代の戦しか出来もさん。しかも、これからの相手は、一高取城ではごわはん。敵は新式の武器をもち、多くの富と植民地をもつ外国ごわすぞ」

才助の話術はまず成功だった。が、全く成功というわけには行かなかった。平岡は自分が直接関係した例をとって来られたので、なるほどと一応うなずかざるを得なかったが、それだけにまた不愉快でもあった。

才助はそういう平岡の感情を、敏感に察した。そこで話題を変えた。

「この八月、米・英・仏・蘭の四ヵ国連合艦隊が長州を攻撃した時、何故《ないごて》長州は講和しもしたか。それは……」

長州が連合艦隊の武力に屈したためだ、などと、この上平岡の神経を刺すようなことは、才助は言わなかった。

「それは、畢竟封建制度の罪でごわす」

と、才助は議論を飛躍させた。そして、才助はこの封建制度のためにどれだけ日本の国力を弱めたか、ひいてはそのために外夷の圧迫を受けねばならぬか、と説いて行き、

「だから、まずわれわれはこの封建制度の張本人たる幕府を倒さねばなりもさんのじゃ。如何《いけん》もんでごわんそかい？」

と言った。

そういう風に言われると、もう平岡らは才助を斬れなかった。

いや、それどころか、

「もっともだ。すると、貴公の開国論は幕府の政策を援助するためのものではなかったのか」

と、言わざるを得なかった。

「左様、僕は幕府のしているごと屈辱条約を認めるものではごわはん。まず国体を辱しめざる条約を朝議の上で結び、関税率を改め、国力を富ますための開国論でごわす。つまりは、敵をたおすために敵の武器を奪うための開国でごわんそかい」

もう才助の独壇場だった。平岡らは世界地図の大体を覚えた。その説明に使った地球儀は、才助が十歳そこそこの時作ったものであるときいて、感心しながら帰って行った。

徳夫は才助の部屋にぬっと顔を出し、

「巧言令色鮮仁」

と、言った。才助は、

「朝に道を開かば、夕に死するとも可なりじゃ」

と、言った。

徳夫はぎろりとした眼で才助をにらみ、そして出て行った。


元治元年も押し詰まって来た。薩摩では薩英戦争直後、人心の安定を図り、流言浮説を禁ずる一方、言路洞開のための上書箱を設けて、如何なる下賤より言上も苦しからずとしたが、その後もこの上書箱は廃止されず、久光及び忠義の両公は毎朝自ら開封していた。ところが、ある朝、久光公は、

「幕政改革、殖産興業、富国強兵を図るために、是非藩の秀才を選抜して、欧州へ留学せしめられたい」

という意味の上書がまじっているのを見て、苦笑した。

「才助め余程熱心じゃ」

才助は船奉行副役という地位もあり、何も上書箱を利用しなくとも、小松帯刀や大久保を通じて建言も出来るし、また、直々お目通りも出来るのだった。事実、また、小松や大久保の取りなしで、久光公にお目通りし、三時間にわたって、留学生派遣の必要は

するが……」

建言したこともあるのだ。

「如何《いけん》もんかのう。欧羅巴へ行かせてみるか。こげん熱心に頼みよるのじゃから……」

久光公は大久保一蔵に言った。

「悪かことではござりません。しかし、ただ留学費用の点が如何もんかと、考えられま

と、一蔵は答えた。

「そげに藩の財政は……」

「押し詰まってはおりませぬが、しかし、たびたびの御上洛、御出府の出費は尠なか額ではございもはん。それに、このたびの征長の兵を動かしますについて、相当軍費は覚悟致さねばなりもはんかと、存じもす」

昨年八月の政変以来鬱々としていた長州の強硬派は、この六月の池田屋騒動に憤激し、遂に兵を率いて東上、蛤御門の変となって敗れたが、幕府はそれを機会に長州を撃滅すべく遂に征長軍を出すことになり、四国、中国、九州二十二藩の大軍を向けた。薩藩としては幕府の走狗となって、それに参加するのは、難無くもなかったが、かねがね長州とは犬猿の間柄でもあり、かつ禁闕発砲に対する大義名分もある。それに軍賦役の西郷はその好みからして、一戦やってみたいところだったので、薩摩もまた征長軍の一役を買うことになったが、その軍費を計算しているところ、さすがに一蔵は細かかった。

「しかし、……」と、久光公は言った。「留学費用というても、そげに掛るまい。それ

に、才助のこと故、留学費用以上の利は儲けて帰ると思うが……」

「御賢察に存じます」

才助の商才は一蔵も認めていた。

翌日、久光公は才助を呼び寄せた。

「留学の儀は許してもよかと思うが、何分江戸でさえ表向き攘夷を唱えていること故、公然の欧州留学はもとより御法度じゃ。何か対策でもあるか」

「はあ、畏れながら、わたくし知人で長崎で貿易を営みおりますガラバーと申す英人がございますが、その持船をひそかに御城下前の海へ回航させもして、ひそかに乗り込めば、公儀には知れもすまいかと、存じておりもす」

才助は既にそのことについてガラバーに渡りをつけてあった。

「妙策じゃ。あの攘夷、攘夷の長州でさえ、日もあろうに攘夷期限の翌日とかに、横浜から留学生を乗り込ませたというからのう。我藩が出して悪かことはあるまい」

それで決まった。さすがに斉彬公以来の伝統である。久光公もまた西洋科学文明移入、洋学の奨励の必要については、全然盲目でなかった。いや、それどころか、この六月に洋学塾開成所を設けたくらい、熱心になって来ていた。薩英戦争の経験もむろんいくらか原因していた。

「ありがたき……」

と、あと続かず、さすがに才助は感激して暫らく頭を畳につけたままだったが、やが

て、また頭を上げると、

「長州と申しますれば……」

と、喋りだした。彼の弁舌は殆んど一時間続いたというから、ここには全部写せない。その要点を書くと、こうだった。

長州征討に薩摩が参加するのは、いかに大義名分とはいえ、西郷にも似合わぬ策の無さと思う。いまは、国内相せめぐ時ではない。薩摩は幕府の走狗となって、長州を討つよりも、むしろ長州と手を握った方が得策である。実は今長州は四国連合艦隊の攻撃以来、しきりに武備を図っているが、四面楚歌の国賊藩故、武器、弾薬を手に入れる方法がない。宜しく薩摩がそれを売りつけるべきだ。倖い、兵庫の海軍塾崩れが長崎で竜馬社中をつくって、貿易をやっている。これなどを利用してはどうだろうか。

「わたくし、欧州へ渡れば、まず新式の銃器を買い入れるつもりでございますれば、それを持ち帰り他藩へ売りつければ、御当家の利益はもとより、皇国の御為になりもすかと、存じおりもすが、殿には如何《いけん》ごわすか」

黙ってきいていた久光公は、

「何を申すかときいておると、畢竟留学の一件へ話を持って行ったか。あはは……」

と、笑い、一応きいて置くという顔であった。

才助は御前を退出すると、早速留学の準備に掛かった。

征長軍総督徳川慶勝が追討軍に撤兵を命じたのは、その年も押し詰まった十二月二十七日のことであった。遂に干戈を交えず、長州藩の恭順謝罪だけで、有耶無耶のうちに、撤兵が行われたのは、参謀の西郷吉之助の入智慧と周旋によるものだったが、むろん彼をそう動かせたのは、才助の意見をきいたわけでは更になく、実はこの九月大阪で会うた軍艦奉行の勝麟太郎の煽動によるものだった。勝は幕臣でありながら、こともあろうに幕府の力の衰弱ぶりを、微細に西郷に話してきかし、財政の逼迫まで打《ぶ》ちまけたあげく、

「今は国内相せめぐ時ではござらん。それに今も申した通り幕府にはも早天下を統《す》べる力のない現状でござる故、この際むしろ雄藩の提携によって、国政の改革をはかり、国内を統べるのが得策かと存ずる」

と、言った。これが西郷を動かしたのである。ひどく感心癖の西郷は勝の新知識と人物に、すっかり敬服してしまい、

「勝氏に始めて面会仕り候処、実に驚入候人物にて、最初は打叩く賦にて差越候処、頓《ひた》と頭を下げ申し候。どれ丈か智慧のあるやら知れぬ塩梅に見受け候。先ず英雄肌合の人にて、佐久間より事の出来候儀は、一層も越し候わん」

と、大久保一蔵にあて書いたくらいで、その時既に江戸城明渡しの下地は出来ていたのである。

一蔵は才助にこの手紙のことを話した。

「西郷どんの人に惚れ易か質は今に始まったことではごわはんが、太か感心したもんでごわすな。しかし、ひとの言う事ばよくきくのは、西郷どんのよか点でごわんそかい」

他人の言をめったにきこうとしない自分の癖を棚に上げて、才助はそう言った。長州征討が干戈を用いぬうちに撤兵して、薩長間の険悪な空気がいくらかとけて、提携とまで行かなくとも、ともかくその間に横たわる障碍をまず取り除いたことは、たとえ間接的にしろ、自分の意見が用いられたのと同然であり、才助は頗る気持がよかった。

「じゃが、勝というのは、余ほど出来る男と見えるな。幕府にこん男がいては、なかなか油断はなりもはんぞ」

一蔵はそう言った。

「何しろ外国へ行って、新しか知識をもって帰った男でごわすからな」

才助は直ぐそこへ話をもって行った。

「なるほど、そいじゃわが藩にはやがて十八名の勝麟太郎が出来もす勘定ごわんそかい」

一蔵はいくらかひやかし気味に言った。

「十八名……？　そいじゃ、もはや人選のことも決まりもしたとでごわすか」

才助は胸が躍った。

「左様。通弁の堀孝之も入れて十九名、世話人の、何とか申したな？」

「ライル・ホールごわんそ」

「左様。それを入れると、丁度二十名じゃ」

一蔵はその明細書をとり出して来て、見せた。

役名	実名	変名
大目付御軍使日勤視察	新納刑部	石垣鋭之助
開成所掛大目付学頭	町田久成	上野良太郎
船奉行副役教育掛	松木洪庵	出水泉蔵
船奉行副役視察	五代才助	関研蔵
英語通弁人	堀孝之	高木政次
当番頭留学生	畠山義成	杉浦弘蔵
同	名越主税	三笠政之助
開成所訓導師英学留学生	鮫島尚信	野田仲平
開成所句読師医学留学生	田中蜻州	浅倉省吾
医師留学生	中村宗見	吉野清左衛門
造士館句読師助留学生	森有礼	沢井鉄馬
同	吉田清成	永井五百介
同（土佐人）	高見矢一	松元誠一
同	東郷愛之助	岩屋虎之助
開成所書生留学生	町田申四郎	塩田権之丞

同　　　　　　　　　町田清蔵　清水兼太郎
同　　　　　　　　　磯永彦助　長沢鼎
奥小姓開成書生留学生　市来勘十郎　松村淳蔵
奥小姓番頭留学生　　村橋直衛　橋直輔

藩の洋学塾たる開成所の書生や訓導など洋学に通じている者ばかりであった。才助と家老の新納は留学生ではなく、視察の名目であった。開成所の学頭町田久成は留学生の総監督で、松木はその教育係であった。

なお、留学生たちの専攻科目は、それぞれ海軍測量術、海軍機械術、陸軍学術、文学、医学、化学等にわけられたが、町田清蔵、磯永彦助は幼年の故をもって、とくに専攻科目を定めなかった。清蔵は十四歳、彦助は十三歳であった。

変名を用いたのはむろん幕府を憚ってである。長崎より乗り込むこともまた何かと目立つのでまず才助と松木が通弁の堀、世話役の英人ライル・ホールと共に、ひそかにガラバー商会所有のオースタラニン号に乗じ、鹿児島串木野郷の羽島に寄港し、ここより他の十六名を乗り込ませることにした。

一行二十名を乗せた船が出島を解纜したのは、元治二年（慶応元年）三月二十二日のことであった。オースタラニン号の水夫たちは、一行の服装をみて、痛くおどろいた。才助や松木は紋附袴で何の趣向もなかったが、若い連中はそれぞれに凝っていた。開成所ごのみのズボンの上に白い兵古帯をまき、或る者は更に袴を着していた。ひどいのになると洋服の上に袢をつけ、なお陣笠を被った。皆々威勢がよかった。

香港、新嘉坡《シンガポール》に着いた時、才助はその殷賑に今更おどろき、また、一孤島英吉利の手がこんなにまで東洋に延びているのかと、冷たく胸に落ちて来る想いがあった。食堂で氷菓《アイスクリーム》が出た。

「幕府の奴らに任せて置くと、日本もやがて香港、新嘉坡同然になるぞ」

才助は一行を相手にそのことを口酢っぱく説いた。

食事中でも喋った。船長のいるのも憚らなかった。彼の氷菓《アイスクリーム》はいつもとけてしまっていた。

英吉利サウザンプトン港に着いたのは、羽島を出て二ヵ月後、五月二十八日の朝だった。

夕方倫敦に着いた。瓦斯灯の蒼い光が霧にとけ、舗道は雨の夜のように濡れていた。ランガムホテルへ急ぐ馬車の窓に顔をつけて、才助は物珍らしそうに窓の外をながめた。

十字路で馬車がすれ違った。窓側の女がふとこちらを向いた途端、才助はあっと声をのんだ。遠い日本の想いが急にこみあげて来た。向うでも気づいたかどうか、いや、こちらの見まちがいだったかと才助はしきりに騒ぐ胸を窓の外へ乗り出して、いつまでもその馬車を見送っていた。

「どうしたんです」

堀が聞いた。才助はお露を見たような気がしたとは、言えなかった。

「何でもなか」

英吉利人への怒りが何故ともなしに、いきなり湧いて来た。才助は新納に向って、

「ホテルの玄関には日本の国旗を掲げることにしもそ」

怒ったような声で言った。

友厚覚書

天保六年（一歳）
○十二月二十六日、薩摩国鹿児島郡城ケ谷に生る。幼名徳助又は才助、後友厚と改む。（但し何時の頃より改めたるものか、不詳）号を松陰と言う。父は島津藩の儒官で町奉行を兼ねし五代直左衛門秀尭、母は本田氏やす子、友厚はその二男なり。
天保十三年（八歳）
○児童院の学塾に入り、句読を授けらる。

弘化三年（十二歳）
○藩の聖堂に入り、文武の業を修む。
嘉永元年（十四歳）
○世界地図を模写して藩公に献じ、又地球儀を作りて世界各国の位地を究め、密かに自奮の念を起する。
嘉永六年（十九歳）
○五月六日父秀堯歿す。
安政四年（二十三歳）
○藩より選抜せられて長崎に遊学し、和蘭国海軍士官より、航海・砲術・測量・数学等の教習を受く。
安政六年（二十五歳）
○水夫に扮して上海に密航し、同地に於いて独逸汽船「ジャウジキリー」号を購入し、長崎に回航して天祐丸と命名し、其の船長となる。なお、上海にて高杉晋作と奇遇す。

文久二年（二十八歳）
○長崎に於いて御船奉行副役となる。
○同藩士横井休之進（後の中井弘）老中安藤対馬守暗殺の謀に坐し、流浪の後長崎に来るや、之を寓居に匿す。
○八月藩命により東上せんとし、東海道金谷宿において木戸孝允と会し、共に江戸に到るの途中、生麦事件突発の報をきく。

文久三年（二十九歳）
○六月、生麦事件談判の為、英艦七隻横浜を出帆して鹿児島に向いたる由長崎に於いて風聞し、両者間の調定を画策す。
○七月二日、英艦鹿児島を砲撃す。この時思う所ありて、故意に松木洪庵（後の寺島宗則）と共に英艦に捕わる。後ち横浜に於いて英艦を脱し、武州幡羅郡熊谷在奈良村吉田六左衛門の許に潜む。

元治元年（三十歳）
○正月、吉田六左衛門の養子二郎を伴い、東海道を潜行して長崎に抵《いた》り、酒井三蔵の家に匿《か》くる。後川村純義、野村宗七等と会見するに及び、英艦に抑留中、我が国情を告げたりとの嫌疑一掃さる。後又児島惟謙、籠手田安定、北畠治房等の攘夷派を説破し、開国論者に急変せしむ。

慶応元年（三十一歳）

○三月二十二日、新納刑部等と十四名の留学生を率い欧州大陸視察の途に上る。

○五月二十八日、英京倫敦に到着し「ランガム・ホテル」に投宿す。

○八月、白川健次郎なる者、仏国より白耳義人「コント・モンブラウン」を伴い来り、紹介を受く。

○八月十四日、倫敦を出発し、「ブラッセル」「リエージ」「エーリス・ラ・シャベル」「コローン」、伯林、海牙、「ロッテルダム」、巴里等の重要都市を視察し、「ブラッセル」、巴里に於いて「モンブラウン」と貿易商社の設立を協議し、条約を結ぶ。（右は薩白合弁の会社を設立し、以って薩藩内の資源を開発し近代工業を起さんとするものなり）

○滞欧中、藩政府の用品として左の機械類を購入す。

一、マンチェスター・レート会社より
　木綿紡織機械、価格一万磅《ポンド》

一、バーミンガム・ショルト会社より
　騎兵銃　五十挺

大砲隊小銃　　二百挺
常短小銃　　二百挺
短銃　　五十五挺
小銃　　二千三百挺
元込小銃　　十二挺
外に双眼鏡四個開成所用洋書若干（これらの新兵器は維新の際薩藩をしてその指導的勢力たらしむるに与りて、大いに力ありたるものなり）
○滞欧中、我国の文明を進め、富強を図る方法として、十八箇条より成る新政策を藩政府に建言す。
一、鹿児島中貴賤を不論商社に可関事
一、商社合力にあらざれば鴻業難立事
一、諸大名同志合力の商社を可開事
一、我朝に於いて貿易を開く趣向を立てる事
一、木綿紡機関を商社を以って可開事
一、蚕卵を仏国に送るため越前と結社すべき事
一、印度人支那人を雇い諸耕作を為さしむる事
一、罪人の死罪を免じ諸職に労役せしむる事
一、養院を可開事

等の建言にして、その見識の先覚的なる、企図するところの遠大なるを知るべし。

慶応二年（三十二歳）

○帰朝の途中、地中海「マルタ」港に於いて元旦を迎う。

○二月九日帰朝す。

○同月、御納戸奉行格にて御用人席外国掛を命ぜられる。

○十月十五日、馬関に於いて木戸孝允と会し、薩長相結んで有無を通じ、国力培養の為通商貿易を行わんと、画策す。

○この年薩長連合成る。よって、坂本龍馬と謀り、長崎において長藩のために武器弾薬購入の便宜を与う。

○また、気船開聞丸に米穀を積みて、長崎・馬関・兵庫・大阪等の各地に回航し、なお欧州より購入し来たれる武器、弾薬等の積込みにも従事して薩藩の利益を図り、更に屢々諸藩の有志と会して各藩の動静を探聞し、これを藩地に報告する等、志士としての活躍著し。

○当時交渉せる志士は、同藩の同志はむろん、長州の桂小五郎・高杉晋作・井上聞多・伊藤俊介・土佐の坂本龍馬・大村の渡辺昇その他にして、「薩の五代」の名志士間に重きを成せり。

慶応三年（三十三歳）

○小松帯刀と謀り、長崎戸町村の内小管に修船場を設置せんとす。

○四月、藩公より鹿児島郡坂本村坊中馬場二番邸を賜わり、家兄徳夫と籍を分つ。尋《つ》いで坂本氏の女を娶りたるも、後故ありて離婚す。

○八月再び上海に航す。

○十二月九日、王政復古の大号令いず。

明治元年（三十四歳）

○正月二十三日、新政府に企画経営する所多く、新知識と才幹を認められて、参与職外国事務係を仰せ付けらる。

○二月、神戸事件の解決に尽力す。

○同月二十日、徴士参与職外国事務局を仰せ付けられ、大阪在勤となる。居を大阪東区備後町二丁目に定む。

○同月、堺妙国寺事件の解決に大周旋す。

○同月、英国公使襲撃事件の解決に尽力す。

○閏四月二十七日、陸奥宗光と共に大阪川口運上所に於ける一切の事務を管掌する。

○五月四日、従来の職務を免ぜられ、外国官権判事を仰せ付けらる。

○同月二十四日、当官を以って大阪府権判事を仰せ付けられ、外国官権判事兼勤となる。
○六月二十七日、母やす子死す。
○七月十五日、大阪を開港となす。
○九月十九日、大阪府判事を仰せ付けらる。
○同日従五位に叙せらる。
○十月、丁抹《デンマーク》国王より和親条約締結の記念として洋鞍を贈与せらる。
○この年、蒸汽船、軍艦、銃器、弾薬等の買い入れ並びに外資借入に奔走す。
○また、当時我国の幣政頗る混乱し、貨幣の品粗悪なるのみならず、贋造貨幣も亦多く、貿易上種々の支障を来たせるを憂え、贋金鋳造使用の罪を厳重に糾弾すると共に貨幣の改鋳統一に関して種々政府に進言するところあり、よって大阪造幣局の設置を見るに至るや、機械の購入につき斡旋尠なからず。
○外国商人の不正行為の取締りを厳にし、尚電信・鉄道の敷設に関する外国人の請願を拒絶して、我国の権益を擁護す。

明治二年（三十五歳）
○正月八日、当官を以って軍艦御買上御用掛兼勤となる。
○四月八日、大阪開港規則を定めて、公布し、大いに開港の実を挙ぐ。
○同月、政府の召命に依りて東上し、大隈重信の邸に滞在して財政上のことを議す。

○五月十五日、会計官権判事を仰せ付けられ、同月二十四日横浜へ転勤を命ぜらる。此の報一たび達するや大阪の官民大いに驚愕し、外国事務局員一同連署して留任方を政府に嘆願す。
○大阪為替会社、通商会社の設立を策す。
○七月四日、官を辞して野に下る。
○同日、仮りに居を大阪東区梶木町五丁目に移す。
○十日、金銀分析所を大阪西成郡今宮村に開設す。
○十二月大阪を出発して鹿児島に帰る。

明治三年（三十六歳）
○正月、鹿児島を出発して再び大阪にいず。同月、夫人豊子を娶る。
○三月、大阪を出発して上京す。此の時政府は再び召して官途に就かしめんとし、西郷従道、川村純義主として其の間に斡旋せるも、之に応ぜず。
○四月、薩藩より堺紡績方掛を命ぜらる。
○五月、天和銅山を開き、尋いで赤倉銅山、栃尾鋼山、駒帰村尾砂鉱、蓬谷銀山を開鉱す。
○十一月、居を大阪東区平野町一丁目に移す。

明治四年（三十七歳）
○居を大阪西区靭北通一丁目二十八番地に移す。
明治五年（三十八歳）
○五月四日、大阪鹿児島出張所に対し商業許可願いを提出す。（この年華士族の農・工・商を営むことを許されたり）
明治六年（三十九歳）
○鉱山開発の為、資本金数十万円を投じて、大阪に弘成館を創設す。
○十月二十日、東京に於ける事務所を京橋築地新栄町一番地に設く。
明治七年（四十歳）
○五月、大久保利通と大阪に於いて会見す。ために、大蔵卿に任命の説流布さる。
○六月、大隈重信に書を送りて、短所欠点を苦諫す。
○七月、初めて半田銀山を興す。尋いで、新慶銅山、和気銅山、大立銀山、大久保銅山、水沢山鉱山、神崎銅山、豊石銅山、鹿籠金山、助代銀山を経営す。
明治八年（四十一歳）

○正月、大阪会議を斡旋す。（大阪会議とは大久保利通、木戸孝允と大阪五代邸に会し、前年七月征台に反対して辞職せる木戸に再入閣を促し、木戸、国会開設等の条件を提出して、之を諾して入閣せる時の会議を言い、この時黒田清隆、井上馨、奈良原繁、伊藤博文、板垣退助等の巨星も悉く来り、五代邸に会せり。友厚大いに其の間に斡旋す）

○古河市兵衛をして志を成さしむ。

明治九年（四十二歳）

○八月、堂島取引所を再興す。

○九月、大阪北区堂島浜通二丁目に朝陽館を創立し、製藍事業を興す。

明治十一年（四十四歳）

○四月十三日、大阪株式取引所を創立す。

○八月、大阪商法会議所を創立し、推されて初代会頭となる。

明治十二年（四十五歳）

○九月十五日、藤田組の贋札事件起るや、其の事実無根を力説して天下の疑惑を解く。

明治十三年（四十六歳）
○八月、米納復活に関する意見書を内閣に提出し、閣議の大問題となる。
○十一月十五日、大阪商業講習所（現大阪商科大学の前身）を設立す。
○十二月二十八日、東京馬車鉄道会社を創立し、顧問となる。

明治十四年（四十七歳）
○五月、大阪製銅会社を創立す。
○六月三日、関西貿易会社を創立し、推されて総監となる。
○この年北海道官有物払下事件に関係す。

明治十七年（五十歳）
○二月四日、阪堺鉄道会社を創立す。
○十一月、神戸桟橋会社を創立す。
○三菱商会と共同運輸会社との合同を策す。

明治十八年（五十一歳）
○八月二十日、上京して病を築地の邸に養う。

○九月二十二日、勲四等に叙せられ、旭日小綬章を賜わる。
○九月二十五日、東京築地の邸に逝く。
○十月二日、大阪阿部野の塋域に葬る。

（以上主として、五代龍作編「五代友厚伝」に拠る）

大阪の指導者

第一章

一

五代友厚は天保六年十二月二十六日、薩摩国鹿児島郡城ケ谷に生れた。歳は我が紀元二千四百九十五年、即ち渋沢栄一の出生に先んずること五年、月日は恰《あた》かも徳川家康の誕生と相同じゅうしている。

その生年月日を伝うるのに、殊更にこれらの有名の士を引き合いに出したのは、いわゆる伝記作者の常套手段に拠ったわけでもなければ、また五代その人に箔を附けようが為でもない。

まず渋沢栄一を引き合いに出したのは、明治財界の指導者としての友厚の位置が栄一と相並んでいるからにほかならない。相並んでいるばかりでなく、幕末維新における志士としての活動という点より、この二人の先覚者を比較すれば、友厚の方が終始一貫してはるかに立派である。この点、友厚は明治実業家中ただ一人の人ではあるまいか。しかも、栄一は永く記憶され喧伝され、友厚は忘れられ黙殺されている。その人も、その功績も忘れられている。私の言いたいのはここである。殊更に栄一を引き合いに出したのは、その為である。その不公平を言いたい為なのだ。

次に、徳川家康を引き合いに出したのは、ありていに言えば、豊臣秀吉からの聯想だ。豊臣秀吉は大阪開発の第一の恩人である。そして友厚は秀吉に次ぐいわば第二の恩人である。秀吉以後の、いや少くとも明治の大阪の指導者として、開発者として、友厚の右に出る人は一人もない筈だ。比較し得る人もない。もし彼が明治の初期の大阪を指導しなければ、恐らく私たちは今日の大阪の殷賑を見ることは出来なかったかも知れない、といってもあながちに言い過ぎではなかろう。それほどの人が忘れられているのである。明治の先覚者中このように綺麗に忘れられている人、もしくは誤り伝えられている人は、他にちょっと見当らぬくらいである。私の言いたいのはここだ。そして今、五代友厚その人を伝えようとして、殊更にまずその先祖のことから詮索して行くという方法を、読者に押し付けようとするのもまた、彼が余りに忘れられているという事実への、ある種の抗議にほかならない。

五代氏の祖先は維宗姓から出ている。

島津家の始祖忠久は、源頼朝の長庶子である。即ち、側室の子だ。生母は丹後の局である。ところが、頼朝の御台所政子は嫉妬が強かった。そこで丹後の局はひそかに忠久を携えて、八文字大輔維宗広言という人に嫁した。広言は名門で、千載集に出ている歌人である。忠久は長じて義父の維宗の姓を冒した。後ち実父頼朝より日、隅、薩の三州を拝領して薩摩に下向した。維宗の一族は旧好を慕い来って忠久の家臣となり、それより子孫は相続いて島津家に仕えた。その子孫の一人、鹿児島三郎康忠の代になって、初めて五代と称したという。

このように五代氏は島津家と切っても切れぬ関係にあり、代代重く用いられて来たらしいことは想像されるが、友厚の父直左衛門秀堯もその例に洩れなかった。禄高は不明だが、秀堯は薩藩の儒官で、町奉行をも兼ねていた。

いったいに伝記の主人公たり得るほどの人物の両親は、多かれ少かれ逸話というものから免れがたい。友厚の母は本田氏の女やす子であるという以外に何ひとつ伝わるものがないが、父秀堯には伝わる逸話がさすがにある。

頼山陽が薩摩へ来遊した時のことである。山陽はこの薩藩の儒官の名声を伝え聞くと、早速秀堯を訪問した。そして互いに文学のことを語っている内、秀堯は山陽が仏書の講義に疎いということを聞き及んでいたので、高慢な山陽の鼻を明かしてくれようと思い、書庫より仏書を取り出して来て、いきなり仏書の講義をはじめた。秀堯は特に仏書に通じていたのである。案の定、山陽は辟易かつ呆然とした。すると、秀堯は床の間の槍をとって庭へ飛び降り、「武士たるものは、学問のみでは一旦緩急の場合君の馬前に立ち難い。文の志あるものは必ず武の心得あるべき筈、卿もまた必ず武ありと心得る。文の仕合は先刻既に済んだ。更に武の仕合を試みることに致そう」と大声に言って、槍を振りまわしたので、山陽は仰天して辞し去ったというのだ。

まるで二輪加《にわか》芝居である。ところが、大正十年に友厚の贈位を記念して刊行された友厚会編「故五代友厚伝」には、この種の逸話が佃煮にするほどあるばかりか、誤謬も多く、いわば出鱈目極まる伝記である。しかも、最初上下二巻刊行される予定のところを、費用の関係から下巻は遂に未刊行に終っている。けれど、昭和八年に友厚の女婿五代龍作が編纂発行した「五代友厚伝」が出るまで、友厚の伝記としては、あとにもさきにもこの大正十年刊の一冊があるきりであった。そして、更にいえば、龍作編の「五代友厚伝」以後に、伝記の刊行を私は見ない。その計画のあることも聴かない。してみれば、友厚の伝記としては、差し当ってこの非売絶版の二書があるのみだが、両者を比較してみると、さすがに龍作編のそれは興味本位に作られたものでないだけに、友厚会編のそれのような荒唐無稽の記事はすくない。また、女婿の手に成ったものだけに、関係資料が豊富で、おおむね信用が置けると言えよう。さればと言って、全然誇張や出鱈目な記事や誤謬が無いわけではない。友厚を余りに英雄扱いにしているのもおかしいが、そのほかに例えば友厚が二十五歳の時の記事で――、いや私は先走り過ぎた。私の今係っているのは、友厚の父の逸話のことである。で、それについて言えば、さすがに龍作編の書は、秀堯と山陽との出会いのくだりを、敬遠し抹消している。おもうに当然のことであろう。

もっとも、秀堯が仏書に通じていたらしいことは、これを否定する理由はすこしも無い。漢学の造詣については、勿論であろう。現に従三位中納言島津家久の碑銘や、島津家別館仙巌園の江南竹記の碑文は、とくにえらばれて秀堯の撰文したもので、現存もしている。秀堯は五峰と号し、また自ら乾坤独歩学と称した。剛直果断の人であったらしい。

秀堯には二男二女があった。うち、広子、信子の二女はそれぞれ同藩の篠原伊平治、祁答院重之に嫁したという以外に述ぶべきことがない。（篠原といえば、薩藩からは篠原冬一郎および篠原彦十郎の二人の志士が出ているが、広子の嫁した篠原伊平治とは無論別人であろうし、伊平治と冬一郎、彦十郎との関係も不明である）。二男のうち長兄の徳夫には奇行逸話が多かったらしい。

例えば、死ぬまで丁髷を結うていたとか、（この点後年友厚の世話になった古河市兵衛に似ている）いかなることがあっても往来の真中しか歩かず、その為ある時（というのはもう七十近い晩年のことだが）葬式の行列と衝突して、双方譲らず、遂に手にしていた杖を振り上げてその行列を追っ払ったとか、西南戦争の兵火で焼け出されて家族と共に土穴に移り住んだのを見兼ねて、もうその頃は大阪で全盛を極めていた弟の友厚が邸宅を新築して贈ろうとした時、武士たる者が素町人（友厚は実業界にはいっていた）の情けを受けられるものかと、かんかんに怒って辞退したとか、挙げれば多いが、挙げるほどのこともない、真偽の点も疑わしい。ここではただ、徳夫は父親譲りの漢学者で、性格も父親同然の剛直果断、いやむしろ頑固一徹の人であったことだけを言って置こう。

　残る一人は、勿論友厚だ。幼名を徳助、または才助と称した。

　才助という名は、実に友厚に適わしい。私は一切の誇張を嫌う故、友厚について誇張めいた言辞は弄すまいと心がけているが、ただひとつ、友厚についていくら声を大にしても良いと思うのは、彼が才人であったという一事だ。寔《まこと》に名は実を現している。いや、実は才助という名は、藩主斉彬が友厚の才を賞でて与えたものであるといわれているくらいである。あるいはそうであったかも知れない。ともかく良い名である。

　才助から友厚に変ったのは、いつの頃からであるか、正確には分らない。が、大体明治三年、彼が三十六歳の頃ではなかろうか。私の調べたところによると、その年の四月、彼が薩藩の堺紡績掛を命ぜられた時の辞令には才助とあるが、六月彼が小松帯刀の遺族のために大阪府庁へ提出した口上書には、自ら鹿児島県士族五代友厚と書いている。そして、それ以前の公文書や書簡の中には、友厚という署名は見当らない。号は松陰、松下村塾の吉田寅次郎と同号である。五歳年長の吉田松陰に私淑してそういう号をつけたのか、それとも偶然の一致であったか、それは分らないが、ただ一言いえば、友厚もまた勤皇の志は厚かった。

二

昨年の暮の大阪の新聞紙は、五代友厚の銅像の献納を報じていた。私は読み、友厚がかつて武器、軍艦の購入に奔走して、薩藩や政府のために図った人であることを、想いだした。

彼の銅像は明治三十三年九月、大阪堂島の商工会議所の前に建てられた。

数年前、私は堂島のある新聞社へ朝夕通っていた。自然、彼の銅像の前を通る機会が多かった。が、初めの頃は、私もまた多くの大阪の人達と同じように、その人の何人たるかを知らなかった。五代友厚という銘はすぐ読みとったが、それが大阪とどういう関係の人であるかは、わからなかった。さすがに五代目の大阪府知事乃至五代目の商工会議所会頭だとか、友厚家の五代目だとかいうような慌てた考え方はしなかったが、しかしまさかこの人が今日の大阪の礎をつくった人であるとは、気がつかなかった。けれど、その風貌には何故か惹きつけられた。

その頃、私は一日として自信を持たずには生きて居れない人間でありながら、全く自信を失ってうろうろしている日日が多かった。彼の銅像の前を通る朝夕も、首垂れ、浮かぬ顔をしていることがしばしばであった。そんな時、ふと友厚の銅像を見上げると、彼は決然とした。自信に満ち満ちて、昂然と中之島界隈を見下しながら、突っ立っているその姿を、私は自分に擬し、そして瞬間慰められたものだ。

私の友厚への関心は、だからまず彼の風貌にはじまる。このような魅力のある風貌を持っている男は余裕の人間だろうと思い、だんだんに友厚のことを調べだしたのである。ありていに言えば、彼の風貌は私のこのみに合い過ぎている。すくなくとも私にとっては、実に魅力に富んだ風貌である。いわゆる実業家型でもなければ、政治家型でもない、武人型でもない、根っからの町人とも思えない、学者型でもない、教育者とも受け取れない、若若しい生気に満ちた精悍な好男子である。永遠の青年といった感じが強く、一見新人の印象を受ける。時に五代翁、松陰翁などと称われていたのがおかしいくらいで、髭も生やしていない。友厚と親交のあった坂本龍馬の風貌は、維新の志士中もっとも新人の印象が強いが、友厚もまたその精悍さの度で龍馬と伯仲しているのみならず、龍馬に劣らぬ新人の風貌を持っていたと想像される。

たしかに、友厚は新人であった。生涯を通じて、その時代に先駆した新人であった。はや十四歳の時に、その片鱗が現れている。

伝に曰う。友厚が十四歳の時、即ち嘉永元年のことである。藩主島津斉彬は友厚の父秀堯に、かつて外国より購入した世界地図の模写を命じた。秀堯はこれを友厚にやらせた。友厚は喜んで二枚を写し、うち一枚は藩主に献じ、残る一枚を自分の書斎に掲げて日夜ながめていた。そして、ある日、英国の版図の広きに義憤を覚えて、直径二尺余の球を作り、紙を延べて再び緻密に世界地図を臨写し、これに色彩を施して球に貼り付け、世界各国の地位を究め、距離を察し、航路を測って、心密かに期するところがあったと。

友厚の歴史はこの時に始まる。が、この話をその儘受け取って良いものかどうか。藩主が漢学者の秀堯に世界地図の模写を命じたというのも、何かお門ちがいのようだし、それに剛直の秀堯が藩主の御用を十四歳の子供にやらせるということも変な話である。それにそれを命じたのが当時の諸侯中もっとも時勢に眼覚めていた斉彬というのなら、まだしもうなずけるのだが、伝には斉彬としてあるものの、実は嘉永元年の薩摩の藩主は斉彬ではない、斉興だった筈だ。

水戸の斉昭が嘉永の初年に鱸半兵衛に命じて地球儀をつくらせ、カムチャッカ迄を日本本土と同じ色に彩らせたという話があるが、あるいはこれが友厚の伝記にはいってしまったのではなかろうかとも考えられる。けれど、余りに詮索し、穿ちすぎるのもまた考えものだ。ある歴史家が、ある日、窓から街の出来事を眺めていた。暫くして他の目撃者がまるで違って同じ出来事を報告したのを読み、書いていた歴史の原稿を焼いて了ったという逸話を、ある評論家が紹介しているが、私はこの歴史家ほどには史実に対して懐疑的にはなるまい。

なるほど、伝に曰う藩主斉彬は斉興の誤りである。これは明らかに誤謬であるから、訂正して置こう。が、友厚が十四歳の時に発奮して地球儀をつくり、世界の地理的情勢に眼覚めて心ひそかに期するところがあったらしい、すくなくとも思想的にも精神的にも早熟な、進取の気性に富んだ新しい少年であったらしいことは、全然否定する必要もないだろう。いや、私はそれを信ずる。

薩摩の新時代的性格が斉彬の代になってはじめて徹底したことは、勿論否めない。けれど、薩摩の外国への関心は既に斉彬の曾祖父重豪《しげひで》の代に始まる。重豪は蘭器を愛し、蘭癖といわれるほどの新人であった。和蘭商館長のズーフと親しく交り、シーボルトと会談し、積極的に海外の文物や知識を取り入れた。文政二年には羊毛紡績の業を薩摩に開いている。その世子斉宣の代を経て、斉興の代になると、天保十二年すなわち友厚の生れる六年後に、洋式兵制を採用し、弘化三年には大砲小銃製造の鋳製方が設けられ、医薬館をつくって医薬硝子の製造を行っている。してみれば、何も斉彬をまつまでもなく、薩摩の新時代的性格は重豪時代からの伝統であった。ひとつには、薩摩は琉球という触角をもっていた。現に琉球を仲介として、支・蘭との貿易をやっていたのである。だから、この触角にふれて来るもの、ひとつとして新しい知識ならざるものは無かったのである。

してみれば、友厚が漢学の家に生れながら、頑固一徹の父兄の薫陶を受けながら、新時代の少年として夙《はや》くより眼覚めたことも、一向に不思議ではなかろう。勿論、彼が十四歳で地球儀をつくったという話は、疑えば疑える。かりにそれが伝説であるなら、伝説として置いてもよい。けれど、この伝記から始まらぬ五代友厚の歴史というものを今のところ私は考えようとは思わぬ。以下に述べるところが、それを明らかにしてくれるだろう。

維新の先覚者の伝を述べる時、例外なしに触れられる一事がある。即ち、嘉永の六年に彼は何をし、何を考えたかということだ。

嘉永の六年、友厚十九歳。この年は友厚にとって二つの大きな事件のあった年である。一つは父秀堯の死、もう一つはペリーの来航だ。秀堯の死は五月六日に来た。そして六月の三日にはペリーが浦賀に来ている。この間一月も無かった。

秀堯の死は、ただでさえ雄心勃勃たる十九歳の青年をして自奮の念を起さしめた。友厚にとってはまさに志を立つるの時であった。十九歳、はや過ぎるわけではない。父の死の来方は、勿論友厚にとっては、余りにはや過ぎたであろう。けれど、父の死と共にいよいよ決然として新時代に志を立て、天空の健鶻《けんこつ》たらんとしたのは、あながちにはや過ぎたわけではない。萌芽は既に十四歳に始まっている筈だ。恰かも頑固一徹の漢学者であった秀堯の死は、友厚の中にあった守旧思想の死であったわけだ。しかも、既に二年前の嘉永四年に新しい英主斉彬が封を襲ぎ、磯邸内では反射炉の工事が、磯の龍洞院前の海浜では西洋型帆船の建造がはじまっていた。いわば、人も新しく、環境も新しかった。今や、新時代の先頭魚たらんとする友厚の志をはばむ何物もなかったわけである。そこへ、ペリーの来航だ。潮は動いたのだ。先頭魚たらんとした友厚は、いやでも動かねばならぬ。が、如何なる方向へ衆魚を導こうとするか、如何なる新しい鰭が友厚にあるというのか。新時代の指導者たるには、友厚にはまだ教養が不足していた。八歳の時に児童院の学塾に入り、十二歳の時に藩の聖堂に入り、当時の武家の子弟としてはまず一通りの教養を受けているものの、しかし、それだけでは時代の青年としてはなお不充分であった。が、その不足を補う機会は、間もなくやって来た。即ち安政二年、二十一歳の時、藩より選抜されて、長崎の海軍伝習所へ留学を命ぜられたのがそれだ。

長崎の海軍伝習所は幕府が和蘭の献策を容れて開いたものである。

これより先、安政元年七月五日、和蘭の商船が恒例によって長崎に入港した。甲比丹《カピタン》クルチウスは、その旨幕府へ報告すると共に、さきに幕府が依頼した軍艦購入のことは、クリミヤ戦争の為め、需《もと》めには応じ難いが、しかし、近日軍艦スンビン号を派遣するから、これを練習船として提供し、海軍の諸術を伝授しようと申出た。

案の定、二十八日スンビン号は艦長ファビュスの指揮の下に長崎に来航した。クルチウスは書を長崎奉行水野忠徳に送って、軍艦の建造及び海軍伝授の二事を議《はか》り、ファビュスもまた海軍創立に関して、教師、学科、造船所及び蘭語学習の必要を説いて、種種献策するところがあった。

「亜細亜の東方に当って日本の島島あるは、欧羅巴《ヨーロッパ》の西に当ってエゲレスの島島あるが如し。されば、今エゲレスのものするが如く、日本に於ても海勢船備を御立、港渚防禦あって貿易富貴強盛たらん事必然の至に候」

ペリーの来航を機として起った時勢の動蕩を、一口に説明するのは容易ではないが、しかし、純粋な攘夷即決論といい、対夷戦備論といい、現状維持的開国論といい、積極的な富国強兵の開国論といい、いずれも海防の必要を痛切に感じていたという点だけは共通していた。海防には、勿論、軍艦の建造、海軍の創設は不可欠である。してみれば、幕府もこの献策には異議のあろう筈はなかった。

幕府は長崎奉行に命じて、蘭国士官の招聘並びに海軍伝授のことを交渉せしめた。十月スンビン号は一旦バタビヤに帰航し、翌安政二年の六月には再び軍艦へデーを伴って長崎へ来航した。スンビン号は正式に海軍伝習の練習用として、幕府に献納された。乗組員の海軍中尉ペルス・レイケン以下の士官や、機関士・水夫・火夫等あわせて二十二名が教官として傭い入れられた。校舎は長崎西役所を当てた。名は長崎海軍伝習所。

九月、幕府は勝麟太郎以下四十余名の伝習生を人選して、長崎へ派遣し、諸藩にも同様伝習生の派遣を許した。佐賀藩の四十七名、筑前藩の二十八名、長州藩の十五名、津藩の十二名、熊本藩の十名、福山藩の四名、掛川藩の一名のほか、薩藩からは十六名の秀才が選抜されて、長崎へ赴いた。

友厚はこの人選にはいったのである。その喜び方は想像に余るものがあったであろう。私はかつてある有名な法学博士が「自分の一生のうちで最も嬉しかったのは、高等学校の入学試験に合格した時と、妻を娶った時の二つだ」と書いていたのを、読んだ記憶があるが、友厚の喜び方もそれに似ていたろう。いや、この先頭魚の卵をもって自ら任じていた二十一歳の青年にとって、当時の日本の世界への眼であり、耳であった長崎で、まず海のことを習うべく命ぜられたことは、まことに願ったり適ったり、高等学校入学以上の喜びであったに違いない。

伝習生の授業は日課を定めて、海陸で行われた。学科は航海運用術・造船砲術・船具測量・算術・機関・砲術訓練等に亙っていた。学習はすべて通詞の口訳を経て行われたので、授業上非常に不便なことが多かったが、伝習生の成績は良好であった。卒業免状さえあればというような、けちくさい考えの者は一人もいなかったからだ。

友厚が熱心に学んだのは言うまでもなかろう。安政五年七月十六日に斉彬が急死し、そのため十月十八日に突然帰国を命ぜられたが、しかし、その頃にはもう彼は学ぶべきことは一通り学んでしまっていた。が、彼の憾みは、まだ一度も海の外へ出ていないということであった。海運航海のことは一通り学んだ。貿易のことも長崎で一通り見聞した。が、海の外の実相は聞いたが、見ていない。「百聞は一見に若かず」と、彼は呟いたに違いない。で、その機会を彼はひたすら求めていた。やがてそれは来た。上海渡航がまずそれである。

三

以下は伝に曰うところである。

安政六年五月、友厚は再び藩命に依って長崎へ遊学した。堀孝之、岩瀬公圃、永見伝三郎、永見吉五郎らと交った。ある日、公圃が友厚に語っていうには、「自分は近日幕府の内命で、貿易状況視察の為め、帆前千歳丸に搭じて上海へ行くことになった」と。友厚は聞いて、好機到れりとばかり、しきりに同行を求めた。公圃は「自分は幕命で行くのだから、自分一存で計らうわけにはいかぬが、しかし、藩公の許可があれば良いだろう」と言った。当時、薩摩藩主は斉彬に代って島津忠義だったが、実権は忠義の実父の久光が握っていた。折柄久光は大阪に在った。友厚は公圃から「乗組員の届出は四五日以内にしなければならぬ」と聞いたので、直ちに早駕籠を雇って、昼夜兼行大阪へ急行した。大阪の藩邸に入り、久光に謁して、所信を陳べると、許可があった。ところが、再び長崎へ戻って来ると、もう乗組員の姓名は届出た後であった。友厚は公圃と相談して、水夫に変装し、「乗組の水夫一名が不足したから、隣島の才蔵という者を雇入れて行く」と届出て、佩刀や衣服を公圃の行李の中に隠して、密航した。

上海へ著くと、偶《たま》ま独逸汽船ジャウジキリー号売却の噂が出ていた。友厚はこれを耳にして、ひそかに購入の運動をはじめた。日ならずして上海新聞は「日本千歳丸の水夫才蔵なる者、若冠白面の身を以て、蒸気船時価五十万弗を十二万五千弗にて購入せり」

と伝え、「これ世界の異聞事なり」と上海はこの評判に喧喧囂囂《けんけんごうごう》とした。その為、公圃等の一行は後日幕吏の尋問を受けたが、事実無根を言い張って事なきを得た。が、無論これは友厚が久光の密命によって島津の名を秘して購入したものである。のち、この船は天祐丸と命名して、藩の御用船になり、友厚はその船長を命ぜられた。時に友厚二十五歳であったと。

久しく私はこの伝の記事を信じていた。ことに、上海新聞紙云々を面白いと思い、この新聞記事を小道具につかった小説を書いた。ところが、昨年の夏、次のような手紙が来た。手紙の主は、上海歴史地理研究会の幹事をして居られる沖田一氏である。

貴著五代友厚今日拝読しました。私も非常に関心を持って居りますので御参考にもと次の事御知らせします。

五代友厚は安政六年上海に密航したと御書きになって居られますが、之は文久二年の誤りであります。文久二年千歳丸と云う船で邦人五十一名と共に上海に来た事は、学界で其の方面の方は皆御存じであります。此の方面の事で、私が最近書いたもの「上海邦人史研究」がありますから、関係せる部分を同封して置きます。御笑覧下さい。若し事実安政六年に上海に来て、高杉に会ったのであるとすれば、私共は研究の再出発をしなければなりません。(下略)

さきに私は友厚の伝記が二十五歳の時の記事で誤謬をおかしている旨、洩らしかけたが、実はその誤謬とはこれである。文部省維新史料編纂事務局の「維新史」がこの手紙を裏書きしている。即ち曰う、「安政六年二月、箱館奉行堀利熙・村垣範正・竹内保徳等は、貿易制規の調査、海外販路の探求、露領アムール・カムチャッカ地方の実情視察等の目的を以て、貿易船を上海・香港・露領に派遣すべきを建議した。此の建言はやがて実行に移されて、文久元年二月、君沢形亀田村を露領に派遣した。尋《つ》いで翌二年四月、千歳丸を上海に派遣し、之には会津・佐賀・尾州・浜松・阿州・長州・大村・薩州等の諸藩士が藩命を以て同船し、其の中には中牟田倉之助・高杉晋作・五代才助（友厚）が加わっていたのであった」と。

千歳丸の前身は英商船アーミチス号であった。これは英商人リチャードソンが船長となって安政六年十月四日はじめて上海に入航して以来、長崎へ定期渡航していたものを、幕府が三万四千弗で購入して、千歳丸と改名したものである。噸数については、三百五十噸説、三百五十八噸説、三百四十噸説と、いろいろに分れているが、しかし、そんなことはどうでも良い。重要なのは、この千歳丸が日の丸の旗（これは安政元年島津斉彬の献言を容れて、制定された）を掲げて、上海へ入港したという記録は、沖田氏の調査によれば、文久二年以前には無いということだ。

してみれば、もはや友厚の上海渡航が安政六年二十五歳の時ではなくて、文久二年二十八歳の時であったということは、疑いを入れる余地のないところであろう。なお、蒸汽船購入についても、伝の曰うところは、些かあやしい。

沖田氏の「上海邦人史研究」は、友厚がジャウジキリー号以下八隻の汽船を十二万五千弗で買収して新聞に喧伝されたという「故五代友厚伝」の記事について、「此の八隻の船を右の金額で買収した事には疑問があり、又当時の上海新聞紙と云えばノース・チャイナ・ヘラルド紙より外にないのであるが、何処にも右の如き記事はない。一体に右の『故五代友厚伝』は不正確である」と曰い、それに続いて、「尚右伝記によれば、五代才助は上海で独逸汽船ジャウジキリー号を購入した事になって居るが、当時の上海碇泊船舶を調査して見ても、それらしいものはない。五代龍作編著『五代友厚伝』に依れば、安政六年には藩命を以て上海に航し、独逸汽船を購入して、それを天祐丸と命名して、其の船長となったとあるが、此の安政六年は文久二年の誤りではあるまいか」と述べている。

つまりは、遺憾ながら、友厚が上海で汽船の買収を行ったという事実は、無根なのだ。が、そう言い切ってしまっては身も蓋もなくなる。で、私はここで、文久三年に薩藩はサー・ジョージ・グレイとコンテストという二隻の船を十八万弗で購入しているという事実を持ち出そう。即ち、言おうとするのは、伝に曰うジャウジキリーとはこの二つのうちのどれか一つを早合点して、それを友厚に結びつけたのではなかろうか、そして、それを友厚が安政六年（実は文久二年）に買収したのは勿論誤りではあるが、しかし、その下交渉ぐらいはあるいはして置いたのではなかろうかと、伝に敬意を表して一応は考えることも出来るということである。しかし、天祐丸というのは勿論出鱈目だ。久光は友厚の上海渡航前の三月二十八日に、この名前の船に乗って上京の途についているから、問題にならない。

この上京の途次、久光は大阪に滞在した。四月十日から十三日までの僅か四日間である。だから、友厚が早駕籠を飛ばして、久光に大阪で謁したというのも、大分あやしくなって来る。ひいては、密航説もだんだんに疑わしい。藩命を受けて渡航する者が、水夫に変装するというのも良い加減な話である。けれど、たったひとつ、水夫に変装したという説を裏書きするのは、この千歳丸には御勘定方根立助七郎を上席に、支配勘定の金子兵吉、徒《かち》目付の鍋田三郎右衛門、小人目付の塩沢彦七郎、犬塚栄次郎らのほか、リチャードソン以下十四名の英人と和蘭商人トンブリンクが商法方として乗組み、高杉晋作、中牟田倉之助はそれぞれ犬塚、塩沢の従者という資格で乗組んだのだが、友厚には従者として随うべき人が得られなかったということだ。

いずれにせよ、友厚はその念願どおり上海へ渡航したのだ。薩藩の長崎船奉行副役五代才助として行くも、水夫才蔵として行くも、その収穫は同じだ。汽船を買う買わぬも、もはやこの際どうでもよい。友厚にしてみれば、殷賑を極めている上海の貿易状況を視察したことこそ、何よりの収穫だったのである。友厚と同行した高杉晋作はその折の日記に「才助さきに命を崎陽の偶舎に訪いしも、余時に病ありて談ずるを得ざりき、一見旧知の如く肝胆を吐露して大に志を談ず亦妙なり」と書いているが、談じた志とは王政復古のそれであり、貿易による富強立国のそれであったことは想像するに難くない。

友厚の見た上海は、瓦斯燈・電線・道路が完備し、貿易制度が整い、さながら西洋の縮図であった。が、彼はいたずらに驚嘆し、声を呑んでいたわけではない。上海が西洋の縮図であるとは、別の見方をすれば、即ち西洋の威力がこの東洋の市《まち》に殺到していることを意味する。外夷の脅威を、今更の如く、全く今更の如く、彼は身近かに感じたのである。この脅威はやがてわが国を侵すであろうと、友厚もまた攘夷論者風に考えた。が、友厚にとって、最も賢明な攘夷の策は日本の富強を速かに図ることであった。開国論と攘夷論はここで握手をする。即ち、彼にあっては、開国は手段であり、攘夷は目的であった。ここに開国とは、幕府の現状維持的な因循姑息な無気力なそれではなく、東洋をもって西洋に向って氾濫して行こうという器宇の宏大なそれであることは、論を俟たないであろう。

相手が武器を持てば、われもまた武器を備えなくてはならない。友厚は既に長崎留学時代にわが武器の不備を痛感していた。今また上海の埠頭に立って、ますますそれを痛感した。そして、われに備えるべく、まず相手の長を短を知る必要があると、考えた。長は速かにとりいれるべきだ。上海渡航の翌翌々年の慶応元年、友厚が久光を説いて、欧州視察の旅に上ったのも、またうなずけるところであろう。

長崎留学、上海渡航、欧州視察、この三つは規模こそ大小はあるが、同じ目的の線の上に立つものであった。が、今上海渡航から一足飛びに欧州視察のことを述べるのは、余りに性急である。文久二年から慶応へかけての三年間はわが国の情勢が目まぐるしく動いた年である。この間に、友厚の上に述ぶべきことがなかろう筈がない。現に、上海渡航後間もなく、彼には生死にかかわる大事件が生じている。即ち、彼が上海行を共にした英商人リチャードソンが生麦街道で薩藩の士に殺されたのを契機として起った薩英戦争の渦中に、彼はあわただしく動いたのだ。大波瀾と言ってもよい。それを述べぬわけには行くまい。

第二章

一

友厚が四月に上海へ行った文久二年は、八月に生麦事件の起った年である。日をいえば、二十一日、新暦の九月十四日に当る。まだ残暑がきびしかった。

勅使大原重徳に扈従して江戸に下り、国事の周旋に尽力した島津久光は、その日江戸を発足して帰洛の途についた。

行列は午過ぎに品川、川崎を経て、鶴見川の橋板を渡ったのは八ツ頃であった。やがて、生麦村の字中堂にかかったのは、八ツを少しまわっていた。

八ツ時は今の午後二時である。事件が生じたあと、生麦村の村組八郎右衛門の届書には昼八ツ頃とあるが、同村鶴田八十郎の報告書には昼八ツ半（午後三時）頃とあり、ジャパン・エキスプレッスにも三時頃とある。ジャパン・ヘラルドには二時となっている。ともかく二時過ぎのことだ。突然四人の外国人が神奈川方面より馬を駆って、行列の方へ進んで来た。れいのリチャードソンのほかに香港在留商人の妻のボロデール、横浜在留の生糸商人マーシャル及び横浜のハード商会員クラークで、いずれも英吉利人であった。彼等はその日、島津久光の行列がその場所を通ることを知っていた。神奈川奉行が横浜駐剳の各国領事に、二十一日には島津久光の行列が通るから、居留民の東海道通行は見合わせらるべしと、通達して置いたからである。ところが、リチャードソンとボロデールは近く香港へ帰るので、その前に是非川崎大師を見物したいと言いだし、友人達の忠告も聞き入れず、マーシャルとクラークに案内されて、東海道へ出たのである。

道路は狭かった。行列の先駆の者は、砂塵を浴びたような気がした。あっと思ったが、衝突はせずに、彼等はわずかに行列の右側へ馬を乗り入れて、久光の乗駕近く十数間の所まで来た。従士たちは「こらッ」とか「帰れ、帰れ」とか、大声で叫んだ。が、リチャードソンらは引きかえそうとも、下馬しようともしなかった。もうその辺りは行列は本行列だったから、道路一杯になっていた。自然、馬の鼻先が行列を阻んだ形になった。すると乗駕の右方後部に随っていた供頭の奈良原喜左衛門が、いきなり行列の中から飛びだして、近習役の側を走りぬけ、中小姓の列の前まで来ると、「無礼者」といって、先頭のリチャードソンの左の肩下の肋骨から腹部へかけて斜めに右へ斬りつけた。場所は生麦村内字本宮、村田屋勘左衛門前だと、あとで届けられた。

リチャードソンは咄嗟に創口を左手でおさえ、右手で手綱をもって、もと来た方角へ逃げだした。一町戻った時、鉄砲組の久木村利久がまた斬りつけた。創溝は奈良原の時と同じ場所だった。

これを見て従士たちは他の三人に迫った。マーシャルとクラークは背と腕にそれぞれ一創ずつ受けて、神奈川本覚寺の米国領事館まで逃れた。ボロデールは女であったから僅かに事なきを得たが、横浜居留地まで逃れて、心神喪失の状態からはじめて我にかえって見ると、帽子の先と、頭髪の一部と、頭装りの金具が傷ついていた。

この騒ぎのため、行列は動揺したが、近習番の松方助左衛門が「各々方、お駕籠を離れめさるな」と叫んだので、駕籠脇の従士たちは踏み止った。久光は駕籠の垂れを上げて、既に大小の柄袋をはらっていた。

リチャードソンは重傷を忍んで、鮮血淋漓、腸をはみ出しながら十町駈り、通称並木、又は松原という所で、落馬した。海江田信義が駈けよって、止めを刺した。

久光は椿事の鎮まった報を小松帯刀から受けると、黙って刀の柄袋を被せた。行列は神奈川の小憩を取り止めて、保土ケ谷へ直行した。

神奈川の小憩はその日の予定の中にあった。が、その予定を変更したのは、大久保、小松たち薩藩の重役が、万一の場合を慮ったからである。万一の場合というのは、外国兵との衝突である。

果して、椿事をボロデールの口からきいた英国神奈川領事カピテン・ヴイスは代理公使ジョン・ニールに無断で、公使館の衛兵を率いて生麦村へ駈けつけた。それと知ったニールは衛兵隊長アプリン中尉に後を追わせて、引き戻しを命じた。ところが、アプリン中尉は途中でヴイスの一隊に追いつくと、そのままヴイスに言いまかされて、自分もその行に加わってしまった。仏国の衛兵も途中から合流した。

この一行が、神奈川へ来た時、神奈川奉行は関門を閉鎖して、通そうとしなかった。折柄、薩藩の行列の最後尾はまだその間近かを通っていたのである。それ故、もし関門を閉めなかったか、あるいは薩藩の行列が神奈川で休憩していたとすれば、衝突は免れなかったところである。関門がひらかれたのは、行列が遠く去ってしまってからである。ヴイスの一行は、行列を追わず生麦村へ急行した。そして、リチャードソンの死体を担架にのせて、神奈川から海路で横浜へ送った。

その夜の島津久光の泊りは保土ケ谷であった。椿事の直接の責任者である奈良原喜左衛門、海江田信義たちは居留民の来襲を予想して、むしろ進んで居留地襲撃の挙に出ようと主張した。

幕府が優柔不断の外交措置に出て、攘夷のことを行おうとしないのならば、まず我我がその事始めを行おうというのであった。が、大久保一蔵すなわち後ちの利通は、これを鎮撫した。

同じ頃、居留地でも、保土ケ谷襲撃の計画を議《はか》っていた。

当時、横浜には英・仏・蘭の軍艦六隻が碇泊していたが、丁度その夜、英国軍艦ユーリアルス、リンドーヴの二隻がクーパー提督に率いられて横浜に入港した。それらの軍艦から多数の武装水兵が上陸して、英国領事館に当てられていた本覚寺をはじめ居留地の警戒に当った。

夜の十時には、居留民大会が開かれた。議長は英領事のヴイス、彼はまっさきに保土ケ谷襲撃を主張した。島津久光を奪おうというのである。仏国公使ベルクールは賛成したが、代理公使のニールは自重説をとなえた。横浜在泊の海軍力をもってしては、日本と戦端を開いた場合、居留民保護に不充分だというその説には、クーパーも賛成だった。それで、保土ケ谷襲撃は取り止めになった。ニールは早速、幕府との樽俎《そんそ》折衝を開始することにし、その夜は平静に明けた。

この事件の勃発を、友厚がいつどこで知ったかは、明らかでない。

上海より帰った友厚は、伝によれば八月十三日、藩命を帯びて東上の途中、東海道金谷駅に泊っている。藩命の内容は不明だ。たまたま長州藩士の桂小五郎が同地に宿し、友厚をその旅館に訪れ、勅使大原重徳及び島津久光の江戸出発の時日を質した。桂と友厚とは、恐らく長崎で面識があったのであろう。また江戸出発の日を質したのは、思うにこうだ。

久光は勅使を護送して江戸にいたり、将軍家茂に謁して、公武合体の周旋を行い、任終って帰洛しようとしていた。ところが、久光が江戸に下っている間に、従来公武合体論を主張していた長藩は、突然攘夷破約論に傾いて、長藩世子毛利元徳は、更に此の主張に基いた勅諚を拝して、これを幕府に授けるため、京都を出発して、この時東海道掛川宿に在った。ところが、この勅諚の中にある伏見寺田屋事件の志士の赦免は久光の択ぶ筈のない一条であった。何故なら、伏見寺田屋事件は久光が反対して、家臣に命じてこれを鎮撫したものであったからだ。そこで、桂は勅諚を幕府に授ける前に久光の諒解を求める必要があると思い、元徳に先立ちて江戸に赴き、薩藩の重臣に会うべく、この日掛川駅を出発して金谷駅に著き、元徳が江戸で大原重徳及び久光に会見する時日の余裕があるかを確めるため、友厚に久光の江戸出発の日を質したのである。

ところが、友厚は、その時日を知らなかった。そこで、桂と同行して江戸に行き、大久保一蔵に会わそうとして、ともに金谷駅を発して、岡部・鞠子の中程に来た時、たまたま薩藩の急使が来て、久光は二十一日（伝に二十六日とあるのは誤り。因みに伝は生麦事件を八月二十六日としているが、無論これも誤り）に江戸を出発する由を伝えた。そこで、桂ははじめて元徳が江戸で、久光に会える時日があることを知って、愁眉をひらいたと、伝は述べているが、それ以上の友厚の行動については一切述べていない。

そこで、調べてみると、桂は十六日に江戸に入って、大久保らと会うている。勿論、友厚も同道で江戸に入り、桂・大久保間を斡旋したと想像されるから、友厚の江戸入りは十六日である。そして、五日の後ち二十一日には久光は江戸を発っている。してみれば、あるいは友厚は久光の行列の中にはいって帰国の途についたのではなかろうか。それとも、江戸に止っていたか、肝腎の友厚の上京の目的が不明だから、いずれとも分らないが、しかし、長崎詰船奉行副役（これが友厚の職であった）が、いつまでも江戸に用事があろうとも思えぬ。やはり、久光の行列と共に帰国したと見るべきだろう。因みに、友厚が尽力したと思われる桂・大久保間の斡旋はたいして効果はなかった。薩長間の感情の疎隔は遂にいかんともすることが出来なかったのである。そして、この状勢は暫らく続いた。

ともあれ、友厚はリチャードソンが殺された事件を知った。あのリチャードソンが殺されたのか、という感慨だけでは済まなかったろう。彼はこの事件が国際間の大問題となることを直ちに察し、それを憂慮したに違いない。そして、薩英間を平和裡に解決せしめようとして、奔走したことはたしかであろう。長崎には英人の知己が多い。彼はそれらを説いてまわって、英吉利側の無法な要求を撤廃させようと努力したことと想像される。しかし、一切の詳しい行動は不明だ。彼の行動がはっきり泛び上って来るのは、翌文久三年の六月、英国軍艦が生麦事件の武力解決のために、鹿児島へ赴くということを、長崎で知った時のことである。

これより先、英国代理公使のジョン・ニールは、まず幕府にリチャードソンを殺害した者の引き渡しを要求した。幕府は薩藩にそれを命じた。ところが、薩藩では、「大名行列を犯す者を討果すのは我が国風であって、非は全く彼にある。下手人差出の命には応じ難い。故にもし英艦が鹿児島に来航するならば、国威を失墜せざるよう応接するであろう」と幕府の干渉を突っ離した。薩藩としては、眼中幕府なく、英吉利なき堂堂たる態度であった。

そのうちに、英本国政府からニールの元へ訓令が届いた。ニールはその訓令にもとづいて、幕府へ十万ポンドの賠償金支払いを要求した。なお、薩藩に対する要求をも一応幕府に通達するとて「幕府は薩州藩内の犯人を逮捕すること能わずというから、英国は別に直接薩州藩と交渉するであろう。即ち、艦隊を鹿児島に派して、犯人の逮捕処刑と償金二万五千ポンドの支払いとを要求し、もし、薩州藩がこれを拒めば、艦隊司令官は適当なる処置をとるであろう」と言った。文久三年二月十九日のことである。

当時、既に将軍家茂は上洛の途にあった。即ち、二月十三日江戸を発して、三月四日入洛した。将軍後見職一橋慶喜はそれ以前に入洛していた。政事総裁職の松平慶永も然り。なお、老中水野忠精、板倉勝清らも将軍に従って入洛した。つまりは、幕府首脳部は挙げて京都に在った。留守役の井上・松平両老中の一存では大事は決しがたい。自然、賠償金問題は京都において協議された。

ところが、当時の京都はさながら攘夷論の一色で塗りつぶされていた。対英妥協なぞ問題にならない。それに、将軍は朝廷に対し奉り、攘夷期限を奏聞し、攘夷実行を誓約し奉っている。とてものことに賠償金支払いなぞ思いも寄らなかった。といって、支払い拒絶は対英交渉談判決裂すなわち対英決戦を意味する。既にクーパーの率いる東洋艦隊十一隻は横浜に入港し、うち一隻は品川港へ廻されている。江戸・横浜の人心は動揺し、物情は騒然としている。幕府には対英決戦の意志はなかった。策もない。僅かに回答遷延の姑息手段でお茶をにごしていた。

英・仏両公使はこの幕府の態度を見て、幕府が償金支払いを逡巡するのは、尊攘派雄藩の勢力に牽制されているためであると看破し、その対策として、英仏両国は連合して幕府を援助し、攘夷を唱えている雄藩を圧えるために努力しようと提案した。さすがに、幕府はこの外国の内政干渉は拒絶し、将軍は独力を以て大名との疎隔の解決に努めるであろうと言った。当然のこととは言え、内外の難問題に身動きのとれなくなっていた幕府が、外国に内政干渉の機を与えなかったのはさすがである。因みに、露国からは「加勢するから、英国を打払うべし」といって来たが、その肚がどこにあるか判っていた故、無論断った。

回答遷延策をとっていた幕府も、このように内政に干渉して来る英国の態度を見ると、このまま日を費せば、やがては不測の災禍を招来するだろうと惧れた。京都に在った小笠原図書頭は慶喜と黙契を結んで、東帰した。ところが、慶喜は急にその後を追うた。で、慶喜はさすがに公然償金を支払って、世論の攻撃を受けることを惧れたのであろう。

償金のことは彼の帰府を俟って決するように命じた。しかし小笠原図書頭は独断で償金を払ってしまった。彼としては、東帰した時からの予定の行動であったろう。慶喜との黙契もそれであったかも知れない。支払いは五月九日、攘夷期限は十日、一日違いの早業であった。

しかし、この一日違いは弁解にならなかった。なるほど、償金を支払ったのは、攘夷期限の前である。が、すくなくとも攘夷実行を朝廷に誓約し奉りながら、償金の支払いをするというのは、矛盾撞着も甚しい。幕府有司すら、この報をきいて呆然とした者があったくらいだ。まして、尊攘派は喧喧囂囂として幕府の処置を非難した。とりわけ、小笠原図書頭の一身に悪声が集った。

が、ともあれ、幕府と英吉利との交渉はこれで一段落ついた。問題は、薩州藩と英吉利との間に残った。ニールは六月十九日、書翰を幕府に送り、かねて通達してあったように、英国は薩州藩と直接交渉を行う、すなわち三日以内に英艦は鹿児島へ赴くであろう、と告げた。無論、幕府は一応これを阻止しようとした。

一応といったのは、奇怪なことに有司の一部には、薩英戦わば、大いに薩藩の勢力を削ぎ、延いては幕府は利するところがあろうという迂論を唱える者があったからである。思うに、薩藩は反幕派中の雄藩であり、この勢力を削ぐことは彼等の思う壺だったからであろう。それ故、ニールをそそのかすというところまでは行かなかったにしろ、積極的に英艦の鹿児島回航を阻止しようという熱意は見せず、殆んど拱手傍観していた。

英艦七隻が六月二十二日横浜を解纜して、鹿児島へ向ったという噂を、長崎で聴いた時、友厚が洞察したのは、この幕府の一部有司の肚の中だった。いや友厚は英艦を回航せしめたのは、彼等の薩藩に対する陰謀だとすら考えた。

友厚は薩藩がこの幕府の陰謀に乗ぜられて、兵力を損ずるようなことがあっては一大事だと思った。勿論友厚は攘夷のやむべからざるを知らなかったわけではない。が、友厚は攘夷実行の前に、まず備うべきを痛感していた。持論というべきであろう。薩藩の兵力はやがて行うべき攘夷討幕のために、その一兵に至るまでも必要である。その一兵をも、今幕府の陰謀に乗せられて、失ってはならないと、彼は考えたのだ。

彼の考えている攘夷とは、単に外国人を殺すことではなかった。即ち、国力を富まし、兵を強くすることが、攘夷の意に適うものであると考えていた。当時、総力戦という言葉はまだ使われていなかったが、つまりは彼の考えている攘夷とは、総力戦のことであった。言いかえれば、彼は文字通りの攘夷即決論者ではなく、備えてしかる後ちに撃ち払う、備えること即ち撃ち払うことという説を持つ開国即攘夷論者であった。

彼は英艦の力を知っていた。そして薩藩の備え薄きを憂え、薩藩の兵力の徒らに損ずることをよしとしなかった。そこで、彼は松本良順に言った。

「君の顔を見るのも、恐らく今日限りだろうと思う」

良順は天保三年六月十六日生れというから、友厚より三つ年長、即ち当時三十二歳であった。下総国佐倉藩医佐藤泰然の次男として生れ、若くして幕医松本良甫の養子となった。ところが、彼が松本家の養子となるについて、面倒な問題が起った。嘉永二年三月幕府は漢方医多紀元堅の上申を容れて、突然幕府医官の蘭法兼修を禁じた。良順はいくらか蘭法はできたらしいが、漢法は不得手であった。そこで彼は俄修業で漢法を習い、多紀元堅を頭取とする医学館で試験を受け、及第してやっと松本家の養子となることが出来たのである。

良順の志は、しかし、蘭法にあった。そこで彼は蘭学者坪井信良の塾に通った。早暁家を出て二里の道を塾へ通い、再び二里の道を帰って来ると、午前十時、それから松本家の調薬を行い、午後は代診に奔走、夜に入って漸く自由の時間を得て、蘭書を読むのだが、「訳鍵《やくけん》」と名づける和蘭辞書を読むだけで、学業遅遅として進まず、おまけに洋方の取得は全く不可能だった。ところが、安政二年幕府は長崎に海軍伝習所を開いた。その教官の中にポンペという蘭医がいた。良順はこれに就いて学ぼうと思い、幕府にその旨請うた。そして、安政四年に良順は堀田備中守の計らいで、海軍伝習を名として長崎に赴くことを許され、心ゆくまでポンペに学んだ。万延元年に彼はポンペと共に幕府に薦めて、長崎小島郷に病院を設立した。養生所と称《い》い、わが国最初の公立病院である。更に文久元年には、その接属地に医学所を設けて、その頭取となった。長崎医科大学の濫觴である。

してみれば、良順と友厚との交友は、伝習生時代に結ばれたのであろう。

「何故だ？」

良順が驚いてきくと、友厚は答えた。

「英艦が鹿児島へ向って出発したのは、君も知ってるだろうが、恐らく彼等は石炭の積込みに長崎《ここ》へ寄港するに違いない。で、僕は……」

「ニールに会うとでも言うのか？」

「そうだ。僕はニールに独断で一万ポンドを払うて、横浜へ帰らせる決心だ。彼等は金さえやればそれで良いのだ。なに、一万ポンドに値切っても負けるだろう。鹿児島を兵火より救う道はこれあるのみだ」

「そりゃそうだろうが、君は……？」

「無論、僭越の罪は負う。ニールが横浜へ帰ったのを見届ければ、僕は腹を切る。僕一人死ねば済むことだからね」

松本は唸った。

「それで、ニールは承知するだろうか？」

「しなければ、ニールを殺す」

矢張り、友厚は薩摩の武士であった。やろうとすることの形式は、小笠原図書頭と同じだったが、肚は違っていた。小笠原は幕府を背負い、そして生き、友厚は日本全体を背負い、そして死のうとする。何年か、何十年かのちには、日本は英国を斃す力を備えるだろう、その時の為に今死のうとするのだ、という友厚の肚は良順には直ぐわかったが、その余りの大胆さに、暫らくは口が利けなかった。ひとつには、是非ニールを説いて、横浜へ帰航させて見せるという友厚の自信の強さに、驚いたのであろう。

友厚は平素人に語って「凡そ成功の岐るる所は僅かに一歩の差である。一歩先んじて進む者は成功し、後るる者は不遇を嘆《かこ》つ。故に人は常に機を見るに敏なることを要する」と言うている。

恐らく実感であったろう。何故なら、その時、既に彼は一歩の差を痛感した筈だ。即ち、英艦は友厚の予想に反して、長崎へ寄港しなかったのだ。鹿児島へ直航したと知って、思わず「失敗《しま》った」と呟いたに違いない。十中八九兵火は避け難い。鹿児島を兵火から救い、延いては虎視眈眈たる諸外国の野望から日本を守ろうとする友厚の計画は、一歩の差をもって挫折したのである。

友厚は馬に鞭打って鹿児島へ急行した。が、情勢は既に開戦と決しまた如何ともすることは出来なかった。

この時、英艦が長崎へ寄港しなかったことは、思えば彼の運命を左右した。もし寄港していたとすれば、恐らく彼は死んだであろう。けれど、天はまだ彼を殺さなかった。後年、人は彼を目して才の人と言い、智の人と言い、また力の人と言った。なるほど、それに違いない。しかし、実を言えば、それは当らない。彼はただ、その才と智と力とを悉く挙げて国家に献じた人であると言ってはじめて当るのである。天がその時、殺さなかったのは、このことを命じたのである。いいかえれば、彼はその時英艦を長崎からは追い払うことは出来なかったが、他日わが国が東亜からそれを追い払う素地をつくる為めに、天からその生を命じられたのであったといっては言い過ぎだろうか。

が、いずれにしても、鹿児島へ帰った彼には、ひそかに期する所があった筈だ。単に狼狽して帰ったと見るほど、策の無い人物ではなかった。

二

クーパー提督が旗艦ユーリアルス号以下、パール、パーシュース、アーガス、コケット、ハヴォック、レースホースの七隻を率いて鹿児島湾口山川沖に現れたのは、六月の二十七日であった。横浜を解纜して五日夕刻には七ツ島附近に到着して、その夜はそこに仮泊した。七ツ島は城下を距ること僅か三里の海上にあった。

薩州藩では既に斉彬時代から沿岸の要所に砲台を築き、防禦施設を整えていた。水軍隊も組織され、驚くべきは小規模ながら敷設水雷の製作も行われていた。

殊に、生麦事件勃発以後は、早晩英艦の鹿児島来襲を予想し、外夷屠らずんば止まずの意気をさかんにし、愈々武備を厳重にしていた。砲台の増築、備砲の強化、弾薬の製造、兵糧の貯蔵、遠見番所、狼火台の設置等がさかんに行われ、英艦を対象とした模擬戦もしばしば行われた。

それ故、英艦が見えるや、直ちに山川砲台の狼火台からは狼火《のろし》があがり、城下まで十三里の道を早馬が飛んだ。やがて、岩崎越の胡摩所の鐘が打ち鳴され、警報は八方に伝えられて、各砲台の士はもとより、城下の士はすぐさま部署に就いた。

緊張のうちに夜が明けた。六月二十八日である。朝、英艦隊は七ツ島附近を出発して、水深を測量しながら北航し、城下近く前ノ浜の前面に単縦列の陣形を整えて、投錨した。

軍役奉行折田平八、軍賦役伊知地正治、庭方重野厚之丞及び造士館助教今藤新左衛門が使となって、旗艦にいたり、ニールに来航の趣旨を問うた。

通訳は横浜から旗艦に便乗して来た英国公使館員のユースデン、シーボルト、サトー等。ここにシーボルトとはれいの島津重豪と関係のあったシーボルトの長男のアレキサンダー・シーボルトで、当時十八歳であった。ニールは使者に面会して、英国の要求書を手交し、二十四時間以内の回答を求めた。

要求書の内容は、簡単にいうと、生麦事件の下手人を差出し、これを英国将校の前で死刑に処すること、二万五千ポンドの償金を支払うこと。この二つであった。

無論、薩藩がこれに応ずる筈がない。薩藩の回答は、書面の往復では是非曲直の談判に不便である。ニール、クーパー等の代表者の上陸を求むというものであった。他国人応接公館もあること故とつけ加えた。だが、そこに待っているものが何であるか、ニールらは考えて、生麦街道の二の舞を踏むことを惧れ、同意しなかった。

そこで、薩藩では翌日の二十九日、更に新しい計画を樹てた。生麦事件の責任者である奈良原・海江田等を中心に決死隊を組織して英艦隊へ斬り込みを掛け、七隻の艦を奪い、ニール、クーパー以下の将卒を斬り殺そうというのである。これに応ずる者八十一名、身を野菜売りにやつして八艘の小舟に分乗し、一艘は薩藩の回答書を携えて旗艦に至り、他は西瓜・雞・雞卵を積みこんで、野菜売り込みと見せかけて、それぞれ他艦に漕ぎ寄せ、弁天台場からの砲声を合図に一斉に斬り込もうと計画したのだ。ところが、いざ漕ぎ寄せて行くと、英艦ではそのただならぬ気合いに不審を抱いて、急に警戒を厳重にし、縄梯子をすっかり引き揚げたばかりか、銃剣や拳銃を突きつけるというありさまで、斬り込む隙はなかった。使者と伴った一艘《いっわ》の勇士たちは旗艦へ入ることを許されたが、ここでも無論武装水兵の監視は厳重を極めた。号砲は遂に鳴らず、決死隊は涙をのんで空しく引き揚げた。

クーパーはこれを見て、恐らく戦闘準備のための偵察に来たのにちがいあるまいと考えて、作戦上艦の位置を変更する必要があると、直ちに北航して、桜島の小池沖に艦隊を移した。薩藩の各砲台もこれに対応して、それぞれ戦闘準備を完了した。で、夕刻、薩藩の最後の通牒ともいうべき回答書が、ニールのもとへ届けられた。翻訳に時間を要したので、ニールがそれを読んだのは、翌日の三十日だった。

回答書の内容はこうだ。生麦事件の下手人は行方不明ゆえ、差出すわけにはいかない、また、賠償金については、もともと幕府が諸外国と条約を締結するに当って、外国人に大名行列を犯すを禁止する条項を掲げなかったのは幕府の重大な過誤である。故に他日幕府及び薩藩の重役が、共に英国側と相会して、事件の理非曲直を論判した後に、諾否を決するであろう云々。まず、ニールの要求を全的に拒絶したものであった。

明くれば七月二日、朝来、東風が強く、浪高かった。ニールはいよいよ外交交渉を放擲する肚を決め、クーパー提督にさきに前ノ浜沖に投錨した時、たまたま重富沖に発見した薩州藩船青鷹丸、白鳳丸及び天祐丸の三艘の捕獲を命じた。そこでクーパーはパール艦長ポーレースにこれを命じた。ポーレースはパール号以下五隻を率いて重富沖にいたり、二日未明三汽船を抑留して、再び小池沖へ帰航した。

これを見て、薩藩全体の怒髪は天をついた。昨夜来の強風はにわかに颱風の状を呈し、烈風豪雨吹きすさび、怒濤狂瀾した。まさに神風である。正午頃、伝令は飛び、天保山砲台の臼砲から放った砲声に続いて、各砲台は一斉に火蓋を切った。

英国艦隊の狼狽ぶりは、醜態極まった。旗艦ユーリアルスの如きは、さきに横浜で幕府より受け取った十一万ポンドの賠償金を、所もあろうに弾薬庫の前に格納していたので、弾薬をひきだして応戦するのに二時間も空費するという笑止な有様であった。また、パーシュース号は桜島袴越の砲台が樹木にかくれているのを、それと知らずにその前面に碇泊していたので、第一弾で上甲板を貫かれ、倉皇として錨を抜く余裕もなく僅かに錨鎖を切断して難を避け、錨を薩藩の手に奪われ、英国海軍史上拭うべからざる恥辱を蒙った。海軍にとって錨を奪われるのは、陸軍の軍旗を奪われるのにひとしいのである。

周章狼狽の挙句、英国艦隊は漸く戦闘準備を整え、単縦陣を作って、北方に進みながら、先ず祇園洲砲台より新波塘、天波塘、大門口にいたる各砲台に向って砲撃した。この時英艦ははじめてアームストロング砲を実戦に使用し、砲弾はまるいものと思っていた薩藩の士は、その異様な形や、その破壊力の凄さに驚いたが、しかし、英艦は怒濤に翻弄されて、照準定らず、命中率を著しく減じた。これに反して、砲台の守兵はあらかじめ操練を積んでいたので、旧式の砲を使用しながら、着着命中弾を浴びせかけた。ことに、旗艦ユーリアルスが祇園洲砲台の標的内にはいって来た時、同砲台はここぞとばかり猛射を浴びせて、一弾はユーリアルス号の艦橋に命中し、クーパーの傍で指揮をとっていた艦長ジョスリング大佐、副長ウイルモット少佐以下十名が斃れ、負傷者二十一人を出した。なお、他の艦もそれぞれ命中弾を蒙って、全艦の負傷者六十三名に及んだ。しかし、各砲台もかなり傷つき、祇園洲砲台のごときは、レースホース号がその眼前で棒杭にかかって進退の自由を失っている好機を前にしても、遂に一つの砲も発砲することは出来なかった。磯の集成館も焼かれ、また一弾は築地町の硫黄蔵に命中して火を発し、折柄の烈風に煽られて、終夜燃え続けて上町の大半を焼失した。夜に入り英艦は坐礁したレースホース号を助けつつ桜島の島かげの小池沖に退いて、投錨した。そうして彼我の砲声は一時歇《や》んだが、風雨はなお歇まなかった。薩藩では英の上陸作戦を予想して、徹宵それに備えた。が、一兵の上陸も行われなかった。

　風雨が歇んだのは、翌三日の正午頃であった。前日の砲戦で怒濤に翻弄されて照準の定まらなかった英艦にとっては、風雨の鎮まったのは、絶好の機会であった。が、彼は既に闘志を失っていたのか、午後より少しく交戦した後、南下して谷山郷七ッ島沖に仮泊し、艦体の応急修理を行い、翌四日更に山川港に退き、そうして横浜に向って退却した。薩藩では英艦の再度来襲に備えて、砲台、備砲の修築強化に忙殺されたが、英艦は遂に現れなかった。

横浜に入港した英艦は弔旗を垂れていた。江戸の薩州藩邸では、英艦が横浜へ帰航したと聴いて、国許の安否を気遣い、留守居家老岩下方平以下の五名は横浜に出掛けて、上陸中の英国士官に面会を求め、砲戦の詳情を聴取した。英国士官は頗《すこぶ》る正直に、「鹿児島に於ける戦将に酣《たけなわ》なるや、意外にも、背後の島蔭より滅多矢鱈に乱射をうけ、為めに将校も斃れ、志気甚だ阻喪した。弾雨を他に避けようとしたが、薩藩の十字砲火威力猛く、錨を巻く余裕なく、殊に風暴れ、波高く、艦の操縦も思わしからず、弾丸硝薬も窮乏したので、遂に止むなく一艦の如きは錨を切断して引揚げた。我が軍艦の一艘は破損其極に達していたが、漸く修理を施して伴った。右の次第で、鹿児島砲撃は全然失敗だった。本国に対しても申訳ない話だが、但し、鹿児島市街は、二日に渡って猛火炎炎として揚っていたから、可成りの損害は、彼にも与えたと思う。しかし、結局勝利は、何方《どちら》かと云えば薩藩側にあるだろう」と語った。

英国士官は敗戦を自覚していたのである。彼は薩藩の損害については詳細に知らなかったが、もし、薩藩の死傷者がわずかに二十三名に過ぎなかったと知ったら、一層敗戦の想いを強くしたところであろう。英艦の死傷者はさきにも述べたように六十三名である。即ち、薩藩のほぼ三倍に当る。

してみれば、当然英艦は復讐戦に出なければならぬところである。士官たちはしきりにニールに迫った。ニールとしても、鹿児島来襲の企図が全然失敗だったから、あくまでそれを貫徹するためには、精鋭を率いて再度の決戦に出なければ済まぬところであった。ところが、ニールはそれをしようとしなかった。何故だろうか。

いや、それよりも、江戸藩邸から鹿児島へ派遣された使者の口上から、右の英国士官の告白を聴いた時、薩藩の家老川上但馬は、「そうか、英国側では敗戦と自認しているか。いや、実はあと一日戦いが続けば、寔《まこと》に由由しい一大事となるところであったが……」と言ったというが、何故英艦はその時あと一日の戦いに出ようとしなかったか。何故防備手薄の地点から上陸作戦を行おうとしなかったか。

薩藩の実力と攘夷熱の侮るべからざるに惧れを成したことが、その最も大きな原因であった。就中《なかんずく》、ニール、クーパーに於てそれが甚しかった。ありていに言えば、ニール、クーパーは笑止にも薩藩の実力を過大評価したのである。薩藩敵し難しと早合点したのである。そうして、彼等をしてそう思わせるのに与《あずか》って最も力があったのは、薩藩の砲台といおうよりはむしろ、一人の人物の弁舌力であった。一人の人物、それは今までわざとどこかに隠して置いた(いや、むしろ彼自身が進んで隠れたのだ)友厚にほかならない。

友厚の隠れ場所は、もう言っても良かろう。即ち、彼はいつの間にか敵旗艦ユーリアルスの一室に潜んでいたのである。

開戦直前、英艦が薩藩の汽船、青鷹・白鳳・天祐を抑留したことについては、さきに述べた。友厚は寺島宗則、本多彦次郎らと共に、それぞれの汽船を指揮していた。そうして、英艦の不法抑留の際、本多彦次郎は憤死したが、友厚は寺島と共に深く決するところがあり、自ら進んでユーリアルスに移された。友厚、寺島の両人は思想的にも全く共鳴し合っていたし、進んで敵艦に赴いて、何かを図ろうとするかという点については、お互い暗黙の裡に了解し合うところがあったに相違ない。

案の定、ニール、クーパーは両人に甲板上の散歩を許すなど、鄭重に扱って置いてから、両人を艦長室に呼んで、薩藩の実力について質問した。友厚は彼等に上陸作戦の計画があることを敏感に悟って、質問を受けたことこそわが思う壺だと喜びながら、次のように答えた。

「古来日本の士風は死を観《み》ること猶お帰するが如きものがある。殊にわが薩藩は武を以て天下に鳴り、況《いわ》んや、今日国家の大事に臨み、陸上十万の精鋭は一人として生を欲する者なく、しかも陸戦は特に得意とする所故、貴国水兵の上陸を決死奮戦の意気込みを以て待ち構えている」

これを聴いて、ニール、クーパーは途端に上陸作戦を思い止ったのである。十万と聴いては、本国から援兵を求めても、到底敵し難いと思ったのだ。なお、砲台備砲の数を問うと、友厚はこれについても、ニール、クーパーの心胆を寒からしめるような放言をなした。寺島が内心友厚の法螺の吹き方に呆れながらも、それに口を合わせたのは勿論であろう。

こうして、ニール、クーパーはまんまと友厚の謀略に掛って、にわかに薩藩の実力を過大評価し、戦意とみに衰えて、戦い半ばにして鹿児島湾を退去し、再度の来襲をも敢行しなかったのである。鹿児島を救おうという長崎以来の友厚の念願ははじめて達せられたわけである。が、その身は依然英艦の内にあり、また彼の図ったことは、なんとしても薩藩の誤解を免れ難い。友厚、寺島らの前途は、覚悟の上とはいいながら、極めて危いものがあった。

三

ニール、クーパーは友厚、寺島の二人を人質にする積りらしかった。が、友厚は人質にされて、生麦事件の交渉に利用されるよりは、寧《むし》ろ死を選んだ。既に鹿児島を救おうと決心した時から、捨てて掛っている命である。なんの未練もなかった。が、ここでも天は友厚を未だ殺さなかった。

英艦が横浜に入港した時、たまたま来艦した英国領事ガオールが幸い友厚らと面識があった。そして、彼は友厚がおめおめ生きて人質にされるような人間でないことを知っていた。自害されてはことが面倒になると、ガオールはニールを説いた。ガオールの言は容れられて、友厚らは無条件に釈放されることになった。

友厚、寺島の二人は短艇で神奈川へ送り届けられた。通辞の清水卯三郎が同乗した。清水は自ら進んで、二人の世話を引き受けたのだった。彼は友厚らを案内して江戸に入り、懇意にしている日本橋附近のはこべ塩歯磨粉屋へ二人を宿泊させた。人眼を避けるためだ。

友厚らは思いがけぬ誤解を受けていたのである。即ち、友厚らは幕吏からは英艦に乗じて密航を図ったという嫌疑を受けていた。また、薩藩では、おめおめと捕虜になったばかりか、自らの助命を図るために、薩藩の国情を敵に告げたという風に言い触らす者があった。

暫らくはこべ塩歯磨粉屋に潜んでいるうちに、幕吏の探索が迫り、江戸に居ることが危険になって来た。たまたま友厚は、長崎で別れて以来の松本良順の消息を耳にした。松本は緒方洪庵のあとをうけて、西洋医学所の頭取に任命されたので、江戸に来ていたのだった。友厚らは松本に頼った。松本は武州幡羅郡熊谷在奈良村の豪農、吉田六左衛門に、友厚らを託した。

六左衛門は任俠の人であった。彼は自家の近傍に一家を借受け、そこに友厚寺島の両人を隠した。

文久三年は慌しく暮れて行った。まことに文久三年という年は、攘夷に明け攘夷に暮れた年であった。が、一面、攘夷のにわかに行われ難いことが暁《さと》られたのもこの年であった。ことに薩藩では外国の武器の侮るべからざることを身を以て体験し、採長補短の緊要を痛切に感じた。薩英戦争後四ヵ月経った十一月の一日、生麦事件に関する薩英の談判は妥結された。

この噂が武州熊谷在に潜む友厚らの耳にはいると、友厚はもうじっとしていられなかった。彼は自分に対する藩論の緩和を確信した。自分の先見の明がすくなくとも藩の首脳者達には了解されたであろうと、思った。

明くれば元治元年、友厚三十歳、まだ松ノ内の飾りがとれぬうちに、彼は武州の隠れ家を出た。寺島は時期尚早と見て、なお武州に止ることにした。友厚は松本良順の僕川路要蔵と変名して、東海道を経て、長崎にいたり、旧知の酒井三蔵の家にひとまず潜んだ。

一日、同藩の御小姓役川村純義が面会を求めて来た。川村純義はかつて友厚と共に長崎海軍伝習所へ留学した人である。友厚は薩英戦争の際の自己の行動の真相を、はじめて打ち明けた。そうして、藩の施設に関し、自己の見解を披瀝した。川村は言った。

「実は僕は君を捕縛に来たのだが、御説を聴いて釈然とした。君の意のある所は、藩公に伝えよう。今後は憚る所なく市中を闊歩してもよいだろう。久し振りの長崎へ来て、蟄居は辛かろうからね、あははは」

と言った。野村宗七も来た。そして辞するや、藩の主脳者たちに友厚の冤罪を説明した。

友厚の冤が始めて晴れたのは、その年の四月であった。同時に寺島も許されたことは言うまでもなかろう。

第三章

一

鹿児島へ帰った友厚は、いよいよ年来の宿願たる渡欧の準備に着手した。まず、藩公を説き伏せる必要があった。が、これには寺島という良き協力者があった。寺島は今は薩藩に抱えられて、友厚と同じ船奉行副役だが、元来が蘭学者で、文久元年には幕府の遣欧使節に福地源一郎、福沢諭吉等と共に通詞・翻訳係として随行しており、海外の情勢に明るい点では友厚の先輩だった。

友厚はこの協力者を得て、藩公に欧州留学生派遣の急務を説いた。この進言は容れられた。薩藩では既に薩英戦争以後、採長補短、開国進取、洋学奨励の気運が強く動いていたからである。

十四名の秀才が留学生として選抜された。友厚、寺島はその監督兼視察という名目で行に加わった。総監督は新納刑部、留学生学頭は町田久成、通弁人は堀孝之、ライル・ホールが世話役として雇われた。

総勢二十人、ライル・ホールを除いていずれも変名した。幕府を憚ったからである。友厚は関研蔵・寺島は出水泉蔵と変名した。なお、一行を長崎より乗船させることも憚かられた。そこで友厚は、ひそかに英商ガラバー所有の香港行汽船を薩摩串木野郷羽島に寄港させ、そこから一同を乗船させて、解纜した。慶応元年（元治二年）三月二十二日のことである。友厚は三十一歳、最年少者は後年の葡萄王長沢鼎（礒永彦助）の十三歳、森有礼は十九歳であった。一行中、友厚及び新納、寺島、堀の四名は視察終了と共に帰国することになっていたから断髪しなかったが、他の連中は留学生として滞在する必要上すべて断髪した。

倫敦《ロンドン》に着いたのは五月二十八日。友厚は留学生をそれぞれ然るべき教師に託した後、マンチェスター、バーミングハムの工業地その他の施設を視察し、薩藩のために木綿紡績機械、騎兵銃、小銃等を購入した。

滞英三月足らずにして、友厚は新納、堀、ホーム、ほかに案内人ジョセフと共に倫敦をあとにして、欧州大陸視察に赴いた。時に八月十四日。寺島、町田は留学生監督のため倫敦に残った。

友厚の一行はまず白耳義《ベルギー》のブラッセルに赴き、そこで商人モンブランに会うた。そうして、我国の急務は殖産工業を振作すると共に、外国貿易を開いて富国強兵の道を講ずるにありという持論に基いて、薩白合弁の貿易商社設立の契約を締結した。

八月二十八日、一行はブラッセルを出発し、伯林《ベルリン》、ロッテルダム等を視察して、九月十三日再び白耳義に戻り、十七日にはブラッセル市郊外の蠟燭製造所を、二十二日にはナミュール近郊の硝子製造所その他の工場を見学して、二十三日には巴里に入り、グランドホテルに投宿した。

巴里《パリ》滞留中、友厚はたまたま万国大博覧会が西紀千八百六十七年即ち慶応三年仏国政府の主催をもって巴里に開かれることを知った。そこで、友厚はモンブランと共に薩藩よりの出品に就て、協議した。

ところが、このことで問題が起った。この博覧会に日本より出品を申出たものは、幕府及び薩藩、佐賀の両藩であったが、友厚は薩藩、佐賀藩を幕府と同格にしようとした。即ち出品人名称を、それぞれ徳川政府、薩摩政府、佐賀政府として、薩摩、佐賀は徳川政府の下に立つものではないと強引に主張したのである。ところが、レオン・ジュリエーという係はかつて日本に渡来してわが国情にかなり通じていたから、出品者が各自徳川政府、薩摩政府、佐賀政府などという名称を用いては、統一に困る、これはあくまで実際の政権者たる徳川政府の名称の下に統一されたいと反駁した。佐賀の交渉役として巴里に行っていた佐野常民は、御尤も至極として、これに同意した。が、友厚はここでは父秀堯譲りの頑固一徹で押し通した。友厚は言った。

「日本は、天皇陛下京都にましまして天下に君臨し給い、徳川も島津も鍋島も陛下の輦下に在る一諸侯に過ぎず、一徳川を以て日本を代表しての出品とすることは、僭越、誤謬も甚しい」

ジュリエーは弱ったが、友厚は頑として枉《ま》げず、遂に友厚の説は通り、薩藩、佐賀藩は徳川と同格で出品出来ることになった。既に幕府は慶応元年巴里に於てその威地におちていたのである。友厚の勤皇思想知るべきである。

友厚の一行はその後巴里附近の電燈工場、陶器工場等を視察し、十一月二日巴里を発して倫敦に帰ったが、十二月二日には堀孝之と共に再び巴里に赴き、滞在四日モンブランと会して更に商社設立の協議を重ねた。商社設立にはしかしなお協議の必要があった。友厚は新納と共に十二月中旬三度巴里に赴いて、モンブランと会うた。

明くれば慶応二年の元旦を、友厚はもう地中海マルタ港で迎えていた。帰国の途中である。一月の二十七日には上海に寄港した。二月九日山川港着、鹿児島に帰ったのは十一日である。友厚は藩公に謁して視察の結果を復命した。藩公はその労を犒《ねぎら》い、友厚を御納戸奉行勝手方御用人席外国掛に任命した。時に三十二歳であった。

七ヵ月にわたる欧州視察で、友厚が得たものを一口に表現し、またはこれを詳記することは不可能である。が、その一端を知るには、滞欧中彼がわが国の富強を図る手段として、藩政府へ郵送を以て建言した十八ヵ条を読むのが最も便利であろう。左にこれを箇条書するが、ここで読者にお願いがある。それはいったいに箇条書や引用文というものは、しばしば読者に敬遠される惧れがある。他の文章を丹念に読む読者も、箇条書や引用文が出て来ると、読み辛いという理由であろうか、面倒くさがって、ちらと眺めただけで飛ばしてしまう。が、次の箇条書だけはなるべくそのようなことをせずにして戴きたい。新人友厚の新知識がこれほど良く圧縮されて現れているものは、ほかにないからである。そうして、友厚の以後の行動はすべてこれより出ているからである。

一、白耳義和親条約の事
一、同国商社建営の事
一、鹿児島中貴賤を不論商社に可関事
一、商社合力にあらざれば鴻業難立事
一、諸大名同志合力の商社を可開事
一、我朝に於て貿易を開く趣向を立る事
一、欧羅巴形勢大略
一、独逸列国に習ひ諸大名会盟する事
一、皇国の全力を以て不尽ば鴻業難立事
一、仏国展観所へ出品の要用なる事
一、木綿紡織機関を商社を以て可開事
一、蚕卵を仏国に送る為め越前と結社すべき事
一、欧羅巴より土質学の達人を相雇ひ御領国普く探究せしむる事

一、印度人、支那人を雇ひ諸耕作を為さしむる事
一、罪人の死罪を免し諸職に労役せしむる事
一、養院を可開事
一、御家老は各件一事を専務とし壱人毎に御委人有之候事
一、諸役員を省き海陸軍を専務すべき事

右の箇条中商社合力とあるのは、勿論今日の会社合資のことで、当時わが国には会社企業などというものは全くなかったが、これでは到底わが国の経済を発展さすことは出来ないと、早くも此処に着目したのはさすがに彼の炯眼と、先覚的見識を語っている。そうして、モンブランと図った薩白合弁会社も無論その一例であるが、「諸大名同志合力の商社を可開事」という一条は、果して何を物語るか。

当時の情勢で、諸大名同志合力の商社を開くとは、反幕諸藩の経済的聯合にほかならない。彼は欧羅巴滞在中、既に雄藩の経済的聯合が行われなければ、維新の鴻業は立て難いことを洞察していたのだ。反幕の雄たる藩は、薩と長である。

果せるかな、彼の帰国の約一ヵ月前、即ち慶応二年正月十四日、京都において小松帯刀・西郷吉之助・桂小五郎が坂本龍馬の奔走によって、薩長同盟に調印した。この同盟は薩長が経済的に有無相通ぜんことを、背景として成り立っている。友厚の構想は早くもその一端が実現されたわけである。

ここに於て、友厚もまたこの薩長聯合のために一働きがなくてはかなわぬところである。その機会は六月幕府が再度の征長兵を出した時に早くも来た。友厚は坂本龍馬と謀って、長崎に於て長藩のために銃器弾薬購入の便宜を与えた。

なお、十月五日には馬関に於て木戸孝允と会し、薩長の経済的聯合をより緊密にさせるため、薩白合弁会社に長藩も加盟してはどうかと勧めた。木戸は直ちに共鳴し、大村藩の渡辺昇もまた長崎に於て友厚と会し、共に薩長両藩の交易を策したが、当時長藩は幕府と事を構え、内外多事の上財政も窮乏していたので、奔走空しく、遂にこのことは実現を見なかった。「私儀も城戸へ対し少少不快の訳にて、始め於馬関面会仕候節は至極同意に申居、此節は異論散散申立候儀困入申候」とは、翌三年正月二十三日に友厚が桂久武に宛てた書翰の一節だ。城戸とは勿論木戸の変名、友厚にとって薩長交易の策が成らなかったのは、余程残念であったに違いない。

更に同書翰について見れば、彼は朝鮮貿易の計画を樹てている。これも物にはならなかったが、しかし、これらのことによって、彼がいかに薩藩の利益を図るために奔走努力していたかが察せられるであろう。

なお、彼は汽船開運丸に米穀を積み込んで、長崎・馬関・兵庫・大阪の各地に回航し、欧州より購入して来た武器、弾薬等の売込みにも従事して、薩藩の利益を図るほか、しばしば諸藩の有志と会して各藩の動静を探聞し、これを藩地に報告した。

当時友厚の交渉した志士は、同藩の同志はもちろん、長州の木戸孝允・高杉晋作・井上聞多・伊藤博文・土佐の坂本龍馬・大村の渡辺昇等で、その先覚的見識といい、その地位といい、とくに長崎を活躍の地としていたことといい、薩の五代として相当志士間に重きを成していたろうことは、よしんばその活躍振りが余り伝わっていないにせよ、容易に想像されるところである。

そうして、特に彼の志士としての活動を特徴づけるものは、彼の活動がつねに反幕勢力の実質的プラスを図ろうとして、しかもそれがかなりに成功していたことであり、就中武器弾薬購入者としての役割はその最も効果的なものであった。

なお、附記すべきは、彼がモンブランとの契約に基いて、欧州より帰国後間もなく長崎戸町村の内小菅に修船場を設置したことで、当時藩の名義では幕府の許可が得られなかったので、山田宗次郎・若松屋善助の名義で許可を受け、貿易商社、小松帯刀、及び仏商ガラバーが出資者となって建設に着手し、明治元年の暮に竣工した。明治新政府はこれに垂涎して、友厚と交渉し、二年三月十一日、十二万弗で買上げた。後ち、三菱商会に払下げられた。

この一事を以てしても、既に友厚は先覚者である。が、これらはほんの序の口に過ぎない。友厚の活動は殆んどすべて明治政府成立以後のことに属する。明治元年には、彼はまだ三十四歳という若さであった。

二

王政復古の大業なるや、明治新政府はまず総裁・議定・参与の三職を置き、神祇・内国・外国・海陸・会計・刑法・制度の七つの事務科を設けた。総裁は皇族が之に任ぜられ、議定は公卿諸侯の俊秀を以て之に任じ、参与は諸藩の人材を登用して之に任じた。友厚はその新知識と才幹を認められて、明治元年正月二十三日参与職を以て外国事務係を仰付けられた。当時の外国事務係は友厚のほかに、後藤象二郎、岩下方平、寺島宗則、町田久成、伊藤博文、井上馨、木戸孝允、小松帯刀の俊才ぞろいである。二月三日、政府は七科を改め、総裁局・神祇事務局・内国事務局・外国事務局・軍防事務局・会計事務局・刑法事務局・制度事務局の八局を置いた。総裁・議定・参与は故の如しであった。この官制改革によって、友厚は二月二十日参与職を以て外国事務局判事を仰付けられた。

こうして友厚という適材は新政府の外交官という適所を得たが、彼は辞令を握った手で早くも難問題の処理に当らねばならなかった。正月十一日の神戸事件がそれである。続いて二月十五日の堺事件が起った。二月三十日には京都で英国公使の襲撃が行われた。

明治新政府は成立早早対外和親を内外に宣言したが、国民の攘夷の熱はさすがに冷めなかった。わずか四十日の間に、神戸、堺、京都と地をかえて起ったこれら三つの事件がその現れである。政府はその処理に苦慮した。当時各国公使は、時に新政府に頼らんとし、時に徳川氏に就かんとし、首鼠両端の態度を持して、嚮背未だ定まらぬ状勢であった。成立なお日浅き時に、これらの外交上の難問題に直面した政府が、その解決に苦心したことは察するに余りがあろう。

友厚はさすがに適材振りを発揮して、事件の処理に当り、一歩も誤らなかった。寝食を忘れての奔走はいうまでもなかろう。当時東久世外国事務総督より、三条、岩倉両副総裁に宛てた書簡に、「先日来、宇和島、小松、五代誠に大周旋」という文字が見えている。なお、伝には堺事件に於ける友厚の周旋に就て、二三の逸話を述べている。が、例によって真偽は疑わしいし、それにこの際とくに伝うるほどのこともないと思う故、省略して、先を急ごう。

この年の閏四月二十一日、政府は第二次の官制改革を行った。即ち、政府は政体御沙汰書を発布して、従来の三職八局を廃し、太政官に議政・行政・神祇・会計・軍務・外国・刑法の七官を置き、同時に地方制度を改定して新たに県を置き、府・藩・県三治の制度を定め、府県に知事、判事を置いて、地方の事務を処理せしめた。従って外国事務局は廃止され、友厚も閏四月二十一日を以て外国事務局判事を免ぜられたが、五月四日には新たに外国官権判事を仰付けられ、陸奥宗光と共に五月一日より設置された大阪川口運上所の事務を管掌することになった。なお、この月二十四日大阪府権判事の兼任を仰付けられた。川口運上所の事務は、従来外国事務局で扱って来た外交事務の一部を移したものであるが、同時にそれは地方事務でもあるから、単に外国官権判事としてこれを管掌するよりは、地方事務官を兼任しつつ管掌した方が事務の円滑を図るのに都合がよいという理由で、大阪府権判事を兼任することになったのであろう。それに、友厚には大阪の開市・開港に関する手腕の発揮という期待が懸けられている。かたがたその兼任は当然のことであった。

大阪の開市・開港は幕末からの宿題であった。大阪は元禄時代既にわが国第一の商業都市であり、ハリスが安政四年十二月四日に提出した日米修好通商条約草案の第三条には、開港場の第一に大阪を挙げ、以来しきりに大阪の開港を幕府に迫ったのも、故なきではなかった。しかも、これは米国のみが要望したのではなく、露国も既に嘉永六年にその要求を示している。安政元年の九月にプーチャーチンが大阪へ来航したのも、その実現を図るためであった。

そこで幕府は文久二年十一月十二日を以て大阪の開市を行うことを約束した。もっともこれは開市ではあったが、開港ではなかった。即ち、外国人は商人のみが大阪に出入し得るというのであった。ところが、国論は大阪の開市に猛烈に反対した。幕府は大阪の開市を慶応三年十二月七日まで延期した。

こうして慶応三年末大阪は開市となったが、それから丁度一月目の明治元年一月七日には徳川慶喜は大阪を発して軍艦に搭じて江戸に奔るという有様で、開市と共にもう幕府は無かったのである。しかも大阪市中はこの騒ぎで混乱を極め、大小の商賈店を閉して取引を中止するという状態であったから、開市は名のみで、その実は無かった。

新政府は開国進取を国是としたから、明治元年五月いよいよ大阪の開港を決定し、外国官副知事（一部書に外国事務総督とあるのは勿論誤り）東久世通禧は五月二十八日附を以て外国公使に、大阪を開港とすべきを通告し、七月十五日に、「大阪地是迄外国人開市相成候処、今度改而開港ト被仰出候事」という太政官布告が発せられた。友厚はこれに先立って、船番所を天保山、川口波止場及び安治川、木津川、尻無川の五ヵ所に設け、荷改、船改の両役を配置して、内外貨物の密輸出入を防遏監視する用意を整え、開港の前日、これに関する布告を大阪三郷市中へ行った。

こうして、大阪の開港は行われたが、かつて大阪城代土屋寅直が、米国が大阪の開港を要求するのは、その賊心の本性を顕わすものであると言ったのを裏書きするように、米国人はじめ外国人はわが国の役人が外国貿易の事情に暗いのに乗じて、盛んに不正行為を行い、不当の利益を占めようとした。

ところが、友厚は決して外国貿易のことに暗い役人ではなかった。いわゆる洋行帰りの新知識である。しかも、彼は洋行帰りにあり勝ちの外国かぶれではなかった。彼は当時の官民がややもすれば、外国人に乗ぜられていたのに反して、あくまで取締を厳にし、忌憚なく非違を糺弾し、不正を断圧した。もともと、友厚は秀堯の子である。こうと信じたことは毫も妥協を許さず、断乎として貫くという性格の激しさを持っていた。それが如何に峻烈なものであったかは、明治元年七月二十三日、当時兵庫県知事であった伊藤博文（俊介）が中島作太郎と連署で、次のような忠告書を友厚に送っていることによっても分る。

一筆拝呈いたし候。然者今般其港御開相成候に付ては、内外商売の不便利不相成様精々尽力、貿易盛大之域に至候様工夫を尽し、勉て偏頗の処置無からしむるは、今日其事を司る官吏の任に有之は今更贅言するに不及候処、近日其開港以来未数日にして、内外商民より種々竊《ひそ》かに申立の筋不少、於事実雖不分明、其処置或は偏頗に出候事も可有之哉に愚考致候に付、及御掛合候間、逐一御取糺、急速御答可有之候。則甚次第は、日本商人の者共我物産を其港より積出し、当港へ積送候上、外国人へ売渡可申之処、悉川口に御差留相成、大阪より出候物産は不残大阪にて売払い、大阪にて不売払者は可致収税と申に付、日本商人より税金御取立も有之候趣に候処、右は全御処置振不相当而已ならず、交易規則にも差支、且商人の不便不一方、開港場の盛衰は自然の熱に依而生ずる者にて、商人等大阪港に於て売買するを便利とすれば大阪にて売らしめ、加奈川に送候上貿易するを便利とすれば送らしめ、政府は唯其間に在て法を守らしめ、奸を禁ずるの律を取り、拒之禁之の処置不可有存候。神戸港に収税多分有るも、政府の益となり、大阪港に多分あるも則然り。小利を謀り大利を失ひ、国民に不便ならしむるは官民の事務とする処に無之乎。克々御熟考御確答御申越可被下候。為其以飛書御掛合如此に御座候。頓首。

二十三日

中島作太郎
伊藤俊介

五代才助殿

相当手きびしい忠告書である。これを読めば、いかにも友厚のやり方のほうが悪かったという風にも考えられるが、しかし、これに対して友厚はその翌日附を以て、

当地の儀は、外国商船碇泊場より相隔候事凡二里余の水路持越候儀、厳重取締不致候ては、抜荷等の患不少候に付、今般特に規則取放候儀にて、一体当地商人共開港筋の儀未不案内に有之候処、規則之一斑を相窺ひ、一時窮屈に存込候者も有之、其港に於て云々申触し候事と存被候。(下略)

と答え、抜荷即ち密輸の患があるから、取締を厳にしているのだと突っ放している。「向後右等の儀に付、御掛合之筋有之候節は、聢《しか》と確証御糺し御申越有之様致度」とも言っている。

同月二十九日には、英国領事から抗議が来た。規則を兵庫のように緩かにしてくれというのだ。友厚は「当港之儀は外国船碇泊場を去る英里凡三四里余、多くの川筋交流して横浜、長崎、神戸等の規則を以て較論し難く、地形に仍て既に定たる規則に異候儀は

勿論之事に候」と、これも一蹴している。

もともと友厚は進歩的な開国論者であり、大阪の開港は大いに彼の意に適っていた。だから、大阪港の繁栄は彼の望んで止まぬところであった。そうして、鋭敏な彼は、もし大阪港の取締を厳にすれば、外国商人は漸次ここを避けて、神戸へ赴くであろうぐらいなことは知っていた。ために、大阪港の貿易は一時衰微を来たすであろうことも、無論見抜いていた。が、彼は外人の不正を許してまで、大阪貿易の繁栄を図ろうとはしなかった。大阪の繁栄は、そのような手段によらずとも、立派に促進させられるという自信があった。だから、彼は断乎として所信を貫いて、わが権益を守ろうとした。この点、彼は漢学者の如く頑固一徹であった。彼は欧州帰りの新人で、外国人の知己も多い。が、さすがに外国かぶれはしていなかったのである。ひとつには、彼は自信家であった。彼は何と忠告され、何と抗議されても、自己の所信を正しいとしたのだ。

こういう友厚の性格は、次に明治元年モンブランが大阪神戸間の電信線架設権を得んと欲し、仏国副領事レックを介して交渉して来た時に、再び強く現れて、わが国を益した。

即ち友厚は、通信に関する機関の設備は、国家自らが施設すべきであって、一部外人にその特殊権益を与えるべきではないとして、この請願を一蹴した。モンブランと友厚はもともと欧州滞在中からの知己である。が、友厚は私情に動かされなかった。翌二年の二月七日、米国領事が京都、大阪及神戸間の鉄道布設権を得ようとして、請願して来た時も、同様友厚は、交通機関は国家自ら施設すべきであって、一部外人にその特殊権益を与うべきではないと、これを一蹴した。

明治元年の彼の活動としてなお伝うべきは、彼が軍艦・銃器弾薬の購入に奔走し、外資借入に努力したことである。

これより先彼は討幕の気運漸く熟すると見るや、藩主に建言して、仏国より多数の銃器、弾薬を購入する契約を結んだ。ところが、その到着に先立って、鳥羽伏見の戦となり、続いて官軍の東征となったので、友厚は政府に対して銃器弾薬の買上方を交渉して採用され、政府と薩藩代表小松帯刀との間に、之に関する契約書を締結した。しかし、当時薩藩は軍事費に多額の支出を要し、藩の財政が漸く窮乏し、和蘭領事に交渉して三十万弗を借入れ、仏国へ支払うべき銃器類の購入に充てる必要にさし迫られた。友厚はその借入方に奔走し、和蘭領事との交渉一切をひきうけて、成功した。なお、彼はガラバ会社より甲鉄軍艦購入にも奔走した。大阪造幣寮の機械購入の斡旋をしたのも、彼だ。

このように友厚の活動は実に多方面にわたっているが、なお明治二年四月には、政府の召命に依って、岩倉具視、伊達宗城、大久保利通と共に東上し、財政の議に与っている。

五月十五日、友厚は突然会計官権判事を仰付けられた。そうして、二十四日神奈川県通商司知事を兼任して、横浜へ転勤を命ぜられた。何故政府が通商司なるものを設けたか、何故友厚がその知事に任ぜられたかは、すこしく説明を要する。

安政以降幕府は諸外国との通商を開始することになったが、大資本を擁する外国商人は擅《ほしいまま》に利益を壟断《ろうだん》して、物価騰貴の現象を惹起せしめ、わが国は開港のために却って疲弊し、国民は塗炭の苦しみに陥った。この状勢がなお続けばわが国は外国資本主義の餌食となって経済的破滅を見るのほかはなかった。幕府要路はその結果、貿易の繁栄を期するためには、須《すべか》らく貿易商人を聯合せしめて、会社を設立し、われもまた大資本をもって彼に対抗する必要があると痛感した。そこで慶応三年四月勘定奉行小栗上野介らは、商社設立の計画を樹て、大阪の富豪山中善右衛門、広岡久右衛門、長田作兵衛の三人に商社頭取を命じ、諸般の準備に当らせたが、間もなく幕府が崩壊したので、これを果すことは出来なかった。

新政府もまたこのことを痛感した。はじめ新政府は財政経済の混乱を収拾するには、先ず農商工業を奨励して物産を興すを以て当面の急務であるとし、明治元年閏四月二十五日商法司なるものを会計官の中に置いて、そのことを図ったのであるが、やがて政府は国内商業の振興は外国貿易の隆盛を俟って始めて完全するものでありとし、ことに外国商人の利益壟断に対抗すべき適当の処置を講ずる必要ありとして、二年二月二十二日通商司を外国官に置き、のち之を会計官に移し、友厚らの通商司知事就任となったのである。

とくに友厚がえらばれたのは、既に彼が欧州滞在中藩主に書き送った献策の中に「商社合力にあらざれば鴻業難立事」の一条があり、また、帰国後木戸孝允に薩長同盟の貿易商社の設立を説いていることによっても、うなずけるであろう。思うに適任であり、そうして友厚にとってはその新知識を傾けるに最適の所を得たというべきである。

友厚は伊藤俊介、井上聞多らと直ちに合資商社の設立指導に当り、通商会社及び為替会社を東京・横浜・大阪・神戸その他の各地に設立させるのに成功した。通商、為替の両会社はわが国最初の株式会社であり、為替会社はわが国最初の銀行であり、会社企業はこの時はじめてわが国に生れたわけである。

ところが、友厚は何思ったか、横浜へ転勤後二ヵ月も経たぬ七月四日、通商為替両会社設立の見透しがついたのを機に、突如辞表を認めて、政府に提出し、官を辞して野に下った。

第四章

一

友厚の辞職はまことに突如として行われたが、彼が辞職を決意せざるを得なかった事情は、突如として生じたのではなかった。

彼は薩藩の新知識として俊才として、明治政府の草創より、重く用いられた。が、そのために彼は薩藩の一部の人士から、思い掛けない嫉視攻撃を受けた。攻撃の主なるものは、五代は専恣横暴なりというのであった。明治元年八月、彼が森有礼等に当てた書翰ははやこの間の消息を物語っている。

八朔の御懇書今夕相達奉拝承候所、弥々御多祥、殊に外国官権判事御奉命相成候由、是迄積年の御講学、此節に御尽し可被下時節に御座候間、只管御尽力被下度至願此事に御座候。扨被掛御懇志、僕専恣の聞へ御聞取被成候趣にて、態々御申越被下候段、旧交御見捨無之、一入難有拝承可仕候。僕にも身不肖其任に相堪候如は、夢々相考へ不申候得共、当時御人少の折柄、当座の御間に逢せ申度含にて、微力愚意の可相及候丈は、精々尽力仕候得共、未尽様の不足歟。勿論専恣の次第尚風夙の所御問合被下、何卒急便にて御知らせ被下度御承知の通、当所も開港の御条約相成、殊の外多忙に相成候折柄、相恣候儀共候ては、一日も不相済苦心の至に御座候。（下略）

この書翰は八月四日附である。これは、森有礼、鮫島誠蔵らが「五代専恣なり」との風聞を聴いて、その旨友厚に報じたのに対する返事であるが、その十日前、れいの伊藤博文らの忠告書に答えたような強気は毫も見られず、至って気の弱い文章である。森、鮫島の二人はかつて友厚が欧州へ引率して行った留学生である。即ち、友厚から見れば、遥かに後輩である。その後輩に向って専恣だとの評判についてなお詳しく知らせてくれと頼んでいる。余程この評判が気になったのであろう。

ところが、友厚の薩藩に於ける評判はますます悪くなる一方であった。明治二年三月九日附の高崎正風の薩摩よりの来書はそれを物語っている。


近来徴士先生達の不評判、十に八九は驕奢尊大の二に帰し候哉に候。凡俗嫉妬の情より相起候儀にて、更に顧候儀にて無之候得共、小人の舌頭に被懸、大志を不遂も愚に属候故、可成相慎、随分辺幅を脩め候も不悪候哉。君の名も随分高く候段、御油断は難相成候。既に危殆の説も承候得共、先差支は無之哉に承申候。(下略)

徴士というのは、藩より選抜されて新政府に参与した秀才のことである。初め新政府は官制を定めた時、各藩に沙汰を下して、貢士徴士を出させて、政治に参与せしめた。各藩主はその選任に当って、まず貢士を選抜した。そうして、その貢士のなかからとくに秀才を引抜いて、徴士とし、新政府の枢機に参与させた。友厚は無論この徴士の一人であった。

ところが、薩藩の徴士は多く文勲派で占めていた。これを武勲派の一部の者はよろこばなかった。文勲派何するものぞという声が、武勲派の少壮の輩から唱えられた。徴士たちはいたずらに驕奢尊大であるというのだ。友厚もこの悪評を免れなかった。「君の名も随分高く候段、御油断は難相成候」と高崎が書いているのはそれである。とくに油断という言葉は何を意味するか。友厚を失脚させようとする運動が行われている。それを諷したのである。「既に危殆の説も承候」云々とある。相当きわどいところまで運動が成功していたのである。

しかし、友厚の免官は速急に行われなかった。その代り、とでもいうのか、友厚は五月の十五日会計官権判事を仰付けられ、横浜へ転勤を命ぜられた、外国官権判事と大阪府判事の職は免ぜられたのである。

さきにも述べたように、横浜への転勤は友厚という適材が適所を得たのである。友厚としてはこれを嫌う理由はすこしも無かった筈と思われる。が、この転勤にはいささかも左遷めいた臭みが無かったと、言えるかどうか。

友厚転勤の報が伝わると、当時外国事務局と改称されていた運上所の局員一同は連署して、留任嘆願書を政府へ提出した。なによりもこれが証明している。栄転であれば留任運動は行われなかった筈である。

してみれば、やはり左遷のきらいが無かったわけではないのだ。薩藩の俗論が政府を動かしたのであろうと、友厚は考えた。彼はつくづく官途に在るの難きを思った。なるほど猜疑と嫉妬はいずれの時代、いずれの社会にもつきものである。ことに友厚は決して事なかれ主義の官吏ではなかった。自ら正しと信じたことは、いかなる反対に会うても、いかなる抗議を受けても、断乎として実行した。才あり、智あり、略あり、力あり、そして常に時代に一歩先んじていた。攻撃を受けるのは、当然である。攻撃を惧れては、仕事は出来ないくらいのことは、彼も無論分っていた。が、ものには限度というものがある。彼はこのまま職に留まっていては、遂に思うように仕事が出来なくなるであろうと思った。辞職するのなら、今のうちだと思った。高崎からも「今の内に辞職した方が身のためだろう」という意味の手紙が来た。そこで、友厚は一層辞意を強めたのである。が、友厚が官途を去ったのは単に「今の内に辞職した方が身のためだ」とばかり思ってではない。彼にはもうひとつの強い理由があった。

ありていに言えば、友厚は実業界にはいろうと思ったのである。が、勿論彼は退官官吏の安楽椅子を求めようと思ったのではない。当時の実業界にはまだ退職官吏の椅子を備えつけた部屋は一つもなかった。いや、会社というものは一つもなかった。やっと通商、為替の両会社が友厚の尽力で生れようとしている状態であった。即ちわが国の商工業はなお旧態依然であった。産業経済は維新という新しい体制に歩調を合わせるには、なお前途遼遠であった。しかし、そういう状勢だからこそ、友厚は一層実業界にはいる決心をしたのである。

もはや、明瞭と思うが、友厚はそのようなわが国の実業界を指導啓蒙しようと思ったのである。のみならず、自ら率先して企業を行い、範を垂れつつ、商工業の振興を図ろうとしたのである。富国強兵は彼の青少年時代からの夢であった。そうして世界の列強と富国強兵を競うには、まず新しい商工業を興さねばならないということは、既に慶応元年の欧州視察で知りぬいていたし、それに必要な新知識も充分仕入れていた。いま、それを教え、実行しようというのである。教えるためには、官に在っても出来る。が、実行するためには民間に下るより方法がない。友厚はそう思って退官したのだ。官に在るよりは、野に下る方が、夢を実現する近道だと思い、その近道をえらんだのである。遠くの薩摩より起った攻撃の声は、彼に近道を教えたわけである。思えばなにが倖いになるかも知れない。

倖いといえば、大阪にとってこれほどの倖いはまたとなかった。何故なら、彼が民間人として新事業を興すに当り、企業の地としてえらんだのは旧知の大阪であったからだ。そうして、友厚が大阪で企業をはじめたことは、勢い大阪の開発を促すことになったからである。いや、実は友厚の計画ははじめから大阪の開発にあったのかも知れない。彼が横浜へ転勤になった時の留任嘆願書にも、友厚を大阪の地から失うことは大阪の開発のためまことに惜しむべきことだという意味の文章が随所に見られるし、彼自身も大阪を見捨てて横浜へ赴くことは、余程残念であったと思われる。その証拠に、会計官権判事として在官中もっとも骨折ったのは、大阪の地に通商、為替の両会社をつくることであった。大阪を離れるくらいなら、退官した方が……と思ったのかも知れない。とにかく大阪は見捨ててはならない土地であったのだ。何故か。友厚に見捨てられては、もうそれきりで駄目になったかも知れぬくらい、当時の大阪は疲弊していたからである。

二

江戸時代大阪は天下の台所であり、わが国第一の商業都市であった。が、大阪の繁栄は一日にして成ったのではない。大阪が商業都市になり得た原因は、まず第一に地理的条件に恵まれていたからである。「紫田退治記」に「彼地ハ五畿内ノ中央ニシテ東ハ大和、西ハ摂津、南ハ和泉、北ハ山城、四方広大ニシテ中ニ巍然タル山岳アリ、麓ヲ廻ル大河ハ淀川ノ末、大和川流レ合テ、其水即チ海ニ入ル、大船小船日々岸ニ着ク事幾千万艘ト云フコトヲ知ラズ」とあるが、即ちこれは大阪が水陸交通の要衝であることを言うたのである。

仁徳天皇の御代に高津宮が、孝徳天皇の御代に長柄豊碕宮が置かれたのも、この地の交通の利便を御考えになってのことであった。が、当時はまだ大阪は都市の体裁が出来ていなかった。

中世末期になって蓮如上人がこの地に石山本願寺をつくったので、大阪は門前町として発達したが、しかしなお都市というには足らなかった。なるほど石山本願寺の寺内には六町の町が出来、数千軒の家がつくられたが、この門前町にはなお麦畑があり、大阪は農耕の町であった。

大阪がやや都市らしくなったのは、天正年間以後のことだ。いうまでもなく、豊臣秀吉の大阪城築造以後のことである。大阪はもはや門前町ではなく、城下町であった。が、大阪城の落城はこの城下町をにわかに荒廃させた。冬・夏の陣の兵火のせいもあった。が、豊臣が亡んでも、それに代った徳川は大阪を見捨てなかった。

大阪落城後、大阪の城主となった松平忠明は大阪の復興に努力した。彼はまず大阪城の本丸・二の丸を以て城地に当て、三の丸を毀してそこに市街を拓いた。離散した町人を呼び戻そうと努力したほかに、伏見町人を大阪へ移住させた。こうして市街の拡張を行った忠明は次に、運河の開鑿に努力を傾けた。水運の地大阪の性格をいよいよ特徴づけたわけである。こうして忠明は在任四年の間に、大阪の復興を成しとげた。ついで、元禄時代、淀川・大和川の治水工事が行われ、大阪の地理的条件は全く完備した。

大阪の復興が急がれている間に、徳川の封建制度が完備した。この制度は江戸を政治都市として発達させると共に、また消費都市として繁栄させた。参覲交代の制度によって、大名は江戸で消費生活を営まねばならなかったからである。

江戸の繁栄はそのまま大阪の繁栄であった。江戸は消費都市ではあったが、生産地ではなかった。そこで江戸で消費される物資を他国に仰がねばならなかった。それを一手に引き受けたのが大阪であった。大阪もまた生産地ではなかったが、しかし、大阪はその水陸の便を利用して、物資の集散地となり得たのである。近畿・四国・裏日本の物資は大阪の手を通じて、江戸へ廻送されたのだ。そのために株仲間という同業組合制が生れた。いわゆる問屋仲間である。なお、大阪へ集る物資の中で、最も重要なものは米穀であった。米は大名の唯一の財源であった。大名はこの米を貨幣にかえなければ、生活出来なかった。そこで大名は大阪に蔵屋敷を置いて、そこで米を現銀に引きかえた。米と現銀を引きかえにしたばかりではない。次の年の年貢米を抵当にして、金を借りることが多かった。自然米切手というものが発行された。手形である。手形が現銀の代りに通用した。つまり、大阪は商品の集散地であると共に、金融地となったのである。両替屋という金融機関が生れた。

大阪はこのように地理的条件と封建の制度に恵まれて、問屋都市、金融都市として発達して行ったのであるが、ひとつには大阪人の勤倹努力の素質と、義理固い性格と、大阪人自ら作り上げた町人道への精進がこの繁栄に大いに与って力があったのである。

ところが、大阪がいわゆる商業資本主義を背景にして天下の台所となったことはそのまま大阪の没落の素因を孕んでいた。

即ち、維新の改革による封建制度の崩壊は、既に商業資本主義を旧い経済機構としてしまったのである。鎖国的封建制度のもとに生れた商業資本主義では、もはや諸外国の勢力に対抗するための富国強兵が維持できなくなったのである。当然新しい経済体制が要求された。産業資本主義がそれである。大阪は旧い商業都市として当然打撃を受けねばならなかった。

まず、銀目廃止による両替屋の休業がそれであった。政府は貨幣政策の一つとして明治元年五月九日銀目廃止の布令を発した。そこで、かつて両替屋で発行していた手形が通用しなくなり、両替屋で休業するものが三四十軒の多数にのぼった。

次に明治四年七月十四日、政府は廃藩置県を断行した。これに伴って当然蔵屋敷は消滅したので、大阪はもはやかつての蔵屋敷による商品の集散地としての地位を維持することが出来なくなった。ついで、政府は明治五年四月、株仲間の解散を行った。問屋都市としての大阪はこの二つによって、非常な打撃を受けたのである。そこへ、明治六年三月の藩債処分である。大阪町人がもっていた大名への債権はその一部分が放棄され、あるいは無利子又は四分利という小低利で、しかも長年月に亙る年賦払いとなったので、いわゆる大名貸しを行っていた富豪の打撃は致命的なものとなった。

当時の富豪中破産したものは、加島屋作兵衛、平野屋五兵衛、炭屋安兵衛、島屋市兵衛、升屋平右衛門、天王寺屋五兵衛、茨城屋平右衛門、加島屋作五郎、加塩屋猪三郎、雑喉屋三郎兵衛、和泉屋六郎右衛門、山家屋権兵衛、油屋彦三郎、鉄屋庄右衛門、糸屋善太郎、近江屋休兵衛、日野屋藤兵衛、助松屋忠兵衛、天王寺屋忠次郎、錺屋六兵衛、具足屋七右衛門、近江屋権兵衛、蒲島屋治郎吉の二十三名に上り、ほかに炭屋彦五郎、近江屋半左衛門はわずかに破産を免れたが気息奄奄たるものがあった。鴻池善右衛門、殿村恵津（米屋）、鴻池新十郎、和田久左衛門（辰巳屋）、広岡久右衛門（加島屋）、白山善五郎（炭屋）、平瀬亀之輔（千種屋）、住友吉左衛門（泉屋）は辛うじて旧来の格式を保ち得たが、これとても大名貸しの打撃は相当受けていた。住友などは別子銅山を十万円で手離して負債を償還しようとさえ図ったくらいであった。もって、大阪の疲弊を知ることが出来る。

こうして明治維新後、大阪は衰微の一途を辿ったのであるが、この大阪の没落を食い止め、大阪を復興させるためには、何よりもまず大阪人自身が新しい経済体制を理解し、これに適応して行く必要があった。ところが、大阪商人は新義停止、旧慣墨守という幕府の政策の下に伝統を築いて来た。「新しいことをすべからず」すなわち「新規なことに手を染むべからず」とは、大阪の町人訓の代表的なものであった。そうしてこの町人訓を墨守したために、大阪人は江戸時代に大を成したのであるが、しかしその伝統が今や大阪人に災いした。大阪の商人は新しい経済体制に備えるには、まず会社企業をつくる必要があるというようなことは知らなかった。知っても、実行出来なかった。商業都市から商工業都市に変じなければ、大阪の財界は立ち直らないというようなことは知らなかった。よしんば知っても、工業などという新規なことに手を染めるのは商業都市の伝統にそむくと思って、実行出来なかった。今日でこそ、大阪人は適応性に富み創造力ももっているが、当時の大阪人は旧幕時代の旧弊人であった。すなわち、新しい時代に即応できない、季節外れの扇子と算盤をもった人間であった。

わずかに明治元年七月に大阪の開港が行われて、ここより新しい風は吹くかと見えたが、しかし、やがて港湾不良のため新しい風も吹き止み、明治八年には大阪開港閉鎖の建議案さえ政府に提出されるという始末で、大阪の外国貿易は全く振わなかった。
つまりは大阪は八方塞りであった。明治五年四月大阪府では、この大阪の窮状捨て置けずとして、次のような布告を出した。

告　示

海陸四達天成ノ美ヲ占ルモノ、之ヲ天下ニ求ムルニ恐ラク大阪ノ右ニ出ルモノナシ。然ルニ今日新ノ景況東京ニ比スルニ、三五年ノ前ニ居ルモノハ全ク其天成ヲ頼ンデ、人事ヲ尽サザルニ由ル。抑旧幕ノ盛ナル、天下諸侯ノ多キ半ハ此地ニ出テ、公務ノ費ヲ叩キ、其銀主タルモノ自ラ尊大ノ風習ニ慣レ居ナガラ、貸付金ノ利足ト扶持米ノ給与ニ安ジ、只管彼ヨリ来ルヲ待チ、遂ニ我ヨリ進ンデ取ルノ意ナシ。東京ハ之ニ反シ、来ルヲ迎テ其好ム処ヲ察シ、手段百出自ラ賤シクシテ進デ取ル意アリ。故ニ駸々開花ノ域ニ赴ク今日ノ速ナルアリ。是レ素ヨリ万化ノ原ニ在ルニ由ルト雖モ、人々進取ノ力モ亦尠カラズヤ。今ヤ大阪従前頼ム処ノ諸侯ハ既ニ変ゼラレ、天成ノ海口ハ土砂ノ為ニ塞リ、世上海運ノ便ハ日ニ進デ開ケ、是迄容易ニ人ノ経過ス可ラザル紀灘遠洋モ平地ノ如ク欧米ノ遠キモ比隣トナルノ今日ニ至リ、猶旧習ノ固守スルハ羊ヲ逸シテ猶穽ヲ守リ、秋収アリテ案山子独リ立モノノ如シ。尚モ此理ヲ明ニシテ、早ク前途ノ目的ヲ定メ、進取スルノ意ヲ決セバ、東京ニ凌駕スル期年ヲ待タザル必セリ。サレバ今日ノ急ナル第一人心ヲ振作シ、大ニ海港ノ便利ヲ興スニアリ。今管下ノ人民凡五十余万トス。其心ヲ一ニシテ力ヲ海港ニ尽シ、早晩越前敦賀ノ鉄道此地ニ達スルヲ待テ、物品ヲ市上ニ山積シ、巨艦ヲ海口ニ雲集シ、果シテ山海運輸ノ権ヲ居ナガラニシテ掌握セバ、今日ノ腐習ハ労セズシテ開化ノ域トナル。試ニ十年前ノ神戸横浜ヲ顧ヨ。一小村落ノ農民漁夫僅ニ生産ヲ営ムノ地ノミ。而シテ今日ノ勢ヲ至スモノハ他ナシ。内外運輸ノ権ヲ有スルニ在リ。サレバ今日時務ノ変遷ヲ察シ、衆心奮発力ヲ合シ、金アルモノハ金ヲ出シ力アルモノハ力ヲ出シ、天工ヲ奪フノ大業ヲ興シ、祖先代々住ミ慣レシ住ノ江ニ子々孫々栄華幸福ヲ受ケ、永ク開化ノ民タラバ豈快カラズヤ、又楽シカラズヤ。

明治五壬申四月　　　　　　　　　　　大　阪　府

寔《まこと》に懇切丁寧な告示である。今は昔と時代が違う、だから速かに旧習を固守するのを廃めて、進取の気を発憤し、「金アルモノハ金ヲ出シ、力アルモノハ力ヲ出シ、天工ヲ奪フノ大業ヲ興」すべしと、大阪人の奮起を促したのだが、大阪人は速かにそれを実行しようとしなかった。

されば、ここに大阪人に代って、「天工ヲ奪フノ大業ヲ興シ」、もって大阪の更生を図ろうと決心したのが、友厚である。友厚にとっては「祖先代々住ミ慣レシ住ノ江」ではなかったが、しかし、友厚と大阪とは外国官時代より切っても切れぬ関係がある。ことに、運上所を預って、大阪の開市・開港の実を挙げようとして、事半ばにして横浜へ転じた彼にとっては、なお大阪には充分の責任が残っている。友厚は力を出し、新知識を注ぎ、才幹を傾けて大阪の更生を図ろうとしたのである。そして、大阪にとっては、その啓蒙者として、指導者として、これほどの適任者をほかに求むることは不可能であった。寔に友厚が退官して、大阪へ下ったことは、大阪の倖せであった。

第五章

一

官を辞して大阪へ下った友厚は、まず仮居を東区梶木町五丁目に定めた。時に明治二年七月である。

十月、彼は西成郡今宮村の紀の庄別邸を買収して、金銀分析所を開設した。彼が大阪ではじめた最初の事業である。

当時、わが国の貨幣制度は頗る乱雑で、各藩で発行していた貨幣は、品位が不定粗悪で、しかも贋造貨幣の流行もあり、内外の不評を買うていた。そこで政府は貨幣を改鋳して、改良統一を図ろうとして、大阪に造幣寮を設置した。友厚がその機械の購入を斡旋したことはさきに述べたが、なお友厚は金銀分析所を創設して、造幣寮の仕事を助けたのである。

友厚はまず人を各地に派して、各藩の悪貨を買収し、これを新式の技術で分析して得た金銀を、時価を以て造幣寮へ収めた。この仕事は造幣寮を益したが、友厚自身をも益した。友厚はまず手始めにしたこの仕事で、他日の新事業に必要な資金を得たのである。

十二月に友厚は一旦鹿児島へ帰国した。当時まだ廃藩置県が行われていず、薩摩藩は依然として存在していた。それ故、一応退官の挨拶に帰国する必要があったのである。在官中は政府の役人だが退官すれば薩藩の士である彼としては、当然のことであった。

薩藩では友厚に給するに米三十俵を以てした。

五 代 才 助

御米三拾俵

右ハ御雇ヲ以

朝廷之諸官被仰付は置候所、此節被免候付為御養料、右之通来々年三月迄被下置候条申渡候。

こんな辞令であった。免官になったから、薩藩で給料を与えるというのである。

明くれば明治三年の正月、三十六歳になった友厚は鹿児島を発して、大阪へ帰り、そうして三月に再び上京した。有川十右衛門宛の書翰が、上京に関する消息を伝えている。

御訣別来不相替《あひかはらず》御安康御奉職罷成御座奉恐賀候。随て拙者にも無異神戸、横浜にぶら付、当月八日晩着京、両国西詰船宿松田屋へ止宿罷在候間乍憚御放念被下度、然者、堺紡績機一条則より及内話申上候所、万事都合能相運申候間、早々石川へ出京致候様御下命被下度、些少の儀は、同人直に談決不相成候ても、決定候がたき事件も有之候付、早々御頼談申上候。

東京も別段不相替模様、著後降雨にて未だ何方にも参不申、朝より晩まで不相替客来にて困り入申候。

川村、小西郷子にも折角被待居候趣に相聞え、何か官員にても被致度内存に承候得共、兼て赤心申上候通、男子一度決心致候上は、再び仕官の志は、譬へ命と言へども難奉、去ながら、我国に生れ我国を不思にあらず、亦可尽所有之、自ら報国の志をも相立申候心得に御座候間御安心被下度、

先は公私に迄此旨草々奉得貴意候。　頓首。

三月十三日　松陰生

有川十右衛門様

二白。乍末毫御眼痛如何被為在候哉。折角御加養専念奉存候。東京も墨水辺悉く青葉と相成遺憾、桜の宮辺は当春如何。

即ち、友厚は三月八日入京しているが、その目的は無論官途に就くことではなかった。それどころか、友厚の上京を待って、川村純義、西郷従道等が友厚を再び官に就かせようと説いて掛ったらしいのを、彼は断っているのである。わが国に生れ、わが国を思わないのではない、官に就かずとも報国の道は別にあると、彼は書いている。民間に下って、大いに成すところがあろうという決心は、もうぴたりと動かなかったのである。もっとも、翌四月には、彼は薩摩藩の堺紡績掛になっている。上京の目的も、有川への書翰に一端がうかがわれるように、この堺紡績のことであったらしい。既に帰国中その話が出ていたのであろう。が、彼は単なる名誉慾から出てこの椅子を覘《うかが》ったのではない。紡績掛に就任したことは、民間の人たらんとした志とすこしも抵触しないのである。

わが国の機械紡績を創めたのは、薩藩である。そうして、その機械を外国から購うて帰ったのは友厚である。即ち、友厚は機械紡績の紹介者なのである。堺に紡績所が設立されるや、その掛となったのは、何の不思議もないところであろう。彼は堺紡績をさかんにすることによって、民間に紡績業を弘めようと図ったのである。果して、大阪はその後この薩摩紡績に刺戟されて、紡績都市としての発達をとげた。友厚の先見は明らかであった。彼は自ら紡績業を営んだのではないが、そしてまた、彼を俟たずとも大阪に紡績の業は興り得たかも知れないが、しかし、ともあれ彼は大阪における紡績業の間接の恩人であった。

一般に知られていず、伝にも記載されていないことであるが、大阪の印刷業もまた紡績業と同じく、友厚を間接の恩人としている。

大阪にはじめて活版印刷所をつくったのは、日本の鉛活字の創始者たる本木昌造であるが、しかし、本木にそのことを薦めたのは、友厚であった。

本木昌造は安政七年に長崎の通詞の家に生れ、彼もまた通詞をしていた。嘉永のはじめ長崎へ和蘭の印刷機械と活字が来たのを見て、かねがね木版や木活字の不便を痛感していた本木は大いに刺戟されて、品川藤兵衛、楢林定一郎、北村元助らと協力し、活版印刷事業を起そうと図ったが、邦文活字の鋳造が困難で、失敗に終った。

明治二年、当時長崎飽ノ浦製鉄所の頭取であった本木は、上海の美華書院から活版技師ガムプルを迎えて、長崎本興善寺町の唐通事会所跡で活版事業をはじめたが、これも鋳造に失敗した。が、彼はこの失敗に落胆せず、以後は独力で研究を続け、遂に明治三年に至って邦文活字の鋳造に成功した。当時神奈川県令であった井関盛良はこのことを聴いて、本木に交渉し、本木のつくった活字を用いて活版刷りの横浜毎日新聞を発行した。

友厚は長崎時代から本木と懇意にしていたので、このことを聴くと、早速本木の活字を用いて大阪で英和辞典を刊行しようと思い立った。そこで友厚は支配人の堀孝之が英語に堪能なのを倖い、これにその編纂に当らせると共に、明治四年三月この旨を本木に通じて、活版業を開くように勧めた。

本木は早速応じて、自分が病弱だったので小幡正蔵、酒井三蔵の二人を大阪に派して友厚と交渉させた。が、当時本木には開業するだけの資力がなかった。そこで友厚は五千円を本木に貸した。そうして大阪ではじめての近代的印刷所として東区大手町二丁目に生れたのが、大阪活版所であった。

この活版所は小幡正蔵が経営に当り、予定通り英和辞典の印刷に着手したが、組版がはかばかしくいかず、大阪における英和辞典の刊行という友厚の計画は挫折した。が、友厚が大阪に印刷業を興そうとした最初の人であることは、特筆に価する。因みに友厚は文を能くした。政府への建白書なども、草稿は自分でつくった。名文である。退官当時、彼がふと物した戯文を見ても、それが分る。左に掲げるが、もっともこれは読者の必読を強請するわけではない。戯画もついていて、「惣難獣」と題されている。


于時明治元戊辰春の頃、諸国の山奥より異形の獣発生し、爰彼所に集屯して万民を悩す事甚しく、依て退散の事を神に祈給仕給へ。

此獣都会之地最も多し。西国も尠らず集り、駿遠の辺は此愁曾て無し。則獣は図の如く頭に権を戴き、惣髪亦は刺栗に似たるも有。一体頭勝にして顔の皮しかも厚く、眼色猫にかはらず、時々黒玉変化有れども更に不見、盲目の如く黒白を不別。志右に随て事不定。耳所謂勝手聾にして人の嘲も不通、依て自ら孰も鼻高くなり、天狗に均しく、併鼻打つこと毎々也。されども不苦、口広くして舌長く、或時は二枚にも遣ひ、悪毒を吐き、人害を成し、歯の根馳く、嚙めること不能、故に物事味ふこと不能。頤至て短く、咽喉の下へ這入人は必ず幸を得、敵する者は忽ち災を招く。髭多く手足勿論肩より爪を生じて殊に長し、金銭を攫むこと鷲、熊、鷹の如し。胸狭く腹も腰も無く、尾は蛇鱠にさも似たり、攫へ所無し。亦尻に取締も無く、糞は諸獣に無違、爰を以て分別無しと云。惣身に鱗有り、故に一名無茶蛇と唱。背に翼を生じて、今爰に有るかと見れば、翌日は東京長崎に住す。尤正道不弁、唯横行而已にして、常に大鹿食し、人を頭より呑込、或は嚙付ること誠に強し。其癖手足自由ならず、彼翅をして諸事を行ふ、依て不行届成す事羽がいい事許り也。万事我慢してさながら形ち馬鹿にも似たり。鳴声生国の訛有て不一様、篤と考へて聞時は、くやゝゝと聞え言甚だ難判明。され共頗る別品の婦を見る時は、牛房の如く尾を振りて莫大の黄金を吐出し、戯ること尋常ならず見苦しき有様にて、兎角頭の剣を以て人の頭を抑へ悩すこと少からず、是を邪権とまうす。此上なき古今未曾有成る異形の獣にして、此獣生れて後去界に愁事不絶、実に惣難獣也。正しく釈魔の変現なるか嗚呼悲むべし。終に魔界に陥也。誰か早く退治仕給ふことを謹で祈る。

仔細に読んだ読者はその文章の洒脱、流暢、着想の天衣無縫なるを、納得したことと思う。

二

今宮分析所といい、堺紡績といい、大阪活版所といい、それぞれ友厚の新人としての面目を現したものではあったが、なお友厚の実業家としての本領を発揮したものとは言い難い。友厚が本当に実業家としての巨歩を踏み出したのは、鉱山業であった。

彼が富国強兵策の一つとしての鉱山業に着目したのは、例の欧州視察の時であった。モンブランと図った薩白合弁商社の事業にも、鉱山業は予定されていたし、薩藩主へ提出したれいの献策十八ヵ条の中にも「欧羅巴より土質学の達人を相雇い御領国中普《あまね》く採検せしめる事」という一条がある。

薩白合弁会社は幕末維新の情勢のために成立を見ず、またこの献策も遂に行われなかったらしいが、今友厚は民間人として自らの手で鉱山開発のことに当ろうとしたのである。

まず明治三年五月、大和国天和鉱山から着手し、次いで赤倉銅山、朽尾銅山、更に駒帰村辰砂鉱を開鑿し、近江国蓬谷銀山を開鉱し、着着鉱業網を拡張して行った。

明治六年、詳しい月日は不明であるが、友厚は鉱山業務の拡充を図るために、数十万円の資本金をもって大阪に弘成館を創設し、その館主となった。翌七年福島県の半田鉱山を経営したので、東京に出張所を設ける必要が出来、築地入船町八丁目に東弘成館を置き、岩瀬公圃を主任理事にした。以後大阪は西弘成館と称び、波江野休衛、堀孝之がその事務に当った。

弘成館の組織は内部と外部に分れ、内部には総事、正検、出収、調進の四課を置き、外部には出収、坑鋪、鉱石、溶解、機械、営繕、調進の七課を置き、その他館員の任免、俸給、賞罰、恩給、救済、旅費等の細則に至るまで今日の大会社の人事組織に遜色がないくらい整備していた。六年六月二日附の松方正義の書翰がそれに触れている。

昨日大久保卿へ緩々面会、両人間の事にて貴兄の物咄被相尋申候間、弘成館の規則或は諸鉱山御着手の形行共種々相咄申候処、同人に於ても大に喜悦の事と被申、終に貴兄目的通りヤリツケ可相成と頻に両人間にて物咄致候。且つ貴兄近々御上京相成事共相話候所、大印（大久保利通）も大に幸然との事に御座候。（下略）

六年の六月二日といえば、大久保利通が欧米視察より帰った直後である。即ち、大久保は四年の十一月に岩倉具視らと共に条約改正準備を兼ねた欧米視察の旅に上り、帰朝したのは六年の五月二十六日であった。してみれば、友厚は恰かも大久保が新知識を仕入れに海外へ行っていた二年足らずの間に、弘成館を作りあげていたわけで、大久保が驚いたのも無理はなかったわけである。それに大久保は殖産興業の必要を痛感して帰朝したばかりである。留守中に友厚が大いに民業を振作していたのを知って喜んだのは、あながちに薩藩の先輩としての友情ばかりではなかったろう。いいかえれば、国家のために喜んだのであった。

事実また、友厚の弘成館経営は私利私慾に出でたものではなかった。明治初年の大阪の財界に雄飛して東の渋沢と並びながら、しかも死後百万円の借財を残したことによっても分ることだが、例えば半田銀山の経営振りにもそれが現れていた。

友厚が稼行した鉱山はさきに挙げた諸鉱山のほかに、半田銀山（岩代）、新慶銅山（美作）、和気銅山（備前）、大立鉱山（播磨）、大久保鉱山（大和）、水沢鉱山（伊勢）、神崎鉱山（豊後）、豊石銅山（石見）、鹿籠金山（薩摩）、助代銀山（同上）等であるが、就中有名なのは半田銀山である。

半田銀山は佐渡金山、生野銀山と共に古くから日本の三大鉱山の一つとされていた。福島県伊達郡に在り、発見の時代は記録に残っていないが、大体大同年代の遠きであったらしい。降って慶長年間より万治年間に至る凡そ五十年の間は、相当隆盛であったことは往往旧記に散見している。

其の後寛文の年、上杉綱勝が開坑したことがあったが、やがてそれも廃み、爾来四十年間は全く廃坑となって、僅かに地方の農民が耕耘の余暇に遺鉱を採取していたに過ぎなかった。寛永年間に、松平宮内少輔が封をこの地に移すに及んで廃坑を興し、後ち延享年間徳川幕府の官行となり、百二十日間継続したが、慶応二年に至って廃業した。

　ところが、そのために全山の坑夫が生計の道を失った。そこで半田村の早田伝之助はこれを忍びずとして、復鉱を図らんとし、翌慶応三年再び開坑に着手したが、明治三年の五月、坑内の炭酸瓦斯のために十一名の坑夫と共に斃死した。そうして、再び廃坑となってしまった。

　それを復活したのが、友厚である。友厚は明治七年の七月にこれを弘成館の手に移して、開鑿に着手した。ところが、さきの経営者の手で開鑿した坑道は悉く埋没して、坑口の発見すら容易でなかった。自然開鑿費のみ嵩む許りで、鉱量は見るべきものなく、五年後の明治十二年末迄に、二十二万円を支出しながら、得た銀鉱の価は僅かに四万三千円という有様であった。その上、坑道の開鑿も前途なお遠く、到底利益の上る見込は無さそうだった。

　しかし、友厚は青砥藤綱にならって、利益を度外視して、苦心惨憺の開鑿を続けた。仏人技師コアニーを招聘し、新式の鉱山機械も購入した。そうした努力が報いられて、明治十三年遂に良質の鉱脈を発見し、十七年には産出銀価三十三万円に上り、漸く宿志を達したのである。

　友厚の鉱山経営に就てはなお述べるべき一つの逸話がある。古河市兵衛との交渉である。

　古河市兵衛は天保三年三月十六日、京都岡崎で生れ、幼名を巳之助と言った。父の長右衛門は醸酒業を営んでいたが、失敗して市兵衛の生れた頃は天秤棒を担いで豆腐を売り歩いていた。市兵衛も十一歳の時には七歳の弟を連れて、岡崎村から白河辺まで、豆腐を売りに往った。十八歳の時、継母の兄で高利貸をしていた木村理助を頼って奥州盛岡へ行き、高利の取立に使われたが、のち鴻池屋支店の手代になった。鴻池屋は大阪鴻池家の分家草間伊助の支店で、当時南部藩の為替御用掛をしていた。ところが、間もなく鴻池屋がつぶれたので、市兵衛は伯父の肝入りで、小野組の店員であった古河太郎左衛門の養子になり彼も小野組に使われた。ところが、その小野組も明治七年に没落した。そこで市兵衛は殆んど無一文となって小野組を去り、再起の策として、秋田県下阿仁院内其の他諸鉱山の開鑿を計画した。そうしてその稼行を政府へ出願しようとする段になって、市兵衛は既に友厚の手が半田銀山から東北各地へ伸びていることを知った。市兵衛の出願した鉱山の一部も、既に友厚の経営に移ろうとしていた。

市兵衛は友厚に請うた。市兵衛は明治三十三年の九月まで丁髷を切らなかったというから、当時なお昔のままの頭であった。友厚は鹿児島にいる兄の徳夫を想い出して、苦笑した。この漢学者もまた死ぬまで丁髷のままで通した人であった。当然、市兵衛の頭は友厚の開化思想と相容れない。が、友厚は市兵衛の請を容れて、稼行権を市兵衛に譲った。地下資源は国家の財宝である。鉱山業は一個人のいたずらに独専すべきものではないと思ったからである。そうして友厚は稼行権を譲ったばかりでなく、進んで援助した。鉱業人を養成して、民業を大いに弘めようという志からである。ひとつには、市兵衛の志を壮としたからであろう。友厚の眼からは市兵衛の丁髷はまさしく旧弊に見えたが、しかし「鉱山の機械は外国のものを使うが、この日本魂の看板だけは引き下さない」と市兵衛の口から聴いてみると、わが意を得なくもなかったのである。市兵衛の一途を貫く気性に惚れこんだかとも思われる。

市兵衛はのちに足尾銅山を手に入れ、やがて鉱山王と称ばれた。

第六章

一

友厚が東西弘成館主として、民間の人五代友厚これにありと名乗りを挙げたのは、明治の七年、彼が四十歳の時であった。

その青年時代は既に去った。四十歳、働き盛りの壮年時代がやがて始まろうとする。友厚の手腕は新しい実業家として今や大いに伸びようとしていた。有川十右衛門に宛て、報国の道自ら他にありと言った友厚の志は、一歩二歩実現されて行こうとしていた。が、友厚を野に送ったことは、ある意味では政府の損失であった。当時人材は続続台閣を去っていたのである。六年の十月、西郷隆盛が大久保、伊藤、大隈らと意見衝突して、官を辞して鹿児島に帰った。江藤新平もやがて佐賀に帰った。翌七年の四月には、木戸孝允は台湾出兵の議に端を発して、職を辞して郷里山口に帰った。長州出身の要人も多くこれにならった。大蔵卿の大隈も上下の攻撃を受けて、職に居たたまれず、辞意を洩らしかけた。人材はにわかに欠乏を告げたのである。

この年の五月三日、台湾出兵のことで長崎へ出張した大久保は帰京の途中大阪で友厚と会うた。

その会談の内容は明らかでないが、大久保は友厚を動かして、その手腕を廟堂に揮わせようとしたのではなかろうか。無論、大隈の辞意の話も出たことと思われる。五月二十日附の松尾寅之助が友厚に宛てた書翰が僅かにこの消息を今日に残している。

御尊体にも近日大蔵へ御任宣も御座候由、頻に御噂御座候。定て御宣命可有御座と奉推察候。過日も御いやの様に御咄も御座候得共、何卒天下の為め御奉命被遊候様奉祥上候。私共に於ても依て奉懇願候。

これによってみれば、友厚が大蔵卿に任命されるという噂が、当時頻に流布されていたのである。大久保もあるいは友厚にいくらか勧説したのかも知れない。大隈が辞意を洩らしているので、万一辞職すれば、その後任を友厚にと考えたのであろう。が、もっとも大久保は大隈を極力慰撫する肚であった。また、友厚も「過日も御いやの咄に御座候得共」とあるように、再び官途に就く考えはなかったらしい。民間の人たらんとした彼の意志はあくまで動かなかったのである。

そこで、友厚は大久保のために大隈を慰撫することにした。大久保もまた友厚の気持が動かないとすれば、大隈を極力引き止めるよりほかに方法はなかったので友厚にそのことを頼んだ。六月三日友厚が大久保に送った書翰にそれが明らかである。

昨日は御投書の折、折柄他行中御請も不申上失敬御仁免可被下候。扨過日御内話拝承の条々、今日出張、充分忠告弁論仕候心得にて罷出候処、豈図《あにはからんや》、横須賀迄罷越候由、就ては今日の間に合兼申候間、甚恐縮仕候得共、帰東京迄御猶予奉願候。閣下より御直に御忠告相成候ては、同人も迷惑可仕候に付、是非迂生より弁論仕度、其上充分不相運節は、不得已事、閣下の御高論を奉仰候外無之と奉存候、愈々明日より出立、来十七、八日は屹度帰京可仕、乍不本意此旨御断旁奉報候。匆々頓首。

六月三日朝　　松　陰

甲　東　尊　台

松陰とは勿論友厚の号、甲東は大久保の号である。友厚は大隈を説得するために、わざわざ上京しているのである。大久保直よりは自分から説いた方がよかろうと言っているが、これは大隈を慰撫すると共に、大いに苦諫しようという積りであったからかと見られる。この時、友厚が大隈に送った忠告書が残っている。その全文はこうである。

閣下の恩恵を蒙るもの、恐らく其美を賞して其の欠を責る者なかるべし。今友厚は従来の鴻恩万分一を報ぜん為め、閣下の欠欠を述て赤子を表す。閣下高明其失敬を恕せよ。
第一条　愚説愚論を聞くことを能く可堪。一を聞て十を知る閣下賢明過るの欠あり。
第二条　己と地位を同せざる者は、閣下の見と、人の論説する所、五十歩、百歩なる時は、必ず人の論を賞して、是を採用せらるべし。
人の論を賞し、人の説を採らざる時は、今閣下の徳を弘る不能、則賢明に過ると謂ざるを不得。
第三条　怒気怒声を発するは其徳行を失するの原由なり。
怒気怒声を発して益あること無し。奏任は奏任至当の脳より保ち不得、等外は等外至当の才より収る不能。今閣下の雋明之を見る時は、其意に不的は云を不待、其才能智恵の不至を知て、怒気怒声を発するは閣下高明の欠と云はざるを得ず。
第四条　事務を裁断する時は、勢の極に迫るを待て之を決すべし。
井上云々の如きを指す。
第五条　己れ其人を忌む時は、其人も亦己を忌む。故に己の不慾人に、勉て交際を弘められんことを希望す。柳原、河原の如きも、真の厚意を以て是を御すべし。
友厚も大隈も自信家であった。友厚はかつて外国事務局判事時代に、伊藤博文より忠告書を貰った。その当時、大隈も外国事務局判事であった。その大隈に今友厚が忠告書を送る。思うに妙である。自信家の友厚はさすがに己の短所を知っていた。それだけにこの忠告書はよく大隈の短所を突いている。

この忠告書に大隈がどう答えているかは、不明である。が、とにかく大隈は辞職を翻意した。

友厚の尽力で大隈は台閣に止ったが、しかし、当時の政府にはなお問題が残されていた。西郷と木戸がそれぞれ郷里へ帰っていることがそれである。政府の弱体化は著しいものがある。しかも、両人を去らしめたというので、国民の政府ことに大久保に対する非難の声は喧喧囂囂たるものがあった。大久保としては、さきに兄弟の如く肝胆相照らして生死を倶にしながら国事に奔走して来た同郷の西郷に去られ、続いて倶に政府を支えて来た木戸に去られ、のみならず国民の非難を一身に受ける始末で、その心労は非常なものがあった。

そこで、大久保は西郷はもはや致し方ないとしても、木戸を台閣へ呼び戻して、政府部内の統一強化を図ろうとした。議論別れをした木戸ではあるが、それと握手するよりほかに、国論の安定を図る方法がないと思ったのである。そうして大阪会議というものがひらかれたが、既に大阪と名づける以上、友厚に無縁の筈がない。当然、友厚はその会議の間を斡旋した。

大久保は木戸を起さんとして、まず伊藤博文にこのことを諜った。伊藤博文は木戸の後輩である。伊藤は勿論賛成したが、しかし大久保自ら山口に赴いて木戸を説こうというのには反対した。

二

伊藤の言うのには、大久保が内務卿の身分でわざわざ山口まで出向くのは、見識が無さすぎる。弱きを示すようなものである。といって、木戸の上京を求めるのも無理である。そこで、山口と東京の中間の大阪で両者が会見することにすれば良かろう。大阪には五代友厚がいる。まず大久保が下阪して友厚の邸に入り、木戸を待つ。木戸の方は自分から山口に人を派して、上阪して貰うことにしようと。大久保は伊藤の説を尤もとした。そうして、三条、岩倉を説いて同意を得た。

大久保は七年の十二月二十四日東京を発して、二十六日友厚の邸に入った。既に吉井友実、黒田清隆の両人が大阪に来ていた。この二人は友厚と大阪会議の下準備をするために来ていたのであろう。大久保は八年の元旦を友厚の邸で迎えた。「今日天気温和、新年之風光、自ら閑静にして心安如たり。熟一昨年来の国家困難危急の際、心志を苦しめ、十死一生の間に東西奔走、辛うじて活路を得たるも、実に意料の外にして、只一夢場の如し。畢竟皇運の然る所以にして、斯る新春を迎ふるも、豈《あに》喜ばざる可《べ》けんや、可祝可賀。○今日終日囲碁」と元旦の日記にある。既に大久保は事成るを予期して心安如として友厚と共に囲碁を楽んでいたのである。

一月の四日に、案の定木戸は神戸に着いた。そこで、大久保は友厚及び吉井友実、税所篤等と神戸へ赴き、木戸の旅宿を訪れて、翌五日大阪へ戻った。木戸も大阪に至り、七日の午後友厚邸に大久保を訪い、碁を囲んだ。八日、三橋楼で正式の会見が行われ、大久保ははじめて木戸に倶に東京へ帰ることを薦めたが、なお趣旨は徹底しなかった。九日再び両者友厚邸で囲碁。大久保はなお衷心を披瀝するに至らなかった。そうして伊藤博文に書を送って、下阪を促した。伊藤が生野へ出張すると称して離京し、大阪へ着いたのは、二十二日の夜だった。

翌朝伊藤は大久保を訪れて、木戸を動かすためには、大体の政論だけではなお意志投合に不充分だから、木戸入閣後の政策を決めて置く必要があるとして、次の要領書を示した。

一、政府二三者の専権に流るるを防ぐ為め、立法の事を鄭重にし、元老院を設置して他日国会を開設するの準備を為すこと。
一、裁判の起訴を鞏固にする為め、大審院を設置すること。
一、上下の民情を通ずる為めに、地方官会議を起すこと。
一、聖上親裁の体裁を鞏くし、且つ行政の混淆を避くる為め、内閣と各省とを分離し、木戸、大久保の如きは内閣に在って大政を輔翼し、第二流の人物を挙げて、行政諸般の責任に当らしむること。

大久保はこの案に賛成した。が、伊藤は直ぐに木戸に会わなかった。木戸は伊藤が何のために下阪したのか、詳しいところは分らなかった。二十六日、木戸は大久保と碁を囲んだ。が、ここでもその話は出なかった。翌二十七日木戸は伊藤をその旅宿に訪れた。伊藤ははじめてさきの要領書を木戸に示し、これを条件として入閣されたいと言った。

木戸は要領書を見て、驚いた。彼の持論である内治改善案がすっかり取り入れられているのである。無論、薩の藩閥の臭みも取り除こうと努力されている。大久保と不和になった原因がすっかり除かれようとしているのである。で、木戸は正直に言った。

「大久保はこの案に賛成するだろうか」

伊藤はもう大久保の譲歩を知っていたが、わざととぼけて、

「大久保にはまだ諾とも否とも聴いていないが、説けば恐らく同意してくれるだろう」

木戸は当時井上馨の斡旋で大阪へ来ていた板垣に会うた。民選議院のことはもともと板垣の唱えているものであるし、それに板垣は在野の勢力を代表しているので、板垣を入閣させることは、政府を一段強化させることになろうと思ったからである。もっとも、木戸は議会開設のことでは漸進論を唱えていた。板垣は急進論を唱えた。そして両者互いに議論したが、板垣は遂に木戸の漸進論に譲歩した。

伊藤は木戸との会見の模様を大久保に報告した。大久保は喜んだ。伊藤は再び木戸と会うた。木戸は板垣入閣のことを条件にした。伊藤はこのことを大久保に伝えた。大久保は賛成した。こうして、木戸・板垣の入閣は決定し、大久保は二月十六日離阪、木戸もやがて入京した。議会開設の基礎はこの時定まったのである。

以上は大体大久保利通伝に拠ったが、友厚は果してこのように大久保に宿を貸し、囲碁の相手をし、あるいはまた在阪五十日の大久保の閑を慰めるために狩猟を催したりしただけであったろうか。二月二十日に木戸が大阪を去るに臨んで友厚に寄せた書には、

乱　筆　高　許

先以御清適奉賀候。過日は度々参堂御妨申上候。弟等も今日乗船東行仕候に付ては、鳥渡告別申上度参上可仕と奉存候所、多々取紛れ候間、乍心外御無沙汰申上候。実は少々余日も御座候へば、御指南可申上と奉存候所、不任心底残念千万に御座候。其中随分御勉強祈所に御座候。尚時下御自愛専一に奉存候。早々頓首。

二　月　廿　二　日　　　　　　木　　戸

五　代　様

と、ただ囲碁の「御指南可申上」ことだけを述べているだけである。友厚がどのように斡旋したのかは、伝には明らかにしていない。二十六日に大久保が友厚、税所篤両人に寄せた書簡にも、狩猟の快をしきりに述べている。が、注目すべきはこの書翰に、大阪会議の「形行《なりゆき》及奏聞候処、松陰君へは近々勅丈にても御差立御模様に候間為御心得申上置候」という一節が見られることだ。

単に大久保に宿を貸したり、囲碁の相手をしたり、狩猟の伴をしたりだけの斡旋で、勅丈が御差立になるべき筈がない。大久保、木戸の提携に友厚が相当努力奔走したのでなくてはかなわぬところである。伊藤の斡旋の半分ぐらいは友厚も担っていたのではなかろうか。大阪で大久保、木戸の両者が会見するという案も、ひょっとしたら友厚の頭から出たものであるかも知れない。大久保の下阪前に既に黒田、吉井が大久保の意をうけて下阪している。この二人は友厚の後輩である。黒田などは友厚に了助、了助と幼名で呼ばれていたくらいである。友厚が黒田に何らかの策を授けたことは、想像に難くない。

ともあれ、友厚はさきの大隈慰留といい、大阪会議といい、先輩大久保のためには親身になって尽した。大久保もまたその富国強兵の思想を同じくしている点もあって、友厚のためには良く力になった。友厚が実業界に雄飛し得たのも、ひとつには蔭に大久保という大きな力があったためであろう。

大久保が明治十一年五月十四日、兇手に斃れた時、友厚は築地の東京別邸に居った。

報を耳にしたのは、朝食中であった。友厚は途端に箸を投じ、「しまった！」と叫んで、顔色みるみる蒼白になった。そうして服を更めて玄関に出たが、そこで食べたものをすっかり吐き出して、それから大久保邸へ急いだと伝は述べているが、思うに当然のことであろう。

因みに大久保と友厚とは碁敵であった。

「今帰着。夕四字迄は不得接会残念の至、乍去、若《もし》鋭利の鋒頭に応ずべき御設けあらば、薄暮に乗じて攻撃敢て避けざるところなり」

「益御安固奉賀候。陳、来る十七日岩倉家にて争会被相催候に付、貴台にも御同道致様承候間左様御承知有之度。尤大隈、伊藤にて外には無之趣に候。且又明日午後七時三十分、伊太利《イタリ》公使招請にて差支候得共、其内は何も用向は無之候間、正午より御入来如何、御恐怖心あらば無致方、何分確定の御返詞致承知度候。此義早々如斯候也」

などと、大久保が友厚に宛てた書翰には碁に関するものが多い。しかも、謹厳寡黙の大久保にしては、珍しい諧謔の文である。大久保は友厚には心を許していたのであろう。斃れる二日前、大久保が友厚に寄せた書にも「折角御勉励、盤上の事も傍ら御研究専要に候」とある。

友厚としては、地下の大久保に盤上の事も研究しているぞと、言いたかったであろう。友厚は大久保に備えて、名人本因坊林秀栄に碁を習っていた。もっとも、本因坊林秀栄は東京での生活に困って、十年の六月、重野安繹の紹介状をもって大阪へ流転し、友厚の邸に入ったのである。「当時節何方も閑日月は無之事ながら、訳て当地諸事業不景気と相見え、芸人等困却の模様、本人も其等の所より小遊歴と出掛候半、実に憫然の情実御汲取被下度」云々という友厚への紹介状であった。友厚はよく林秀栄の面倒を見てやった。

なお、十一年の四月には閨秀画家奥原晴湖も来って、友厚の厄介になっている。友厚は竹の画を能くした。そのほか友厚は成島柳北らの文人とも交ったが、ただひとつ俳優だけは嫌いであったらしい。中井桜洲が東京で友厚に市川団十郎を紹介した時、友厚は苦笑していた。

第七章

一

再び実業家としての友厚に戻ろう。

弘成館の創設は大阪の実業界を活気づけたが、しかし、その業の対象が大阪を離れた鉱山であるだけに、直接大阪の民業を興したというわけではない。大阪は明治九年に友厚が始めた製藍事業を俟って、はじめて民間の大工場を持ったのである。

明治初年、わが国の染色藍精製の技術は極めて幼稚であった。で、品質は粗悪で汚物が混淆し、色沢もわるく、褪色も早かった。自然舶来インジゴーに圧迫されていた。

そこで友厚は舶来インジゴーに対抗し得る国産藍を精出すれば、単に農民、染色業者のみならず、貿易にも資するところ大なるものがあろうと考え、研究せること三年成算を得たので、明治九年四月、政府に特許願及び産業資金五十万円の補助を請うた。

彼が政府に提出した藍製造概算調書に拠れば、生葉買入地は、阿波、摂津、河内、和泉、山城、大和、播磨、備前の各地に及び、その額六十万貫、乾葉買入地は、前各地のほか備後、備中、安芸、美濃、伊勢、讃岐にわたって八十万貫という大規模なものであった。なお、産業資金の担保として、天和、朽尾、和気、蓬谷、半田の五鉱山の鉱業権を提出した。

政府は友厚の請願を許可した。因みに大久保は当時在世であった。そこで友厚は同二年九月大阪北区堂島浜通二丁目（旧市役所及び商業会議所跡）に朝陽館を設立して、大製藍工場を設けた。朝陽館の役員は百五十名、組織は弘成館に倣うた。

こうして、友厚は一方に於て鉱山事業を経営すると共に、製藍事業の拡張に努力し、その羽翼を北陸、関西、九州に伸ばし、あるいは染業伝習生徒を集め、あるいは教授出張所を設け、また上海、寧波、天津、北京の支那各地に染業所または支店を設置することに至った。

朝陽館の創設後一月、即ち明治九年十月に友厚は堂島米商会所の再興に尽力した。旧幕時代、物価の基準は米価であった。即ち、毎日の堂島の米相場が物価を支配していた。ところが、明治二年四月、政府は米会所の立会を禁止した。しかるにこのため、金融の円滑を欠くこともあったので、政府は再びこれを許可して、明治六年頃には「堂島米油会所」と称して油取引をも同時に行った。明治九年八月一日、太政官は米商会所成規を布告した。そこで、友厚は油取引を切り離した純然たる堂島米商会所を株式組織で創立しようとして、田中市兵衛、土居通夫に命じて、鴻池善右衛門、三井元之助、磯野小右衛門等に交渉して政府へ出願せしめ、十月許可を見たのである。友厚は十二年の春、米価騰貴を防ぐため、広瀬宰平と組んで売方に出て、買方を相手に戦ったことがある。買方は一年以上頑張ったが、友厚に抗し得なかった。因みに堂島米商会所は堂島米穀取引所の前身である。米穀取引所は昭和十四年八月二十五日に廃せられた。

大阪株式取引所の創立もまた友厚の尽力によっている。

政府は明治七年十月株式取引所条令を発布して、東京、大阪に各一ヵ所の取引所を置くことになった。これは会社設立の機運が勃興したのと、政府発行の公債が巨額に上ったので、取引所設立の必要があったからである。ところが、同条令は当時のわが経済事情と相容れないものがあったので、友厚は有志と謀って、その実施延期を乞うと同時に、政府に対し意見書を提出した。そこで、政府は十一年五月十四日新たに株式取引所条令を発布した。間もなく、友厚は鴻池善右衛門、三井元之助、住友吉右衛門、山口吉郎兵衛、井口新三郎等と共に発起人となって、大阪株式取引所創立のことを議し、六月四日創立願書を大蔵卿大隈重信に提出した。六月十七日許可があり、八月十五日北浜二丁目に開業した。

大阪株式取引所の創立を指導した友厚は、同時に大阪商法会議所の創立に奔走している。

旧幕時代、大阪には株仲間というものがあったことはさきに述べた。いわゆる同業組合のようなもので、この仲間の厳重な申合せでよく商業統制が自制されて来たのだが、維新後株仲間が解散されたので、商業統制は紊乱した。明治六年有力者が相謀って、新たに規約を設けて、統制を行おうとしたが、成功せず、いたずらに奸譎の徒が横行し、商業上の徳義信用が全く地を払い、大阪の商業を衰退せしめる原因となった。

そこで友厚は中野梧一、藤田伝三郎、広瀬宰平等と謀って、商業の自治統制を行うには、商法会議所を設立するにしかずとして、有志十四名の連署をもって、十一年七月大阪商法会議所の設立を府庁に提出し、八月許可を得たので、更に同志を募集して六十余名の賛同者を得、九月第一回総会を西本願寺津村別院に開き、友厚は推されて初代会頭となった。

会議所の仕事としてまず始めたのは商業仲間の成則を設けることであった。ところが当時の議員中には未だ新しい経済体制を理解し得ぬ者があり、友厚は非常な苦心をした。議案の審議中友厚は議員に趣旨を徹底させるため、しばしば会頭の席を中野副会頭に譲って自ら議席に下って発言したと、当時の「大阪商法会議所議事日誌」に誌されているのはその一例である。因みに大阪商法会議所は今日の大阪商工会議所の前身である。

こうして友厚は大阪商法会議所の会頭として、大阪の商人を新しい経済体制に適応させるための指導啓蒙に当ることになったが、更にその趣旨を徹底させるために、大阪商業講習所を設立した。

明治初年のわが国の教育制度は微微として振わず、殊に実業教育などというものは、全く顧られなかった。当時の実業徒弟はすべて、年期制で幼時より主家に入って商売を見習うだけでこと足れりとしたばかりか、もともと商人は町人として卑められて来たので、自らも卑下し、新知識を呼吸して、社会上の地位を向上させようとする者は無かった。自然、旧習を墨守するを能として、進取開発の気に乏しかった。

そこで友厚はこのままでは大阪の実業界は遂に時代に取残されてしまうであろうとし、新しい実業家を養成するための機関をつくるべく、自ら創立委員長となって有志の寄附を募った。そうして十三年十一月十五日立売堀に設立されたのが大阪商業講習所で、桐原捨三が初代所長に聘されて、商家の子弟を収容して授業を開始した。

生徒は始め六十余名を得たが、次第に増加した。そこで友厚は更に規模を拡張するためには、府立にすべきであると思い、翌十四年七月、大阪府知事建野郷三に請願書を提出した。知事はこれを容れ、八月三日校舎を江戸堀南通三丁目の旧府会議事堂に移した。今日の大阪商科大学はその後身である。

二

伝に曰う。友厚は家に在ると外に在るとを問わず、一日能く数十人の客に接し、そのため毎夜眠りに就くこと僅かに四五時間に過ぎなかったと。

しかも、友厚はその僅かの眠りをさえ妨げられることが多かった。自己の経営している業を想い、大阪財界の指導啓蒙について想うたばかりではない。友厚は更に進んで、日本の財政について頭を悩まし、安んじて眠れぬ夜もしばしばあったであろう。で、夜が明けるや、自ら筆を執って政府への建白書を認めることも、一再ではなかった。

明治新政府は百事草創に際して、なお佐賀の兵乱、台湾出兵、西南の役などに多くの軍事費を支出したので、財政上非常な窮迫を来し、その上十二三年の交には内外貿易の不権衡から正貨が盛んに海外に流出した。そこで政府は止むを得ず一時銀貨取引所の営業を中止したが、その効果がなく、窮余再び銀貨を売り出し、物価の騰貴を抑制しようとした。が、正貨の流出は依然として停止する所を知らず、明治十三年に至って国庫の準備金はいよいよ欠乏して、辛うじて一ヵ年の歳計を維持するに過ぎないという状態であった。

紙幣の価値は当然下落した。銀貨一円に対し紙幣一円七十銭というひどい時もあった。自然米価は暴騰する。諸物価もそれに応ずる。そのため旧士族及び商工業者の窮状はとくに甚しかった。

政府が対策に腐心したのは勿論である。が、徒らに議論百出するばかりで、適切な救済策を見出し得なかった。

野にある友厚はこれを見てじっとして居られなかった。友厚は十三年の七月末上京した。そうして右大臣岩倉具視に面会して、自己の財政救治策を披瀝し、なお長文の財政意見書を提出した。

この財政意見書は一冊のパンフレットになり得るぐらいの長文で、なお意見書附録もついており、ここに紹介するわけにはいかぬが、その趣旨を簡単に説明すれば、米納の制を復活すべしというのであった。即ち、政府は明治七年地租を改正し、米納の制を廃止して金納の制を実施した結果、米価は常に農民の左右するところとなり、政府にその調節の力がなくなったために、勢い諸物価の騰貴を促進するに至ったのである。そこでその対策としては米納の制を復活するより外に方法がないという意見である。

岩倉はこの意見に共鳴して、早速閣議に諮って、米納を決行しようとした。

前略過日は早速来訪忝存候。其節米納論意見書感銘此事に候。此儀は元来熱心中立、是非貫徹有之度儀に付、実に意見符合、殊に得失利害無漏御陳述、此旨趣定て前大蔵卿（大隈重信）にも同意ありし事を推察御談話如何ありしや。少々心得の為め極内々承知致置次第に有之、乍御面倒其模様只一筆にて宜敷候間御報有之度、此段申入候也。

右は岩倉が八月五日友厚に寄せた書である。ところが、八月十六日閣議にかけて、黒田参議、大木司法卿などは賛成したが、なお是非の論は決せず、友厚に命じて更に米納論の見込方法書を提出させることになった。

友厚は早速長文の「米納論」を認めて提出した。その主意とするところは、地租五分の一を米納とすれば、政府は一ヵ年に百万石の現米を自由に処分出来るから、米価ひいては物価の調整を図ることを得るだろうし、また貯蔵米の輸出も行えば貿易の均衡も図れるだろうというのであった。

黒田はこの論旨に殆んど感激して、八月三十一日に寄せた書の追伸として、「彼の攻撃論自然起るべし。十分勝算立置ずんば不相済事に付、幾重にも敵を遂に降服さするの神策奉悃禱候。実に国家の命脈にも関する程の重大事件なれば祈念此事に御座候。何分千思万慮すれ共他に所見無御座、返すゞに爾後の所奉伏冀候」と述べている。即ち、いくら考えても米納論より外に今日の国家の大事を救う法はないから、あくまで閣内の反対意見を屈伏させる決心だというのである。

ところが、この黒田の熱心を以てしても、反対意見には勝てなかった。米納制は採択されず、友厚の苦心は水泡に帰した。が、友厚はあくまで自己の見識に対しては自信を持っていた。彼は言った。

「今日この法は行われなくても、いつかは必ず行われる時があろう」

果して、後年第一次世界大戦後に至って、米価が暴騰した時、政府はその対策として米価調節令を出し、大正十五年以後は年年米穀の買上げ貯蔵を行って、米価の調節を図った。

無論友厚の意見とはその手段は違うけれども、目的とするところは似ていると言えるだろう。

因みに、友厚が十二年の春から十三年の夏にかけて、堂島米商会所で猛烈な売りに出たのも、やはり米価調節という同じ意図からであったことはさきに述べた。この友厚の買方相手の戦いは、堂島史上に残る壮烈なもので、買方の中には相当悲劇も生じたが、しかし、自ら信ずるところを貫こうとしてやまぬ友厚の熱意は悲劇を超越するくらい悲壮であったとも言えよう。

友厚が自信の人であったことは、既にしばしば述べたが、そのことでなお述べて置きたいことがある。話は米納論問題より一年さかのぼる。

十二年の九月十五日、大阪の富豪藤田伝三郎が突然高麗橋一丁目の自邸より拘引された。同時に商法会議所副会頭中野梧一も拘引され、倶に堺の南宗寺の臨時調所へ送られた。嫌疑は藤田組が二円紙幣の贋札を行使したというのである。

このことが伝わると、朝野は愕然とし、噂は噂を生んで殆んど全国に達し、あるいは贋造額数百万に上るといい、あるいはその贋札は既に一般に流布されているといった。そのため、二円札の流通は一時全く杜絶してしまい、人心は動揺した。

友厚は直ちに藤田組の関係銀行全部に亙って、紙幣の調査を行い、贋造紙幣の無いことを確めると、藤田組の無罪を信じた。そこで友厚は、市民を商法会議所に集めて、噂の信ずるに足らぬことを演説し、更にもし贋造紙幣を所持する者があれば、何時でも商法会議所で引換に応ずると告示した。友厚の演説と告示は新聞にも掲載された。市民ははじめて疑惑を解き、安心して二円紙幣を使用した。そうして、財界の不安は一掃された。東京でこの新聞を見、かつ大阪の平静を知った中井桜洲は書を寄せて、「官民」の疑惑を一片の文字にて氷解せしめたるは、「閣下一世の大出来」と言った。が、中井は「閣下一世の大自信」というべきであったろう。

何故なら藤田組の贋札行使については、既に警視局へもと藤田組の手代であった木村真三郎という者の「実地録」と題する詳細な投書があり、またそれより先十一年十二月、京都、大阪、兵庫、岡山、熊本、鹿児島から大蔵省へ納付した税金中、二円紙幣の贋札が出ていて、警視局としても相当確信あっての上の検挙であったからである。それを友厚は事実無根を主張したのである。余程自己の調査に信ずるところが強くなければ、出来ないことであった。友厚は大隈にも会うて、藤田の無罪を主張した。果して藤田らは拘引後三月にして、無罪釈放となった。誣告者の木村真三郎は懲役七十日に処せられた。十五年に至って真犯人が検挙された。熊坂長庵という男で、二千枚の二円紙幣を贋造行使した旨自白した。

友厚は藤田のためには良く尽した。いつの頃であるか、年月は不明であるが、友厚は半田銀山の技師長であった瓜生秦に、小坂鉱山の調査を命じた。瓜生は友厚がその経営に当るものと思い、鋭意慎重に調査した。その結果、有望なりとの確信を得て、その旨友厚に報告した。友厚はその調査書類を藤田伝三郎に与えた。藤田組は直ちに小坂鉱山の経営に着手した。瓜生は呆然としたという。

ひとり藤田だけではない。友厚なきあとの明治の大阪財界に雄飛した土居通夫、広瀬宰平、伊庭貞剛、田中市兵衛、松本重太郎などの新進実業家は皆友厚を頼み、友厚の指導、尽力によって、新時代の実業家となり得たのである。

が、これらの人達は果して友厚にどれだけ報いたであろうか。大隈重信は「故五代友厚伝」の序で、「藤田伝三郎とか、田中市兵衛とか、伊勢の諸戸清六とか、土居通夫とか、住友の広瀬宰平とかそれから川崎庄蔵とかいう人々は皆五代氏の世話になったんで、まだ其他にも此類の人は少くなかったんである。斯ういう人達があるのに、五代氏の死するや遺産無くして却て負債を残した」と不思議がっている。大隈は晩年どちらかといえば友厚とは意見を異にして、衝突することが多かった。その大隈にしてこの言がある。しかし、言うならば、これらの人達は友厚個人や遺族にはたいして報いなかったけれど、友厚なきあとの大阪の財界をよく発展させた。友厚の遺志をついだという点、やはり友厚は報いられていると見るべきであろう。

が、友厚の死後を述べるのは、未だ早い。明治十三年には友厚はまだ四十六歳、彼にはなお述べるべき事業が多い。

第八章

一

友厚の本願は大阪の更生開発にあったから、その事業の殆んどは大阪で興されたが、しかしなお東京にも業を興さなかったわけではない。東弘成館は別としても、たとえば東京馬車鉄道株式会社の創設がそれである。

江戸時代の市内の交通機関は、いうまでもなく駕籠、川船、馬などであったが、明治に入って三年、和泉要助、鈴木徳次郎、高山幸助の発明によって人力車が出現した。一説に東京銀座の秋葉大助の発明とされているが、秋葉はただその製造を行っただけである。一方、外人の使用していた馬車も漸次日本人間に流行して、東京乗合馬車会社というものも出来た。が、なお軌道馬車は出現しなかった。

明治十二年、外国より帰朝した薩摩の人、種田誠一、谷元道之の二人が東京市内に馬車鉄道を創めようとして、奔走した。が、力及ばず、成功しなかった。二人は大阪に来て、郷里の先輩である友厚に事情を打ち明けた。

友厚は上京した。そうして一両日奔走すると、設立の見込がついた。発起人の筆頭に友厚の名を出すと、五十万円の株式は二三日で集った。そこで十三年二月二十六日、設立許可願を提出し、十二月二十八日許可があり、社名を東京馬車鉄道株式会社とし、谷元は社長に、種田は副社長に、友厚は顧問役となった。直ちに工事に着手し、十五年六月二十五日から新橋、日本橋間を営業し、十月には雷門まで開通した。友厚は東京財界でも重きを成していたのである。

この馬車鉄道は創業当時二十四人または二十七人乗三十台程度運転して、日収三百円をあげたに過ぎず、友厚の興した事業としては、取るに足らぬものであったが、注目すべきはこれに渋沢栄一が関係していることである。伝には渋沢の名は出ていないが、土屋喬雄氏によれば、東京馬車鉄道は友厚、渋沢によって創められたとされている。即ち、友厚が種田、谷元の二人に頼まれて上京した時、まず説いて謀ったのは東京の渋沢であったことが想像される。渋沢は賛同し、そうして創立のことが成ったのであろう。つまりは、西の友厚と東の渋沢はこの時はじめて提携したのである。

友厚と渋沢はその実業家としての性格、地位、事業を殆んど同じくしている。友厚は薩藩の儒官の家に生れて討幕のことに当り、渋沢は武州の豪農の子として生れ慶喜に仕え、その立場を異にしたが、しかし渋沢もやはり慶喜に仕える前は志士として行動していた。志士的風格、及び活動という点では、渋沢は友厚に劣るが、しかし、両者とも勤皇の志は同じであった。

次に両人とも幕末に際して渡欧して、共に新知識を仕入れて帰ったが、友厚の渡欧は渋沢より一年半早い。その点先輩である。

明治新政府成立するや、両者とも用いられて官途に就き、それぞれ下野して民間の人となったが、用いられたのも、退官したのも友厚の方が早い。友厚が民間の人となったのは二年七月、渋沢は六年の五月である。

渋沢は退官後第一国立銀行の総監役となったが、友厚も銀行業には無縁ではない。銀行の前身たる為替会社は友厚の尽力で生れたのである。鉱業においても友厚が先輩であることはいうまでもなかろう。渋沢は十六年に大阪紡績会社を設立したが、紡績業では友厚は日本における先駆者である。石川造船所は渋沢の尽力で創められたが、しかし友厚は既に幕末長崎で小菅修船場をつくって、造船業の先駆を成している。渋沢は生家が藍業を営んでいた関係上、インジゴーの製造を計画したが、友厚の朝陽館が既にその製造を行っていた。

東京における商業講習所、商法会議所の設立が渋沢の手で行われたのは、大阪における友厚のそれよりも稍《やや》早かったが、そのように詮索して行けば、たとえば友厚による大阪株式取引所は渋沢による東京株式取引所よりも、設立がいくらか早かった。

してみれば、友厚は実に多くの点で、ことに明治初年の実業界の指導啓蒙という点で、渋沢の先輩であった。友厚の退官が早かっただけに、新しい型の実業家は渋沢の出現前に、既に友厚という代表者を得ていたのである。ただ、友厚はその死期においても、渋沢の先輩であった。友厚は早世し、渋沢は長命した。渋沢が先覚者としての友厚に直接どれだけ学んだかは不明であるが、もし間接にしろ学んで、そうして藍に因んで、出藍という語を用いれば、渋沢がよく出藍し得た原因の一つは、長命にあったといえるだろう。

ともあれ、この性質を同じくした東西実業界の両巨頭が、はじめて提携したのが東京馬車鉄道という何でもない事業であったことは、興深いものがある。そうして、以後この二人の提携はなかった。強いて言えば、海運業に関していくらかそれが見られる。

明治初年のわが海運業は殆んど全く三菱商会が独占していた。そうしてこれには政府の強力な保護政策が与って力があった。ところが、三菱保護政策を遂行した大久保が明治十一年に斃死した。次に三菱を保護した大隈が十四年に野に下った。大隈は十五年四月立憲改進党を組織して、しきりに政府に対した。三菱は大隈を助けた。農商務大輔の品川弥二郎はこれを苦苦しく思った。

こういう気運の下に、三菱に対抗すべく渋沢は十三年東京帆船会社を創設した。次いで十五年七月東京帆船会社を中心に北海道運輸会社、越中風帆会社その他を合併して、資本金三百万円の共同運輸会社が創立された。益田孝、渋沢善作、小室信夫らが創立委員であった。渋沢栄一の名は委員の中には見当らぬが、裏面で指導していたことは勿論である。

渋沢がこの共同運輸会社を以て三菱に対抗せんとしたのは、三菱の個人主義に対する合本主義の持論から生れたものであった。品川弥二郎はこれを援助して、資本金三百万円のうち政府出資百三十万円と成った。品川は会社設立に当って、「国家経済の消長に関する海運の大事業を久しく一私人一会社の独占に放置するは弊害百出却って其発展を妨げ悲しむべき結果を齎すものである。此際の急務は新なる大会社を起し、両々相制し相励みて事に従わしむる一事あるのみ」と意見を述べたが、ひとつには、政府に対した大隈ひいては大隈の影にある三菱の岩崎に対抗せんとしたのであった。

友厚はこの間に在って、何をしたかは不明である。が、当時品川が開拓使大書記官であった安田定則に宛てた書翰に、「共同運輸会社の事許可になりたり。明日は是非御出省奉待候。マタ許可になりしこと五代氏へ別にやぢ（弥二郎）より通知不仕候故、老台より直ち御通知置可被下候」とあるところをみれば、友厚もまたこの間に在って隠然睨みを利かしていたろうことは、想像に難くない。

けれど、友厚は共同運輸会社にも三菱商会にも組みしなかったらしい。で、両者の抗争が漸く激烈を極めて来た時には、友厚は進んで居中調停を行おうとつとめたらしいのである。

三菱と共同運輸の抗争がいかに猛烈であったかは、当時の書に「客も船長も向ふ鉢巻、採算度外、無暗に石炭を焚き、煙突を真赤にして航海すれば、弥無賃同様となり、挙句の果てがロハとなって其上手拭一本を添へた」とあるのを以てしても分るだろう。両者の抗争は単に一三菱汽船、一共同運輸汽船間の客の奪い合いではなかった。岩崎と渋沢の戦いであった。大隈と品川即ち政党と政府との戦いでもあった。そうして両会社は全くロハ同然で客を乗せたので、双方傷つき、損失が甚しかった。

友厚はこれを憂慮した。彼の思想からいえば、勿論共同運輸の合本主義に近い。即ち民業独占の個人主義は彼の嫌うところである。が、彼は合本主義の徹底を期するためには、更に三菱、共同運輸の提携を図る必要があると思った。十七年四月、岩崎弥太郎は次のような書を、友厚に送っている。

昨夜は失恭を極め申候。御海恕奉祈候。段々の御意見承知仕り感佩此の事に奉存候。乍不及も御垂示に随ひ屹度尽力仕り可申心得に御座候。万端宜敷御托し申上候。西村との会合は、少しも早急を要する訳と愚考仕候間、猶又御考配の上可然御斡旋の程奉万希候。前条云々は、前途の大目的に関する不少訳に付、幾重にも御配慮被成置候様偏に希望仕候。拝芝にて委細可申上候へ共、不取敢昨宵の御挨拶旁々匆々。

文意は漠然としているが、「段々の御意見」というのは、共同運輸との抗争に関するものであったと思われる。「万端宜敷御托し申上候」を直ちに三菱、共同運輸との提携と見るのは些か早計であろうが、それかといって友厚が岩崎に「渋沢を向うに回して大いにやれ」と言って、その尽力をしたとは思えない。やはり、いくらかの居中調停を試みんとしたのではなかろうか。友厚の当時の財界における地位、その性格からいって、彼がこの抗争を黙って見ていたとは到底思えないのである。両者の提携が全く行われて、合併による日本郵船株式会社が創立されたのは、十八年の十月一日であった。が、その時には既に友厚はこの世にいなかった。

因みにこの抗争が大隈の下野に端を発していることは既に述べたが、この大隈の下野については友厚の原因するところが、寔に多かった。以下それに就て述べる。

二

明治十四年六月三日、友厚は中野梧一、広瀬宰平、杉村正太郎、阿部彦太郎、藤田伝三郎、田中市兵衛その他の有志と謀って、資本金百万円を以て関西貿易社を創立し、本社を大阪靭北通一丁目三番地に置いて、友厚はその総監となった。副総監は広瀬宰平である。

ところが、たまたま政府は北海道に於ける開拓使を廃止しようとした。そこで当然、開拓使の官有物が問題になる、政府は当時官有物の民間払下げをしばしば行っていた。

それに倣うて、北海道の官有物を民間へ払下げようとした。

そこで友厚は中野梧一、田中市兵衛と共に六月十四日北海道に至り、視察調査を行った。そうして先ず岩内炭坑及び厚岸山林の払下げを受けようとして、七月開拓長官黒田清隆に出願した。黒田はこれを許可した。

ところが同時に開拓使大書記官安田定則らが退官して興そうとした北海社という会社から、開拓使経営の官有物即ち各種製作場、試験場、牧畜場、倉庫、船舶等の払下げが出願された。黒田はこれを無利息三十ヵ年賦の三十万円で払下げようとして、閣議に諮った。

北海道開拓使は明治二年以後十三年までに国庫から一千四百九万円余を受けていた。実に莫大な金額であった。余り支出が多いから開拓使を廃止しようということになったのである。それを三十万円で払下げようというのである。黒田の誤算も甚しい。大蔵卿の佐野常民は猛烈に反対した。大隈参議も反対した。

しかし、大隈、佐野を除く閣議は大体黒田の説に傾いた。大隈は自説を通すべく、横浜毎日新聞、郵便報知新聞、朝野新聞、嚶鳴新誌等の新聞を利用して、開拓使払下げを攻撃させた。折柄国会開設を唱えていた民権論者はこの機を捉えて、素志を遂げようとし、新聞または演説会でさかんに攻撃した。

攻撃は主として黒田、友厚に向けられた。北海社と関西貿易社は表裏一体であるというのである。そうして、黒田は友厚の後輩である。薩の官、民相結託して私利を謀るのは不都合であると、喧喧囂囂した。が、果して友厚は誤っていたかどうか、広瀬宰平が八月三十一日友厚に送った書翰がある。

——頃日北海道の事に係り、各新聞紙上に於て喋々之を切論し、又は各地に演説を開き、或は九州其他の各地に遊説員を派遣し、其論ずる所、説く所の主意は、皆北海道諸工場払下の一点にして、開拓使及北海社と関西貿易会社の間に於て私利を謀るといふに外ならざるなり。其論旨の詳細は、諸新聞に於て疾くに御了解と奉存候に付、敢て贅言を用ひず。其由て来る所は皆某社の策謀に出る事とは窃かに推察致候得共、世人は此原由を詳にせず、各新聞又は演説の為に誑惑せられ、世上紛々北海道所分の不平を鳴らし、此機に乗じて民権論者も口を極て政府を罵り、実以て穏かならざるの形態を顕せり——

もって友厚がいかに攻撃されていたかが判明するが、さらに宰平は続けて、

——開拓使より北海社へ払下げたる諸工場に就ては、政府も深く見る所ありて、他の人民に払下げるよりは積年其事に関係し、寒苦上実験ある者（北海社を指す）へ払下げ相成候方其功を得る必然なれば、北海道の為には大に都合宜しく、又開拓長官に於ては一の私心を有せる人に非ざれども、今日世人は右等の事理を思考せず、只一方に

向ひ私偏の処分を喋々止まざるも未開の人心現況の形勢なれば之を弁解せしむるの道なく、又聊《いささ》か無理ならざるの情態あり。（中略）又北海社と貿易会社とは其関係なしと雖も、将来該社と貿易会社と連絡を通じ、互に其事を相補助するのことに至らば、世上の論者は何んとか言はん、果して然りの語を用ゆるに至る可し。（中略）又今日世上論者の口を極て説く所のものは、開拓使及北海社、貿易会社等のことは、挙て貴下一人の計略より出るもの、如く言触し、貴下一人其責を担ひ、奔走御尽力有之、万々一御身に対し不慮の災難有之候ては、為国家以嘆慨の至り——

そこで、宰平の友厚に勧めたのは、こうである。

——故に今世上論者の喋々する所に抗激せず、暫時耐忍一歩を譲り、貿易社へ御払下げ相成候岩内炭坑及厚岸官林等の如きは之を返却し、奇麗に手を引き、開拓使の北海社へ工場等払下の順序、且つ関西貿易社は右に関係せずして、単に岩内の炭坑其他何々を払ひ下るの見込なりしも、断然返還せりとの次第を明かに天下に公告し——（下略）

宰平は関西貿易社の副総監である。そうして友厚は総監である。してみれば、宰平の友厚に宛てて書いた事には虚偽はない。即ち、友厚が払下げを受けようとしたのは、岩内炭坑と厚岸官林であり、他は北海社という別個の会社に払下げられようとしたものであることは信ずべきである。

しかし、北海社と関西貿易社とは全然関係がなかったかどうか。「将来該社と貿易会社と連絡を通じ、互に其事を相補助するのことに至らば、世上の論者は何んとか言はん」という宰平の言は、いささか語るに落ちている。してみれば、友厚は開拓使官有物払下げには無縁ではなかったわけである。

が、私利を謀ろうとしたと見るのは、友厚を曲解している。よしんば一歩譲って友厚が関西貿易社の手で払下げを受けようとしたとしてみても、それは開拓使がなし得なかった北海道開拓の事業を、民間でなし遂げようと図ったのである。既に官有物は続続民間へ払い下げられて、民業隆盛を助けている。友厚にしてみれば、北海道の開拓は開拓使に任すより自分がやった方が国家のためにも利するところが多いという自信を持っていたのであろう。ことに開拓使は廃止されようとしているのだ。

が、問題は三十万円という低額、無利息年賦という点にある。黒田の誤算か、友厚の誤算か、この金額、この条件はまるで通り魔のようなものであった。ここに於て友厚は救わるべからざる大失敗をやったわけである。友厚自身北海道のため、国家のためにと思ったのであるから、自らやましいところはなかったであろうし、また閣議も大体その金額、その条件をよしとしていたのであるから、天下に恥ずるところもなかったであろうが、もし友厚が北海社と結んで実際に払下げを受けていたとすればどうか。

友厚はその才幹を振って、瞬く間に北海道の開拓に成功したであろう。が、功成り、ひいては関西貿易社の発展を招来したのを見ては、恐らく払下げの際の額は余りに尠かったのに一驚したに違いない。そうして、北海道の開拓をもって国家に益しながら、その額を思うて、失敗《しま》ったと呟いたに違いない。しかも、攻撃は依然として続けられ、友厚は鬱鬱として心晴れないものがあったに違いない。が、天は友厚の晩年が右のような危きに陥ることを救うた。即ち、十月閣議は開拓使廃止のことは取り止め、これと同時にさきに許可せんとした官有物払下げを取り消した。さらにこのことが直接の動機となって、国会開設の気運が頂点に達し、明治二十三年を期して開設すべしという大詔が煥発せられた。

大隈はしかし台閣に在りながら軽挙盲動したというので、下野のやむなきに至った。友厚の関西貿易社も十二月解散した。

こうして開拓使払下げ問題は一段落ついたが、さきに大阪会議を斡旋し、ひいては国会開設の気運助成に多少は与った友厚が、ここでもまた国会開設の直接動機をつくったのは、奇縁というべきであろう。

第九章

北海道開拓のことは失敗に期したが、しかし自ら顧みてやましいところなしと自信した友厚は、朝野の攻撃にあって萎縮するようなことはなかった。そのことの失敗に銷沈するようなことはなかった。彼は更に新しい事業に向って進んで行った。

それより先、十四年五月に友厚は中之島に大阪製銅会社を創設して、のちの住友伸銅、増田製銅所の礎石を築いたが、明治十七年の二月には藤田伝三郎、松本重太郎らと謀って、大阪難波より堺に至る延長六哩の私設鉄道の敷設を出願し、六月十六日許可をまって、資本金二十五万円の阪堺鉄道会社を創設した。阪堺鉄道会社は今日の南海鉄道会社の前身である。

一

私は現在南海鉄道高野線沿線に住み、常住南海鉄道の恩恵を蒙っている。現在ばかりではない。幼時から南海沿線の住吉、大浜、浜寺、和歌山へ行く機会が多く、南海電車は私の最も親しみ深い郊外電車である。今でも旅行から帰った時、難波まで来てはじめて大阪へ帰ったという気がする、それほどである。その南海鉄道が友厚を創始者としているとあれば、この点でも私の友厚から蒙る恩恵また無しとしないと言っては、言い過ぎだろうか。

因みに友厚と共にこの阪堺鉄道の創設に当った松本重太郎は、当時堺街道をてくてく歩いて、袂より豆を取り出しながら堺における荷物の運搬、行商人、遊覧者の数を豆算用して事業の将来を卜したということである。友厚はじめ知人は松本の豆算用と言った。

次に友厚は藤田伝三郎、田中市兵衛、杉村正太郎らと共に神戸桟橋会社を創立した。十七年十一月である。そうして、これが友厚の最後の事業であった。

友厚は明治十三年即ち四十六歳の頃より心臓病の兆候があったが、十八年のはじめ東京築地の別邸で眼疾に罹り、ついで糖尿病を併発した。そこでその年の六月に大阪に帰って、府立病院長吉田顕三はじめ緒方拙斎、高橋正純、高橋正直等の医師の治療を受けたが、病勢は重くなる一方であった。七月、大蔵卿松方正義が大阪へ来て、友厚の病むを見た。松方は帰東すると、早速海軍軍医大監高木兼寛を下阪せしめた。高木は診察の結果友厚に上京して療養すべきを勧めた。

友厚は八月二十日病を扶けて上京し、築地の別邸にはいった。当時は自邸の附近を散歩できるくらいであったが、九月十七日病が篤くなった。高木は陸軍軍医総監橋木綱常と共に治療に当った。二十日急変、二十二日殆んど危篤状態に陥った。この日友厚は勲四等旭日小綬章を賜った。

三日後、二十五日午後一時、友厚は五十一歳の生涯を終った。葬儀は十月二日、大阪で行われた。松方正義の発意というが、思うに当然のことであろう。

遺族は豊子夫人、長男秀夫、次男友太郎、長女武子、次女藍子、三女芳子、四女久子である。豊子は萱野康次の長女、森山茂の実妹で、明治三年正月友厚に嫁いだ。豊子は二度目の夫人である。友厚は慶応三年、坂本氏の女を娶ったが、故あって離婚した。いかなる故であったかは不明である。長女武子は明治四年十二月六日に生れ、長じて九里龍作に嫁いだ。龍作は五代家をついだ。次女藍子は明治九年十月一日に生れた。友厚が朝陽館を創立した直後である。藍子とはそれに因んでつけられた名だが、藍子は長じて後ち自ら鉱山を経営した。三女芳子は明治十四年十一月三十日の出生、後ち土居通夫の養女となった。翌年六月四日四女久子が生れた。久子は長じて後ち杉村正太郎に嫁した。続いて十六年三月二十六日には、長男秀夫が生れたが、秀夫は四十年八月十九日に歿した。次男友太郎は十八年四月四日に生れた。そうして翌年一月、時の検事長野村維章の養子となった。

百万円の負債が残された。友厚の自身経営した事業は、着眼といい経営法といいいずれも時代に一歩先んじたものであったが、それだけに直ちに友厚の財を増すというわけにはいかなかった。その事業はなお数年、十数年の歳月を俟って、はじめて成果挙がるべきものであった。が、友厚はそれを見ずに死んだ。あるいはもう二十年生きれば、友厚は五代財閥の如きものをつくり得たかも知れぬが、しかし彼はそれを実現せぬうちに、世を去った。が、その代り彼は大阪更生の礎はつくった。礎は負債百万円を以てつくられたわけである。
負債はあったが、倖い鉱山、工場その他の不動産があった。負債の整理に当った堀孝之はそれらの不動産を挙げて、償却した。そうして友厚の遺族は殆んど無一物となった。友厚が私利私慾のために商の人となったのでないことは、この一事が証明している。

大正三年、正五位に御贈位の恩命があった。侍従武官長より当時の知事大久保利武に対し、友厚の伝記を提出すべき旨申達があった。知事は関係方面を当ってみたが、伝記と名づけられるようなものは何ひとつとして探し出せなかった。侍従武官長は慨歎して、「故五代氏は大阪の大恩人として、当地の人士の頭脳に忘るべからざる深刻の感念を与え、新大阪の創業者として最も深大の縁故を有せるに拘らず、其の死後三十余年に及んで、未だ其の細片の伝記と雖も其の出版を見ざる所以は、大阪人士の冷淡なる所以は今更乍ら云うに及ばずと雖も、大阪市として不面目極まる話ではないか」

と、言ったということである。友厚はすっかり大阪の人人から忘れられていたのである。彼の伝記の出版が行われなかったことと、彼が大阪の印刷業の恩人であったこととと、どう結びつけて考えれば良いのだろうか。

大正十年に、贈位記念友厚会からはじめて「故五代友厚伝」が出版された。が、友厚の歿年すら間違っているようでは、信ずるに足らぬ伝記であった。しかも上下二巻出る筈のところ上巻のみの刊行で終った。昭和八年九月に女婿の五代龍作が「五代友厚伝」

を編纂刊行し、翌九年六月にその訂正再版が出た。これはほぼ信ずるに足るが、なお誤謬多く、正伝とはいい難い。

けれども今のところ友厚の伝記としてはこの二冊があるだけで、大阪府市当局その他の関係当局から友厚の正伝が刊行されたことも、またその計画があることも私は聴かない。友厚の大阪開発は成功したが、啓蒙はなお成功しなかったのであろうか。

ところが、さすがに大阪府市当局は昭和八年十一月二日より三日間大阪商工祭を主催して大阪商工界の物故先覚者を合祀するに当って、明治初年の先覚者の筆頭に友厚を掲げた。

その時、友厚と共に明治初年の先覚者として合祀された人達は、磯野小右衛門、田中市兵衛、藤田伝三郎、松本重太郎、広瀬宰平、土居通夫、山辺丈夫の七人であった。友厚なきあとの大阪の商工界はこの人達によって指導されたのである。そうしてこの人達はすべて友厚の指導、援助を受けて、新時代の実業家となったのである。

以下この七人に就て簡単に述べる所以である。

二

藤田伝三郎は長州藩の人である。天保十二年五月十五日に生れた。少時郷塾に漢学を修め、十六歳の時分家を再興して酒造業を営んだが、長藩に勤皇の議起るや、業を捨てて国事に奔走、維新後東京に出て山城屋和助の手代となった。

明治六年井上馨が官を辞して大阪に先収会社を興した時、藤田は友厚の推薦で頭取となった。先収会社は一年半で解散したが、藤田組を興し友厚の指導を受け、世話にもなった。小坂鉱山や、贋札事件などについてはさきに述べたが、当時藤田の関係した事業は殆んどすべて友厚の創意にかかるものであった。鉱業、堂島米商会所、大阪商法会議所、阪堺鉄道会社、大阪紡績会社等。

藤田は友厚の死後、商法会議所の二代目会頭となった。友厚と藤田の関係がこれで分るわけである。藤田は友厚の歿後、よくその指導理論に基いて、大阪硫酸製造会社、山陽鉄道会社、太湖汽船会社、大阪商品取引所、宇治川電気会社、台湾森林開発、南洋ゴム栽培、鉱山の開発等の事業を興し、大阪の実業界を隆盛に導き、大阪財界の第一人者となったが、創意、先覚的見識指導者としての情熱、士魂商才的風格などから見れば、友厚の足許へも寄れなかった。彼はただ友厚が苦心して開いた道を楽走して、よく事業の規模の大に達し得たのである。

茶事、能楽を好み、書画骨董の鑑識を能くしたといわれている。明治四十五年三月三十日に歿した。

広瀬宰平は江州の人である。文政十一年五月五日江州野州郡八夫村北脇谷に生れ、十一歳より住友家に仕え、明治二十七年六十七歳で辞するまで、住友家にあること五十七年、住友家の今日ある基礎をつくった。

住友が幕末維新の際窮迫して、負債の償還のため別子銅山を十万円で売却する議の出たことは、第四章でも述べたが、この時広瀬は猛烈に反対して、住友の没落を未然に防いだ。そうして、別子銅山の経営に非常に苦心した。友厚が指導したのはいうまでもなかろう。

広瀬は店員が年始の挨拶に「相変らず」というのを聞いて、「願くば百事相変って旧の如くなきを」と述べた。そうして、「もし旧に仍りて相変更するところがなかったならば、住友の家道は衰えるのだ」と説明したという。

彼が住友家の事業以外に行ったのは、明治二年築港義社を起して、安治川下流を改修せんとしたことと、明治八年八弘社を創設して、長柄、千日前、飛田等の墓地の整理を行い、葬祭に関する旧套墨守の弊を一掃したことなどであるが、更に大阪商法会議所、大阪株式取引所の創立には友厚のよき片腕となった。なお、友厚の創めた事業をのちに住友家で継いだことも、さきに述べた。

独学よく経書に通じ、詩書を能くし、詩集のほかに「半生物語」という自序伝があり、大正三年一月八十七歳で歿した。

土居通夫は広瀬が住友を代表したように、鴻池を代表した。が、広瀬が住友の子飼いであったに反して、彼が鴻池家の顧問になったのは、四十七歳の晩年であった。

土居は天保八年四月伊予宇和島の藩士、大塚南平の六男に生れ、幕末脱藩して大阪に出て、国事に奔走した。明治五年土居通夫と改めた。

明治政府に用いられて、大阪上等裁判所に勤め、友厚が種種の事業を創めるのを、法律官の立場から助けたが、後ち官を辞して、実業界にはいった。十四年彼が東京へ転勤を命ぜられた時、友厚に宛てた書翰を見ると、退官して大阪に止り、実業界にはいるべきか否やを相談している。友厚が何と答えたかは不明だが、大阪の発展のために大阪に止るべきを勧めたことは想像に難くない。

十七年退官を決意し、実業界に入った。鴻池家の顧問になる傍ら、二十年大阪電燈会社の創立に参加し、二十一年以来社長となり、その他日本生命保険取締役、京阪電鉄の社長にも就任した。二十六年大阪商業会議所会員、二十八年会頭となり、重任十二回、二十二年の長年月大阪商業会議所を指導した。

官界から実業界へ入ったのは友厚に倣うたのだが、友厚の知遇を得たことがその最大動機である。しかし土居も友厚の新事業の企画をよく助成した。

大正六年九月九日八十一歳で歿した。広瀬と共に浄瑠璃を旦那芸にしていた。武は剣道に達し、俳諧、絵画を能くしたという。

松本重太郎は丹後の一寒村に百姓の子として生れた。

明治二十八年三月の「大阪紳士嗜好一覧」に、松本の嗜好は早起きとある。努力の人であり、幼時から苦労した。十歳の時家を出て京都の商家に丁稚奉公すること三年、更に大阪に出て十年奉公した。二十四歳に独立して洋品屋を開き、大を成した。

　明治十一年九月第三十国立銀行を東区高麗橋に創立して頭取兼支配人となったが、十五年には渋沢、藤田、山辺丈夫らと大阪紡績会社を興し、十七年には友厚の尽力で阪堺鉄道を起し、ついで山陽鉄道社長となり、以後事業会社に関係すること一時四十に達した。晩年は第百三十銀行の破綻が原因して不遇であった。大正二年六月二十日、七十歳を以て空堀の一隅に淋しく逝った。

　彼が阪堺鉄道の創立に苦心した時の逸話は、さきに述べたが、豆のことではなお逸話がある。壮年の折商売に失敗して貸金の取立てに日夜走りまわっていた時のことである。五十円の取立てにある店を訪れると、そこの息子と番頭がぼんやり帳場に坐って、机の抽出からソラ豆を取りだして食べていた。松本は催促をやめて、そのまま引きかえした。あとでこの事を人に語って、

「いやしくも店舗を主宰している者が、顧客に接する神聖な職場である店頭で、ソラ豆をかじるとは商売の分を弁えぬ不心得な話である。このように店頭の紊れた店は破滅に瀕するも当然で、また再び興るべくもないから、貸金を語るのも無用の催促であり、時間の空費であるから黙って帰った」

と、言ったという。早起きの彼が早朝起きるより直ちに人を訪問して相手を驚かしたのは、有名な話である。事業のことになると深夜でも訪問した。早朝や深夜は用事のな

い暇な時であるから、ゆっくり会談できるというのである。阪堺鉄道創設の際は、友厚も早朝、深夜の訪問をくらったことであろうと思われる。

磯野小右衛門は藤田と同じく長州藩の人である。文政八年十月の出生、幼名は仁三郎といった。

十八歳の時下関に出て米相場で産を失うた。明治二年京都府御用達となり、苗字帯刀を許され、磯野氏を冒した。間もなくわずかの産を成して大阪へ出て四年四月大阪北大組総区長を命ぜられ、また同月武富辰吉と協力して堂島米会所を興し、のち堂島米油会所頭取となり、さらに九年八月友厚らと堂島米商会所を創立した。十一年の大阪商法会議所創立にも友厚とことを共にした。

十六年大阪株式取引所頭取に、二十四年七月大阪商業会議所会頭に就任した。二十六年九月大阪株式取引所理事長に、三十二年堂島米穀取引所理事長に当選した。

その他銀行にも関係したが、三十六年五月勲五等瑞宝章を賜ったのは、主として取引所、商法会議所の創設、発展に尽力した功績のためである。その功績の蔭に友厚がいたことはいうまでもなかろう。三十六年六月十一日歿した。年七十九。

田中市兵衛は天保九年大阪靭に生れた。

明治初年の大阪の指導者が殆んどすべて大阪以外の土地から来た人達ばかりであった

中に、彼だけは珍らしく大阪の人であった。しかし、その家祖は近江から出ている。で、家号を近江屋と称した。代代肥料商を営んだ。

市兵衛は六歳の時、父を失うた。そこで一時姻戚に身を寄せていたが、明治元年より父祖の業をつぎよく家産を成して、明治十年十二月第四十二国立銀行を創立した。

十八年阪堺鉄道の創設に与ったのを機として、山陽、九州、豊州、阪鶴、京阪、南海、阪神の各鉄道会社創設に関係し、大阪商船社長、大阪米穀取引所監査役、大阪商法会議所会頭にもなった。彼は友厚の晩年の事業にはたいてい関係し、そうしてそれが機縁となって一肥料商から一躍大阪財界を牛耳るに至ったのである。四十三年七月に歿した。

山辺丈夫は石見国の人である。嘉永四年十二月清水家の二男として生れ、四歳の時山辺家の養子となった。

十六歳の時藩兵となり爾後四年間京阪の間を往復して国事に従事し、後ち上京して慶応義塾に学んだ。明治十年旧藩主亀井伯爵に随行して洋行、経済学を修業中、渋沢栄一の勧めで紡績術を研究して十三年帰朝。十五年の大阪紡績創設に尽力し、以後志を他に移さず専ら紡績業に従事し、大阪紡績社長、東洋紡績社長、大日本紡績聯合会委員長として紡績の振興に努力し、大阪をして綿業の中心地たらしめた。

彼は直接には友厚の指導を受けなかったが、しかし彼が一生を捧げた紡績業は、友厚という先覚者によって大阪に創められたのである。この点友厚とは無縁でなかった。

以上の人達はすべて友厚のもっていた風格には劣っていたが、しかしよく友厚の遺志をついで、友厚歿後の大阪を開発し、指導した。友厚は負債を残して死んだが、友厚の残した一番大きな、そして気に掛かる負債は、大阪の更生を中途までしか実現し得なかったことである。この人達が友厚の遺族にどれだけ尽したかは疑わしいが、しかし友厚のこの負債だけはよく償還し得たといってもよかろう。明治初年没落の危機に瀕した大阪は、新しい経済都市即ち商工都市として更生し得たのである。友厚の遺志はつがれ、証文は巻かれたのである。

しかし、証文は再び出された。私達素人の目にも大阪の経済界は再び維新のそれと同じく大きな変革期に直面している。維新の際は友厚という指導者が出て、よく大阪の危機を救うた。今日大阪はよく昭和の新しい経済体制に適応し得るだろうか。大阪の指導という証文を今日友厚の手から渡される人は、いかなる指導者であろうか。いかなる友厚が今日の大阪に現れるだろうか。いかなる風丰《ふうぼう》をもった友厚であろうか。

●解説

「生」を燃焼し尽くした人

岡崎武志

去年（二〇一五年）秋からNHKで放送開始した、朝の連ドラ「あさが来た」は、明治から大正期に活躍した女性実業家・広岡浅子をモデルにしている。原案の古川智映子『小説　土佐堀川——広岡浅子の生涯』を脚色したもので、登場する人物は同じくモデルがあっても、事実とは異なると考えた方がいいだろう。唯一、実名で登場するのが、織田作之助が小説化した「五代友厚」である。ディーン・フジオカという爽やかな印象の若手俳優が扮したこともあり、五代友厚そのものにも注目が集まっているようだ。

しかし、近代大阪の礎を築いたとされるこの実業家の名を知る人は、地元大阪でも意外にこれまで少なかったのではないか。現在、大阪市中央区本町橋にある「マイドームおおさか」前に、幾つか建つ銅像の中に五代友厚像がある。これは戦前、隣接する大阪商工会議所に位置したもので、戦時中に金属として供出され、今建つのは二代目だ。じつは、大阪商工会議所の創設者がもと薩摩藩士の五代友厚であった。いや、そんなものではとどまらない。金銀分析所、鉱山、活版印刷所、阪堺鉄道、大阪商船、関西貿易会社、大阪製銅所などを起業あるいは手助けし、大阪株式取引所創設にも関与している。大阪商法会議所設立も五代の仕事だし、教育面においても大阪市立大の前身となる大阪商業講習所を開いたりもした。すべての道はローマに通ず、という故事をもじれば、大阪近代化のすべての道は五代友厚に通ず、と言えるだろう。書き写すだけでめまいがしそうな八面六臂の活躍である。大阪に銅像一つぐらいでは間に合わない。

織田作之助は、二年の東京生活を経て、大阪へ戻って就職した日本工業新聞社へ通っていた頃、社が堂島にあり、商工会議所前にあった五代友厚像をよく見上げ眺めていたと言う。「自信に満ち満ちて、昂然と中之島界隈を見下ろしながら、突っ立っているその姿を、私は自分に擬し、そして瞬間慰められたものだ」と、五代の生涯を描く評伝『大阪の指導者』（錦城出版社／一九四三年）に書いている。

これは五代友厚伝のいわば「後編」で、前年にその青春期を扱った『五代友厚』をすでに日進社から出版している。『五代友厚』は新聞連載であったが、『大阪の指導者』は書き下ろしであった。同著の出た一九四三（昭和十八）年は、単行本では『清楚』『大阪の顔』、代表作の一つ長編『わが町』を書き下ろしで刊行している。その他、文芸誌「新潮」に「聴雨」、「文藝」に「道」、「若草」に「勝負師」をそれぞれ発表し、書きまくった一年であった。

そんな中、一度書いた題材にもう一度、しかも書き下ろしで挑むのは、織田の中に、よほど五代友厚にインスパイアされるものがあったと思われる。一瞬たりとも立ち止らず、「転がる石のように」生きた五代に勇気づけられ、わが道を見出したのではないか。織田は三高時代に一度喀血し、のち胸部疾患による喀血を繰り返す。胸の病は当時死病であった。死はとっくに覚悟していたはずなのだ。処女小説「ひとりすまう」を同人誌「海風」に発表した一九三八年から数えても、四七年一月に死去するまで、多く見ても作家生活は八年に過ぎない。

薩英戦争の際、長崎にいた友厚（当時、才助）に、『五代友厚』の中で織田はこう言わせている。「早くおれたちを死なしてたもし」、あるいは「おれは、まだ生き恥をさらしている」。世界一を誇るイギリス艦隊を向こうにまわし、譲らず戦い続ける日本人の姿は、太平洋戦争のさなかにある読者に時代を飛び越えて訴えかけたはずだし、織田もそれを十分意識していた。「神州の地を夷狄から守れ」という攘夷派の思想は、時局にうってつけでもあった。

ところで、『五代友厚』において、主人公を饒舌とし「日頃自分が喋り過ぎるということを彼も知っていた」とキャラクター化しているが、実際はどうであったろう。薩摩っぽがそんなに饒舌だったとは思えない。そこに、織田作之助的世界が加味されているはずだ。「五代友厚」が収録された文泉堂書店版全集第三巻における「作品解題」でも、青山光二は「稀代の話術家、愛嬌のある詭弁的饒舌家に仕立てあげられているのは、著者独自の設定」と見ている。

友厚は、長州藩のために船舶や武器弾薬を買い付け、その商才のため攘夷派から命を狙われた。藩の秀才を欧米へ留学させることを進言し、のち自ら随行してヨーロッパ視察を果たす、きわめて進歩的思想の持主だった。「彼はハイカラであった。いわば、当時の新知識であり、新人であった」と、織田は随筆「実業界の恩人を偲ぶ　五代友厚」に書く。もう一人の坂本龍馬とも言えるだろう。

何十人分にも匹敵する実業の覇者でありながら、友厚が四十九で生涯を終えた時、百万円の負債が残された。つまり「私」を殺し、「生」を燃焼し尽くした人生だった。実業とは縁遠い、燃焼し尽くさないまま世を去った織田作之助にとって、憧れの人物だったかも知れない。

（おかざき　たけし・エッセイスト）

＊本文庫は、織田作之助の『五代友厚』（『織田作之助全集・3』講談社、一九七〇年四月刊所収〔初刊は、日進社、一九四二年四月刊〕）、『大阪の指導者』（『全集・4』同、同年五月刊所収〔初刊は、錦城出版社、一九四三年九月刊〕）を底本とします。

五《ご》代《だい》友《とも》厚《あつ》

二〇一六年 一 月三〇日 初版発行
二〇二〇年一一月三〇日 5刷発行

著 者 織田《おだ》作《さく》之《の》助《すけ》
発行者 小野寺優
発行所 株式会社河出書房新社
〒一五一-〇〇五一
東京都渋谷区千駄ヶ谷二-三二-二
電話〇三-三四〇四-八六一一（編集）
〇三-三四〇四-一二〇一（営業）
http://www.kawade.co.jp/

ロゴ・表紙デザイン 粟津潔
本文フォーマット 佐々木暁
印刷・製本 中央精版印刷株式会社

Printed in Japan ISBN978-4-309-41433-1

河出文庫

時代劇は死なず！ 完全版
春日太一
41349-5

太秦の職人たちの技術と熱意、果敢な挑戦が「新選組血風録」「木枯し紋次郎」「座頭市」「必殺」ら数々の傑作を生んだ——多くの証言と秘話で綴る白熱の時代劇史。春日太一デビュー作、大幅増補・完全版。

文、花の生涯
楠戸義昭
41316-7

2015年NHK大河ドラマの主人公・文。兄吉田松陰、夫久坂玄瑞、後添え楫取素彦を中心に、維新回天の激動期をひとりの女がどう生き抜いたかを忠実に描く文庫オリジナル。

小説 岩崎弥太郎 三菱を創った男
嶋岡晨
40989-4

幕末、土佐の郷士の家に生まれ、苦節の青春時代を乗り越え、三菱財閥の元になる海運業に覇を唱えた男の波瀾万丈の一代記。龍馬の夢はどう継がれたか。

藩と日本人 現代に生きる〈お国柄〉
武光誠
41348-8

加賀、薩摩、津軽や岡山、庄内などの例から、大小さまざまな藩による支配がどのようにして〈お国柄〉を生むことになったのか、藩単位の多様な文化のルーツを歴史の流れの中で考察する。

伊能忠敬 日本を測量した男
童門冬二
41277-1

緯度一度の正確な長さを知りたい。55歳、すでに家督を譲った隠居後に、奥州・蝦夷地への測量の旅に向かう。艱難辛苦にも屈せず、初めて日本の正確な地図を作成した晩熟の男の生涯を描く歴史小説。

赤穂義士 忠臣蔵の真相
三田村鳶魚
41053-1

美談が多いが、赤穂事件の実態はほんとのところどういうものだったのか、伝承、資料を綿密に調査分析し、義士たちの実像や、事件の顚末、庶民感情の事際を鮮やかに解き明かす。鳶魚翁の傑作。

著訳者名の後の数字はISBNコードです。頭に「978-4-309」を付け、お近くの書店にてご注文下さい。